# SLIGHE A' GHLIOCAIS

## AN TARRAG

Dàna-thuras ann an Tìr nan Sìthichean

le

Seumas Mac a' Ghrùdair

is na dealbhan le

Tamara Nic a' Ghrùdair

Air fhoillseachadh le Akerbeltz, Glaschu, 2022

Dàta Leabharlann Bhreatainn Cataloguing-in-Publication

Gheibhear clàr CIP an leabhair seo o Leabhar-lann Bhreatainn



Air a dhealbhadh is a chlò-shuidheachadh le Akerbeltz

ISBN 978-1-907165-06-1

# RO-RÀDH

Thug mi seachad pìos math dhe m' òige a' leughadh sgeulachdan mu dhàna-thursan aig sgrìobhadairean linn chlasaigeach pulp mar Robert E. Howard, Edgar Rice Burroughs, agus Arthur Conan Doyle. 'S e an tlachd is togail a thug na sgeulachdan seo dhomh a bhrosnaich an nobhail seo air an dàrna làimh agus m' ùidh mhór anns a' Ghàidhlig air an làimh eile.

Dh'fheuch mi grunn rudan san nobhail seo nach fhaca mi ann an nobhailean Gàidhlig eile gu ruige seo. Tha e car annasach a bhith a' sgrìobhadh anns a' chiad phearsa agus tha e nas dorra gun teagamh a bhith a' sgrìobhadh san tràth làithreach ann an Gàidhlig. Ach bha na rudan seo cudromach dhomh 's mi airson dàna-thuras a sgrìobhadh anns am bi an leughadair a' taghadh slighe dhaibh fhéin. Bha mi ag amas air ìre leughaidh nan nobhailean fantasach do dheugairean, mar "Harry Potter" is "The Hunger Games." Tha mi an dòchas gun còrd sgeulachd Mhadadhain ribh is esan a' falbh air Slighe a' Ghliocais.

# TAING

Tha mi fada an comain Rich Hill o Shlighe nan Gàidheal a leugh an leabhair seo còmhla rium, duilleag air dhuilleag, a dhèanamh cinnteach gun robh an sgeulachd a bha mi airson innse mar bu chòir anns a' Ghàidhlig. Taing mhór dha Jason Bond cuideachd a thug uiread a bhrosnachadh dhomh. Do Mhàiri Britton airson na h-abairt air leth "Tha am boireannach ud cho righinn ri comhachag bhruich!" Do mo bhean ghaoil airson foighidinn is a h-obair-ealain sgileil. Agus do Mhìcheal Bauer. Cha bhiodh an sgeulachd seo cho math 's a tha e as d' aonais.

Tha mi nam leabaidh. 'S e oidhche bhlàth thais a th' ann, agus tha mi neo-shocrach. 'S ann san t-seòmar-chadail a tha mi ach chan eil an cadal a' tighinn orm. Tha mo phàrantan air falbh, air an t-slighe dhan bhaile mhór. Feumaidh iad coinneachadh ris a' cheann-chinnidh an-sin, airson am màl a phàigheadh. Dh'fhàg iad mi aig an taigh, a' gabhail cùram mo bhràithrean òga 's a' cumail na croite.

Tha mi a' cluinntinn mo bhràthair anns a' mheadhan, 's e ri srann. Tha am fear as òige a' leigeil braim o àm gu àm. Tha coltas gu bheil cadal an t-srianaich air an dithis aca. Tha mi 'gam fàgail is iad a' gabhail fois mar bhruic.

Tha an uinneag fosgailte. Tha mi ag éirigh on leabaidh agus a' coiseachd chun na h-uinneige. 'S e oidhche shàmhach shoilleir a th' ann, beagan an déidh latha meadhan an t-samhraidh, agus tha a' ghealach làn. Tha oiteag a' tighinn tron uinneig is a' fàgail an t-seòmair beagan nas fhionnaire. Fhad 's a tha mi 'nam sheasamh an sin, cluinnidh mi mo bhràthair as òige a' bruidhinn na chadal – "Thoir an aire!" tha e ag ràdh gu h-obann. "Madadhan... na falbh..." Ach tha e a' toirt car dheth fhéin, 'na shuain-chadal fhathast, agus a' leigeil braim a-rithist. Tha am bràthair anns a' mheadhan ri srann gun abhsadh.

.........

Air adhart gu duilleag 2.

(O dhuilleag 1)

Chì mi solas na gealaich a' tighinn tron uinneig fhosgailte agus tha duilleagan na craoibhe ri turram beag anns an oiteig. Tha sgàilean a' dannsadh air an ùrlar. Tha mi 'nam sheasamh aig an uinneig agus cluinnidh mi mèilich nan caorach anns a' chrò. Tha coltas gu bheil rud-eigin 'gan cur tro chéile. Cluinnidh mi an reithe a' bualadh a chasan ris an talamh agus na caoraich-bainne a' mèilich ris na h-uain aca.

Saoil a bheil coin ann, no fiù madadh-allaidh? Ach cluinnidh mi rud annasach an uair sin. Saoilidh mi gur e fuaim chlagan a th' ann. Clagan ri gliogadaich, cho geal ri tastan agus cho soilleir ris a' ghlainne. Tha an fhuaim a' tighinn tron uinneig fhosgailte, mar ghuthan cloinne 's iad a' gàireachdainn. Ar leam, gu bheil na clagan 'gam thàladh ann.

.........

Dé nì mi?

*Fanaidh mi 'nam sheòmar, ag éisteachd ri fuaimean annasach anns an oidhche.*

Tadhail air duilleag 3.

Air neo an dèan mi na leanas?

*Coisichidh mi dhan doras-chùil, feuch dé tha a' cur dragh air na caoraich.*

Tadhail air duilleag 4.

(O dhuilleag 2)

Chan eil arm agam, sleagh no fiù sgian, agus bidh mi a' fuireach anns an t-seòmar agam mar sin. Chan eil fhios agam dé tha a' dol a thachairt ris na caoraich. Nì mi feitheamh gus am bi fios agam dé tha a' tachairt, seach a dhol an sàs trioblaid nach eil mi deiseil air a shon.

Tha na caoraich a' fàs socair an déidh beagan ùine, ach chì mi rud glé annasach an uair sin – buidheann de mharcaichean a' marcachd dhan ghàrradh. Co-dhiù aon dusan duine, fireannaich is boireannaich, agus aodach orra mar a bhios air daoine-uaisle a' dol gu fèill. Chì mi cuideachd grunn chon geala faisg air an taigh. Tha na coin gleansach ann an solas na gealaich agus tha deargad neònach nan sùilean. Tha an cluasan dearg cuideachd.

Tha na daoine a' marcachd gu beulaibh an taighe 's cluinnidh mi boireannach a' gairm rium.

"A dhuine-cloinne! Feumaidh sinn facal ort. Thig thusa a-mach, air neo bi trioblaid agad!"

. . . . . . . . .

Tadhail air duilleag 6.

(O dhuilleag 2)

Chan eil fhios agam dé tha a' tachairt a-muigh, ach chaidh a' chroit fhàgail 'nam chùram-sa. Feumaidh mi sùil a thoirt air na caoraich. Tha mi a' ruith dhan doras-chùil far am faic mi iad.

Chì mi grunn chon geala eadar an taigh agus an crò-chaorach. Ach chan eil iad a' coimhead a dh'ionnsaigh a' chròtha-chaorach. 'S ann ris an taigh a tha an sùilean. Tha coltas gu bheil iad 'nan seasamh ann an cearcall mun taigh, a' coimhead rium fhìn.

Tha na coin gleansach ann an solas na gealaich agus tha deargad neònach 'nan sùilean. Tha cluasan àrda biorach orra. Tha an cluasan dearg cuideachd. 'S ann mór agus eagalach a tha iad, ach chan eil iad a' dèanamh fuaim sam bith. Chan aithnichinn orra gu bheil iad beò ach gu bheil cluas no cas a' gluasad o àm gu àm.

Tha na caoraich cruinn dlùth am meadhan a' chròtha-chaorach, na caoraich-uain a' mèilich 's an reithe a' bualadh a chasan ris an talamh, na h-adharcan aige sìos ris na coin. Ach fhathast chan eil na coin a' toirt feart sam bith air na caoraich. 'S ann orm-sa a tha iad a' coimhead.

.........

Tadhail air duilleag 5.

(O dhuilleag 4)

'S ann san doras-chùil a tha mi, 'nam sheasamh diog no dhà, a' coimhead a-mach dhan iothlainn. Tha na coin a' coimhead orm-sa agus tha mise a' coimhead orra-san agus chan eil mise no iadsan a' dèanamh bìog no carachadh sam bith.

Cluinnidh mi guth àrd an uair sin o bheulaibh an taighe.

"A dhuine-cloinne! Thig a-mach a bhruidhinn rinn! Air neo, bidh ceannach agad air!"

Tha mi a' falbh dhan doras-bheòil 'nam dheann.

Chì mi grunn chon geala. Chì mi cuideachd buidheann de mharcaichean air muin each anns a' ghàrradh. Fireannaich is boireannaich agus éideadh fìnealta air an dà chuid. Tha coltas muinntire beartaiche orra, mar dhaoine-uaisle.

. . . . . . . . .

Tadhail air duilleag 6.

(O dhuilleagan 3 is 5)

Tha aonan dhiubh, boireannach le falt cho dearg ris an fhuil, a' gairm rium a-rithist.

"A dhuine-cloinne! Tha roghainn agad ri dhèanamh. Tha an t-sealg-shìthe an-seo a-nochd agus tha an t-acras air na h-eich againn. Chan ith iad feur, dìreach feòil. Ma bheir thu d' fhacal gun dig thu còmhla rinn is gun dèan thu seirbheis seachd bliadhna dhomh, leigidh mi leotha caora ithe. Mur an aontaich thu ri seo, slaodaidh sinn do bhràithrean ás na leapannan aca agus ithidh na h-eich a' chlann, eadar feòil is cnàimh. Dèan do roghainn 's na bi màirnealach!"

. . . . . . . . .

Dé nì mi?

*Fanaidh mi anns an taigh 's bheir mi dùbhlan dhaibh a thighinn 's greim fhaighinn orm:*

Tadhail air duilleag 7.


Air neo an dèan mi na leanas?

*Bheir mi m' fhacal a dhol leotha, ma shàbhaileas sin mo bhràithrean:*

Tadhail air duilleag 8.

(O dhuilleag 6)

Ar leam gur e fealla-dhà air chor-eigin a tha seo. Tha e cho follaiseach nach ith eich feòil idir! Chan eil fhios agam có na daoine a tha seo, ach tha mi a' cur romham car a thoirt asta.

"Chan eil fhios a'm có sibh, agus dh'ionnsaich mo mhàthair dhomh gun a bhith a' falbh le strainnsearan. Ma bheir sibhse air na h-eich agaibh mo bhràithrean beaga grànnda ithe, ithidh mi fhìn feur fad seachd bliadhna! Bàs an fhithich oirbh uile!"

Tha fiamh a ghàire a' tighinn air a' bhoireannach – rud a tha a' fàgail a h-aodann an dà chuid nas bòidhche agus nas an-iochdmhoire. Tha i a' bualadh a teanga ri a fiaclan dà thuras, a' dèanamh fuaim "tud tud!"

Cluinnidh mi rud air mo chùlaibh agus tha mi a' tionndadh ris an taigh anns a' cheart mhionaid 's a tha na coin gheala a' leumadh a-steach air na h-uinneagan is na dorsan fosgailte. Leis na coin-shìthe a' slaodadh na cloinne ás an taigh, tha na h-eich-shìthe a' fosgladh am beòil 's a' nochdadh fiaclan mar sgianan.

. . . . . . . . .

A' Chrìoch.

(O dhuilleag 6)

"Cha leig mi leibh cron a dhèanamh air mo bhràithrean.  Mur eil dòigh eile air an sàbhaladh ach falbh leibh, nì mi sin."

Tha fiamh a ghàire a' tighinn air a' bhoireannach àrd, a sùilean cho blàth ri spealgan deighe, a bilean cho tana ri dà lainn sgeine. Tha a falt sgàrlaid a' gluasad mar stràbh feòir ann an oiteag. "Tiugainn ma-thà.  Cuir aodach blàth ort; tha a' ghaoth fuar is garbh far am falbh an t-sealg-shìthe.  Agus cùm greim teann air an each.  Ma thuiteas tu far na h-eich seo, théid do phronnadh gun teagamh sam bith."

Chan eil sin ro chiallach dhomh, 's mi 'nam sheasamh 'nam aodach-leapa air oidhche bhlàth an t-samhraidh.  Ach a dh'aindeoin sin, tha mi a' dol dhan t-seòmar-chadail.  Tha mi a' cruinneachadh stocainnean-ola blàtha,  agus nam brògan leathair agam, an fheadhainn leis na buinn ùra;  mo bhriogais agus mo léine-lìn as fheàrr, agus seacaid mheadhanach m' athar.  Tha mi a' cur orm m' aodach gu sgiobalta, agus a' stad tiotag aig an leabaidh far a bheil mo bhràithrean 'nan cadal.  Tha mi a' suathadh ris an fhalt air ceann mo bhràthar as òige, 's ag ràdh, "Beannachdan leis an dithis agaibh," fo mo ghuth.

. . . . . . . . .

Tadhail air duilleag 9.

(O dhuilleag 8)

Air an t-slighe a-mach ás an t-seòmar-chadail, chì mi grunn rudan beaga ri taobh na glainne-amhairc air bòrd-sgeadachaidh mo mhàthar. 'Nam measg, chì mi tarrag iarainn. Chan eil fhios a'm carson, ach tha e a' tighinn a-steach orm an tarrag iarainn a thogail. Ge be dé thachras o seo a-mach, bidh an rud seo agam mar chuimhneachan nan làithean geala, agus có aig a tha fios, dh'fhaoidte gum bi e fiù gu feum dhomh.

.........

Tadhail air duilleag 10.

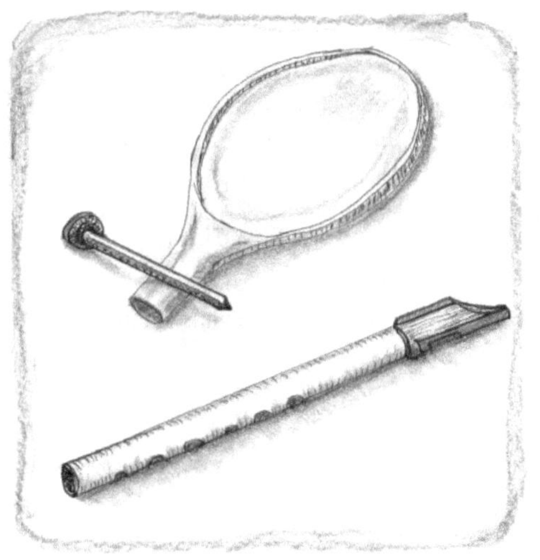

(O dhuilleag 9)

Tha mi a' togail na tarraige 's 'ga shlìobadh a-steach do phòcaid mo sheacaid. Chuala mi gu bheil cuid a dhìon anns an iarainn an aghaidh draoidheachd nan sìthichean. Chan eil fhios agam an sàbhail am pìos beag seo de mheatailt mi. Mar a chanas iad, mur eil agad ach òrd, bidh coltas tarraige air an t-saoghal air fad. Ach dé an coltas a bhios air an t-saoghal mur eil agad ach tarrag?

Cluinnidh mi am boireannach àrd a' sglamhadh rium gu h-obann tron doras fhosgailte. "Greas ort! Na cuir aithreachas orm gun do rinn mi gnè de thròcair ort."

Tha mi a' ruith a-mach 'nam dheann. Cluinnidh mi na h-eich-shìthe a' sreothartaich is a' breabadaich 's mi a' coiseachd d' an ionnsaigh. Tha na marcaichean 'nan suidhe 'nan dìollaidean gu sgileil, agus na coin gheala a' tighinn cruinn cuideachd. Tha an cluasan dearga an àirde, 's badagan de dh'fhalt aig ceann gach cluas a' stobadh a-mach fiù nas àirde. Chì mi an sùilean dearga a' deàrrsadh mar èibhleagan anns an oidhche. Tha cuid dhe na coin ri mionnalan beag. Agus tha coltas gu bheil cuid dhe na h-eich a' sileadh sglongaid. Tha na marcaichean a' tighinn far nan each. Fireannaich is boireannaich, agus coltas àrd fiadhaich orra uile.

.........

Tadhail air duilleag 11.

(O dhuilleag 10)

Chì mi am boireannach àrd a' togail a làimhe an àirde. "'S ann leinne 'tha 'n reithe," tha i ag ràdh os àrd, is i a' grad ìsleachadh a làimhe.

Tha trì dhe na coin gheala a' leum air falbh, a' dèanamh slighe cho dìreach réidh mar shaighead a' falbh tron adhar. Tha iad a' leum thairis air feansa a' cròtha-chaorach. Tha an còrr 'nan laighe air am broillichean, a' cumail sùil orra…

Cluinnidh mi mèilich làn eagal 's na caoraich agus an cuid uain a' ruith chun an taoibh eile. Tha an reithe ag ìsleachadh adharcan, a' breabadh na talmhainn gun chinnt. Chì mi na coin a' feitheamh cothrom. Agus an uair sin, 'nan deann, tha na trì coin a' leum còmhla. A dhà dhiubh ri casan an reithe, fear air a ghualann, tha iad a' tarraing a' bheathaich ris an talamh 's dearg-eagal a bheatha air. 'S ann am priobadh na sùla a tha e seachad.

. . . . . . . . .

Tadhail air duilleag 12.

(O dhuilleag 11)

Tha na marcaichean a' coiseachd a dh'ionnsaigh crò nan caorach, na h-eich ri an taobh. Tha dà fhireannach a' sreap an fheansa gun duilgheadas sam bith. Chì mi na coin a' gabhail ceum air ais, tha e cha mhór mar gu bheil iad a' cromadh an cinn. Tha na fireannaich a' togail an reithe mhóir air a chasan-toisich is deiridh agus a' tilgeil a bhodhaig thairis air an fheansa. Cluinnear sgleog, is e a' bualadh ris an talamh. Ann an tost a tha nas eagalaiche na dranndan no comhartaich, tha na coin a' leum air. Tha na h-eich a' gabhail ceum air adhart cuideachd, agus chì mi fiaclan mar sgianan is iad a' fosgladh am beòil.

.........

Tadhail air duilleag 13.

(O dhuilleag 12)

Mar a tha a' chaothaich a' dol an lughad, tha aon dhe na fir mhóra a' tarraing sgian umha ás a' chrios aige. Tha e a' gearradh ceathramh fuigheall far corp an reithe agus 'ga toirt a dh'ionnsaigh a' bhoireannaich àird. "A bheil an t-acras oirbh?"

Tha i a' cromadh a cinn gun fhacal agus tha e a' gearradh pìos feòla mu mheud a bhoise dhi. Tha i a' sìneadh a làimhe a-null 's a' gabhail na feòla o mheòir agus 'ga togail d' a beul. A fiaclan a' gleansadh, tha i ag ithe balgam an déidh balgaim dhen fheòil aimh gun duilgheadas no sgreamh.

Gu h-obann, tha i a' tionndadh rium-sa, fuil air a bilean agus thairis air a gruaidh. Tha i ag imlich a bilean, 's a' sìneadh am pìos feòla aimhe d' am ionnsaigh. "Nach mi 'tha gun mhodh. Nach gabh thu balgam, a dhuine-cloinne?"

.........

Dé nì mi?

*Diùltaidh mi feòl ithe o làmh na ban-sìthe.*

Tadhail air duilleag 14.


Air neo an dèan mi na leanas?

*Gabhaidh mi balgam dhen fheòil a tha i a' toirt dhomh.*

Tadhail air duilleag 18.

(O dhuilleag 13)

"Cha ghabh, tapadh leibh.  Chan eil – an t-acras orm an-dràsta fhéin."

Tha am boireannach àrd a' dèanamh gàire – 's i a' sméideadh a làmh ri càch, na fir àrda 's na boireannaich fhiadhaich.  An déidh tiotaige no dhà, nì iad gàire cuideachd.

"Tha eòlas aig an fhear seo, ar leis!" tha i ag ràdh riutha 's nì iad uile gàire nas motha.  "A bheil thu dhen bheachd gun rachadh agad teicheadh o m' chumhachd, 's tu 'diùltadh biadh nan sìthichean?"

Tha mi 'nam sheasamh an-sin tiotag gun fhacal agus tha mi a' toirt freagairt dhi an uair sin.  "Tha, a bhaintighearna."

Tha iad uile a' dèanamh gàire a-rithist.  Tha i a' feitheamh fhad 's a tha an cuid gàire a' fàs nas motha agus a' dol am faid.  Ás déidh dusan anail, tha i a' togail làmh an àirde.  "Bithibh sàmhach!" tha i ag éigheachd agus tha a' ghàire a' stad anns a' bhad.  Tha i a' tionndadh rium 's a' coimhead a-nuas dha m' shùilean.  "Agus théid agad air sin a dhèanamh," tha i ag ràdh… "– cha mhór.  Ach air m' fhacal-sa, bidh na seachd bliadhna fada fada dhut air an dòigh sin."

. . . . . . . . .

Tadhail air duilleag 15.

(O dhuilleag 14)

Tha mi a' stad tiotag no dhà. Chan eil mi a' tuigsinn na tha i ag ràdh ach tha rud-eigin ag innse dhomh gu bheil mo bheatha an cunnart.

Cluinnidh mi i a' bruidhinn a-rithist. "Tha roghainn agad. Dèan ithe 's thig 'nar cuideachd. Air neo, cha dèan thu ithe a-rithist gu sìorraidh bràth. Cha dèan thu ithe − ach chan fhaigh thu bàs. Chan fhaigh fhad 's a dh'fhuiricheas tu ann an Tìr nan Sìthichean. Dh'aontaich thu seirbheis a dhèanamh dhomh fad seachd bliadhna agus bidh sin agam. A dh'olc no a dh'éiginn."

Tha i a' stad is a' coimhead orm le fiughair 'na sùilean, a' sìneadh thugam am pìos feòla fhuilteach a-rithist.

. . . . . . . . .

Dé nì mi?

*Gum faic sinn dé cho fad 's a sheasas mi stailc bìdh?*

Tadhail air duilleag 16.


Air neo an dèan mi na leanas?

*An gabh mi an fheòil fhuilteach o a corragan?*

Tadhail air duilleag 18.

(O dhuilleag 15)

Cumaidh mi ris an t-slighe air an do choisich mi gu ruige seo. "Chan ith mi i."

Chan eil i ag ràdh dad rium. Ris a' chòrr, tha i ag ràdh, "Faighibh greim air is cumaibh e." Ann am priobadh na sùla, tha dà fhireannach mór a' faighinn greim orm. Tha na gàirdeanan aca cho làidir ri bàraichean iarainn. "Glacaibh a cheann," tha i ag ràdh, 's tha boireannach fiadhaich a' faighinn greim air m' fhalt.

Chì mi am boireannach àrd a' tighinn 'gam ionnsaigh 's mi a' strì, a sùilean a' fàs mór is i a' cromadh 'gam ionnsaigh. Tha i ag imlich fuil far a bilean, is a' toirt pòg dhomh an uair sin, an làn mo bheòil. Tha mi a' feuchainn ri bìd a thoirt aiste. Chì mi i a' tarraing air ais a ceann, 's mi a' strì fhathast, le blas na fala air mo bhilean.

Tha i a' dèanamh gàire, 's i a' seasamh an àirde 's a' falbh uam. "Cuiribh baga air is ceanglaibh e!" Tha feadhainn a' pasgadh ròpannan mu mo chasan agus a' ceangal mo ghàirdeanan dlùth ri mo chuim. Tha mo cheann ann an neul 's iad a' cur baga orm. Tha mo léirsinn a' falbh uam, 's cuid-eigin 'gam cheangal ri druim eich. Gu math fann, tha mi a' cluinntinn a guth.

"Marcaicheamaid!"

………

Tadhail air duilleag 17.

(O dhuilleag 16)

An déidh ùine fhada, thathar 'gam tharraing far an eich.  Tha
mi a' bualadh ris an talamh gu cruaidh, mo làmhan 's mo chasan
air an ceangal fhathast, is poca air mo cheann.  Tha mi airson èigh
a thogail ach chan eil bìd a' tighinn ás mo bheul.

'S ann dall a tha mi, agus ann an ceò.  Tha iad 'gam shlaodadh
astar fada.  Mu dheireadh thall, tha iad a' gearradh nan ròpannan a
tha 'gam cheangal agus a' tarraing a' phoca far mo chinn.  Tha iad
a' toirt breab no dhà dhomh is 'gam fhàgail leam fhìn an uair sin.

Feuchaidh mi ri gearan.  Ach a-rithist chan eil bìd a' tighinn ás
mo bheul.  Tha m' anail a' séideadh tro mo shròn.  Tha rud-eigin
ceàrr air m' aodann.  Togaidh mi mo làmh, a' suathadh ri –

Tha mi a' feuchainn ri –

Chan urrainn dhomh bruidhinn.  Chan urrainn dhomh ithe, fiù
nan cuirinn romham a chaochladh.  Chan eil beul orm.

Agus chan urrainn dhomh sgreuch a leigeil.

. . . . . . . . .

A' Chrìoch.

(O dhuilleag 13 is 15)

Tha mi a' sìneadh mo làimh d' a h-ionnsaigh. 'Nam làimh, tha am pìos feòla blàth fhathast. 'S ann bog agus tais a tha i.

Mus ith mi, tha mi ag ràdh na leanas os àrd, mar is àbhaist nam theaghlach. "Beannachd air a' bhiadh seo, air a' bheatha a chruthaich e agus air an làimh a dh'ullaich e."

Tha mi a' togail na feòla fuiltiche gu mo bhilean. Tha mi a' toirt greim ás agus 'ga cagnadh. Mothaichinn blas air an fheòil mar gu bheil beatha a' dol 'na bhàs.

Tha fiamh-ghàire air a' bhoireannach àrd. Chì mi a falt biorach, cho dearg ris an fhuil, air chrith anns an oiteig. Tha i ag imlich a bilean agus a' dèanamh sùil bheag rium. Gu clis, tha i a' togail a dà làmh gu h-àrd is solas buadhmhor na sùilean.

"Marcaicheamaid!" tha i ag éigheachd.

.........

Tadhail air duilleag 19.

(O dhuilleag 18)

Tha a' chuideachd ag éigheachd ri chéile, con-ghaoir gun fhaclan, loma-làn de sgreuchail is bùrail. Gu h-obann, tha an sluagh-sìthe a' leum 'nan dìollaidean. Chì mi iad a' marcachd mun cuairt orm, ann an nàdar de chearcall ro luath agus ro shùbailte.

Tha aonan dhiubh a' marcachd faisg orm. Tha i a' sìneadh thugam is a' gabhail greim air mo làimh. Le tulgadh grad a fhreagras 'nam fhiaclan agus le mo ghàirdean cha mhór a' dol far uilt, tha i 'gam tharraing air an each air a cùlaibh. Tha mi a' cur mo ghàirdeanan mu a meadhan is dearg-eagal mo bheatha orm, is na coin gheala ri comhartaich agus a' ruith air mo dhà thaobh.

Tha an t-sealg-shìthe a' falbh.

. . . . . . . . .

Tadhail air duilleag 20.

(O dhuilleag 19)

Smaoinich air lomhainn mhadaidhean-allaidh 'nan deann thairis air mòinteach. Chan eil annta ach cuileanan fanna an coimeas ris an t-sealg-shìthe. Tha gaoth na marcachd a' reubadh m' analach ás m' amhaich 's 'gam fhàgail a' plosgartaich. Tha greim-bàis agam air a' bhean-shìthe leis an fhalt dubh 'na dìollaid air mo bheulaibh. Tha mi a' cluinntinn a gàire. Tha mi a' faireachdainn a fèithean ri lùthadh 's i a' co-ghluasad leis an each 'na chruinn-leum fodhainn.

Thairis air achaidhean farsaing agus tro iothlainnean sàmhach, tha sinn a' marcachd. A' leum thairis air geataichean dùinte agus sìos lànaigean dùthchail eabarach, tha sinn a' marcachd. Tro shràidean uaigneach baile mhóir, tha sinn a' marcachd.

Aon turas, tha an t-sealg a' marcachd a-steach 'na dheann do shabhal mór mór tro dhorsan fosgailte. Tron dorchadas tha sinn a' marcachd ann an sreath, a' sgiamhail is a' bùirich fad an t-siubhail … a' leum, mu dheireadh thall, tro na h-uinneagan cùil, aonan an déidh a chéile.

………

Tadhail air duilleag 21.

(O dhuilleag 20)

# CAIBIDEIL 2

Mu dheireadh thall, ’nar deann tro choille cheòthach dhorcha agus a-steach do ghil chumhang – tha sreath nan each a’ falbh nas slaodaiche ’s iad a’ plosgartaich, na marcaichean a’ smeachadh an teangannan agus a’ crònan gu sèimh riutha.

Chì mi geugan nan seann-chraobhan thairis air an t-slighe gu h-ìseal anns a’ ghil chumhang. Tha feusag a’ bhodaich fiù nas ìsle, mar chùirtearan; tha na h-eich a’ coiseachd a-nis is na marcaichean a’ crùbadh fo dhualan na feusaige-léith agus ag iadhadh troimhe. Gu h-obann, tha a’ bhean-shìthe a tha anns an dìollaid air mo bheulaibh a’ grad chromadh – agus theab slaic fhuar fhliuch mo shiabadh far an eich.

Leanaidh sinn air adhart, a’ marcachd nas àirde agus nas àirde. Tha an ceò, tiugh agus fuar, a’ fàs ’na bhoinneagan agus a’ sileadh sìos mo dhruim. ’S ann cas agus creagach a tha an t-slighe a’ fàs. Chì mi a’ bhean-shìthe a’ crùbadh gu h-ìseal os cionn amhaich a h-eich, a’ cumail greim teann air. Tha an t-each a’ teannadh a chasan foidhe ’s cha mhór gu bheil e a’ leum ’s e a’ sreap a’ phìos as caise dhen t-slighe. Aig an àm seo, tha mi a’ slìobadh agus tha mo ghreim a’ fàs nas teinne. Cluinnidh mi a’ bhean-shìthe a’ mionnan. Tha mi ’gam cothromachadh ás ùr an uair sin, is sinne air cìrean na slighe.

. . . . . . . . .

Tadhail air duilleag 22.

(O dhuilleag 21)

Aig cìrean na slighe, chì mi an saoghal mór fodhainn. Tha neòil a' snàmh eadar na beanntan. Tha an t-slighe a' leantainn druim na beinne os cionn a' cheò. 'S ann ìseal a tha a' ghealach a-nis, fad air falbh. Cha robh mi cho fuar a-riamh 'nam bheatha 's a' ghaoth a' séideadh seachad oirnn. 'S ann toilichte a tha mi gu bheil each blàth fodham agus taingeil airson seacaid m' athar a tha 'gam dhìon. Tha rionnagan a' priobadh 'nam mìltean anns an iarmailt 's beul gorm an latha anns an ear.

Tha sreath nam marcaichean a' stiùireadh nan each aca gu sgileil, a' dèanamh an rathad air an t-slighe chreagach. Chì mi na marcaichean toisich a' tionndadh sìos sgrìodan is a' ghrian ag éirigh air ar làimh chlì. Tha sinn 'gan leantainn, na h-eich a' tuisleadh is a' sleamhnachadh beagan. Mu dheireadh thall, tha an t-slighe a' fàs na stalla nas réidhe. Tha e a' dol a dh'ionnsaigh eige duibhe anns a' bheinn.

.........

Tadhail air duilleag 23.

(O dhuilleag 22)

Tha a' bhean-shìthe leis an fhalt dubh a' cur stad air an each. "Bheir mi dhut – canamaid gibht ma-thà. Bheir e comas dhut na th' ann an Tìr nan Sìthichean fhaicinn. An gabh thu ris, no an diùlt thu e?"

………

Dé nì mi?

*Diùltaidh mi a' ghibht.*

Tadhail air duilleag 24.


Air neo an dèan mi na leanas?

*Gabhaidh mi ris a' ghibht.*

Tadhail air duilleag 37.

(O dhuilleag 23)

Chan eil fhios agam dé th' ann an "gibht" ann sùilean a' bhoireannaich seo.  Chan eil earbsa sam bith agam innte.  Chan eil earbsa agam ann an gin dhe na daoine seo.  "'S fheàrr an t-olc eòlach na 'n t-olc aineolach.  Cha ghabh mi ris, tapadh leibh."

Tha i a' casadh a sùilean mar gun robh i a' coimhead air nèamh.  "Chan eil cho dall ach an fheadhainn aig a bheil sùilean ach nach dèan dearcadh."  Tha i a' cur a sàilean ris an each, gu socair, agus tha sinn a' marcachd a-steach dhan eig chreagaich – agus dhan dubh-dhorchadas.

Leanaidh sinn a' marcachd fad ùine fhada eagalach.  Tha na h-eich a' gluasad gu luath fhathast, fiù san dorchadas.  Cluinnidh mi fuaim nan ladhran a' bualadh ri creagan; agus o àm gu àm tha aon dhe na coin gheala a' tabhann no a' dreamadh.  Brag, gliogan agus glag.  Cluinnidh mi a' bhean-shìthe a' crònan òran beag fo a h-anail.

. . . . . . . . .

Tadhail air duilleag 25.

(O dhuilleag 24)

An déidh dhuinn marcachd anns an dubh-dhorchadas far leth-mhìle no 's dòcha nas fhaide, cluinnidh mi a' bhean-shìthe a' bruidhinn.  Tha mi a' clisgeadh, 's mi air fàs cleachdte ris an t-sàmhchair agus an dorchadas.

"Tha sinn a' tighinn dlùth air Tìr nan Sìthichean.  Seall, tha ùbhlan òir a' fàs faisg air an t-slighe.  Ò, rinn mi dìochuimhneachadh.  Chan fhaic thusa dad.  Dhiùlt thu a' ghibht…"

………

Dé nì mi?

*Fanaidh mi sàmhach.*

Tadhail air duilleag 26.


Air neo an dèan mi na leanas?

*Iarraidh mi a' ghibht, ma bheir i dhomh e fhathast.*

Tadhail air duilleag 33.

(O dhuilleag 25)

Ar leam gu bheil i 'gam mhagadh.  Fuirichidh mi 'nam shuidhe
ann 'nam thost.  Tha sinn a' marcachd tro àite dubh, cho dubh ri –
an-dà, cho dubh ri uaimh.  Tha an dorchadas uabhasach gu
dearbh.  Tha e mar gum faic mi solais bheaga a' boillsgeadh o àm
gu àm.  Chì mi iad a' snàmh anns an dorchadas mar rionnagan.

Tha ladhran nan each a' bualadh agus a' sgrìobadh ris na
creagan fodhainn.  Cluinnidh mi cù a' gabhail burral beag ás; tha
fear eile a' tabhann 's e air a bhioran.  Tha mac-talla a' leantainn an
tabhainn, mar gun robh sinn ann an àite a tha anabarrach mór
agus fàs.  'S e sluagh tostach a tha anns na sìthichean; cha chluinn
mi eatarra ach dùrdan an-dràsta 's a-rithist.

. . . . . . . . .

Tadhail air duilleag 27.

(O dhuilleag 26)

An déidh na marcachd fhada fhada ud anns an duibhreachd, tha mi a' clisgeadh 's mi a' cluinntinn guth a' bhoireannaich àird. "Stadaibh, a chompanacha!  Thoiribh air adhart am balach."

Tha mi a' faireachdainn an eich a' stad 's am marcaiche air mo bheulaibh 'ga socrachadh.  Cluinnidh mi i ag ràdh rium os ìseal, "Bi modhail, a mhic − agus dh'fhaoidte gum mair thu beò fhathast."

Tha sinn a' marcachd ceum no dhà eile anns an dorchadas. Cluinnidh mi am boireannach àrd ag ràdh rium, "Fàilt' ort, 'ille. Fàilte gu tìr dannsairean sòlaimte na doimhne.  Dé do bheachd air mo fhlaitheas?"

Tha mi a' cnuasachadh mo fhreagairt gu cùramach.  "'S ann caran − dorcha 'tha e."

. . . . . . . . .

Tadhail air duilleag 28.

(O dhuilleag 27)

Cluinnidh mi a' bhean-shìthe a tha mi air a bhith a' marcachd air a cùlaibh, a' leigeil leth-snòdarsaich an cois na freagairt seo. An uair sin,  tha i ag ràdh, "Dhiùlt e gibht na léirsinn, a bhaintighearna."

Tha am boireannach àrd a' leigeil osna. "An lean thu romhad air an aon alt? 'S urrainn dhut suidhe ann an toll san dorchadas fad seachd bliadhna, mas àill leat. Gun teagamh – chan mholainn-sa e."

………

Dé nì mi?

*Cha ghéill mi ris na daoine a ghlac mi.*

Tadhail air duilleag 29.


Air neo an dèan mi na leanas?

*Iarraidh mi a' ghibht a tha seo.*

Tadhail air duilleag 30.

(O dhuilleag 28)

Cha chreid mi gum b' fheàirrde dhomh co-obrachadh leis na daoine a ghlac mi. Tha mi a' fantainn sàmhach. Tha am boireannach àrd a' bruidhinn a-rithist. "Seo do chothrom mu dheireadh, 'ille. Dèan deagh-roghnachadh."

Ach tha mi air roghainn a dhèanamh. Cumaidh mi mo bheul dùinte.

Tha i a' leigeil osna throm. "Dhan t-sloc leis."

Tha mi a' leigeil sgiamh agus a' strì riutha; tha mi a' tarraing na tarraige ás mo phòcaid. Saoilidh mi gun deach agam aonan dhiubh a sgròbadh leis mus do thuit e ás mo làmh anns an dorchadas. Tha iad 'gam phutadh sìos agus 'gam bhreabadh gus nach eil strì air fhàgail annam. Tha iad 'gam shlaodadh greiseag an uair sin. Mu dheireadh thall, tha iad 'gam thogail is 'gam thilgeil…

Tha mi a' tuiteam astar fada fada mus ruig mi

………

A' Chrìoch.

(O dhuilleag 28)

Tha mi a' clìoradh m' amhaich. "A bhaintighearna – rinn mi ath-bheachdachadh. Ma tha gibht ann a bheir léirsinn dhan dallaran, nach biodh e mì-mhodhail a dhiùltadh?"

Tha mi a' cluinntinn triutan gàire tioram. "Gu dearbh. 'S e deagh-bheus a tha os cionn gach rud eile." Tha am boireannach àrd a' stad gun bruidhinn tiotag. "Na gluais. Bidh seo a' faireachdainn – car mì-àbhaisteach." Tha mi a' faireachdainn làmhan a' faighinn greim air mo cheann. Tha nòisean agam, chan eil fios a'm ciamar, gu bheil aodann a' tighinn dlùth dhomh agus tha bilean a' suathadh ri mo mhala an uair sin. Gu h-obann, tha teanga fhliuch a' sleamhnachadh thairis air clach mo shùla.

Tha mi a' tarraing ospag. "Dé fon ghréin…"

Ach an uair sin, mar solas a tha ag éirigh tro leòsan salach de ghlainne, chì mi rud.

. . . . . . . . .

Tadhail air duilleag 31.

(O dhuilleag 30)

'S e sealladh doilleir a tha ro mo shùilean an toiseach. Tha sgleò air mo léirsinn, mar gun robh e ceòthach. 'S gann gum faic mi aodann a' bhoireannaich àird air mo bheulaibh. Agus an uair sin, mar gun do theich an ceò, chì mi i an da-rìribh. Tha a falt, biorach agus sgàrlaid mar phreas droighinn as t-fhoghar, os cionn a h-aodainn a tha cho bàn ris an uachdar. Mar a thàirngeas mise ospag 's iongnadh mór orm, tha fiamh a ghàire cham a' tighinn air a sùilean. Tha i a' coimhead orm ann an deagh-ghean. An déidh tiotaige no dhà tha i ag ràdh, "A bheil sin nas fheàrr?"

. . . . . . . . .

Tadhail air duilleag 32.

(O dhuilleag 31)

Leis gu bheil mo léirsinn a' tilleadh 's mi ann an dubh-dhorchadas roimhe, tha mi a' coimhead seachad air a' bhoireannach àrd.

Chì mi creagan 'nan laighe air an làr agus carraighean mun cuairt air an t-slighe shnìomhanaich. Tha coltas gu bheil e a' dol a dh'ionnsaigh uamha ana-mhór ged is gann gum faic mi fann-sholas dheth uaithe seo. Ged a tha gach rud liath, tha dathan a' fàs 'nam shealladh, cho beartach 's soilleir nach fhaca mi a-riamh roimhe. Tha mi a' tarraing ospag. "Tha seo mìorbhaileach. Na dathan…"

Tha fiamh de ghàire cham a' tighinn air a bilean. "Fàilte gu Tìr nan Sìthichean, a dhuineachain. Gach tlachd a th' ann an Nèamh agus gach uabhas a th' ann an Ifrinn san aon àite."

Tha mi a' coimhead air càch a tha cruinn mun cuairt oirnn. 'S e dathan a' bhogha-fhrois a tha mi a' faicinn air na h-eich a-nis. Tha na coin a' deàrrsadh mar sholas na gealaich an cruth bheathaichean 's le comas gluasaid annta. Agus tha an t-aodach air na marcaichean a cheart cho beartach 's a chitheadh tu ann an cùirt bànrigh.

………

Tadhail air duilleag 41.

(O dhuilleag 25)

Tha mi coma dhen t-sloc dubh seo.  Chan eil sìon a dh'fhios agam dé seòrsa gibht a th' ann, ach nach canar gu bheil e nas fheàrr solas a lasadh seach a bhith a' gearan mun dorchadas?

"A mharcaiche – a bhana-charaid.  Chan eil fhios a'm dé seòrsa gibht a bheir léirsinn dhan dall.  Ach ma tha sibh a' tairgsinn a leithid a rud, gabhaidh mi ris."

Cluinnidh mi a' bhean-shìthe dhubh a' dèanamh gàire shàmhach.  "'S fheàrr piseach anmoch na 'bhith gun phiseach idir.  Bhitheadh seo na b' fhasa air an talamh ach –"

Tha mi a' faireachdainn an eich a' stad dhe ghluasad.  "Na dèan clisgeadh," tha i ag ràdh.  "Bidh mi a' tionndadh 'gad ionnsaigh."  Tha i a' dèanamh sin gu spàgach.

Tha i a' cur làmh air mo leth-cheann is ag aomadh thugam.

Dé tha i a' dol a dhèanamh, tha iongnadh orm.  A bheil i a' dol 'gam phògadh?  Ach chan eil – chan eil buileach co-dhiù.  Tha i a' cur a bilean air mo shùil agus – 'ga h-imlich an uair sin.

. . . . . . . . .

Tadhail air duilleag 34.

(O dhuilleag 33)

Tha mi a' tarraing ospag. "Dé fon ghréin…" Ach an uair sin, mar sholas a tha ag éirigh tro leòsan salach de ghlainne, chì mi saoghal làn iongnaidh.

Tha gach rud car doilleir an toiseach. Sgleòthach. 'S gann gum faic mi aodann a' bhoireannaich air mo bheulaibh. Tha a falt, cho dubh ri cùirtear de dhuibhead, mar fhrèam air dà thaobh a h-aodainn bhàin. Chì mi fiamh sunndach a' tighinn air a sùilean 's i a' cumail sùil gheur orm. An déidh tiotaige no dhà tha i ag ràdh, "Nas fheàrr?"

Chì mi creagan 'nan laighe air an làr agus carraighean-cloiche ri taobh slighe snìomhanaiche. Ged a tha gach rud liath, tha dathan a' fàs 'nam shealladh, cho beartach 's dian nach fhaca mi a-riamh roimhe. "'S ann mìorbhaileach a tha seo. Na dathan…"

Tha fiamh de ghàire cham-bhileach a' tighinn oirre. "Na dathan."

Chì mi an còrr dhe na marcaichean a-nis, a' leantainn na slighe gu cùramach. Tha dathan a' bhogha-fhrois air na h-eich. Agus tha coltas gu bheil na coin a' deàrrsadh. Tha coltas neamhnaide beò orra, mar gun do dhealbh cuid-eigin beathaichean de neamhnaidean 's a' cur comas gluasaid annta.

………

Tadhail air duilleag 35.

(O dhuilleag 34)

Tha grunn mharcaichean a' coimhead oirnn.  Gu grad, tha a'
bhean-shìthe a' tionndaidh air adhart.  "Tha sinn air dheireadh."
Tha sinn a' leantainn sreath nam marcaichean a-rithist.  'S ann le
sùilean ùra a tha mi a' faicinn na companachd air fad a-nis.  Chì mi
na h-eich le am bian peallagach air a bheil dathan a' bhogha-fhrois.
Gabhaidh mi iongnadh de dheàrrsadh bàn na gealaich a tha air na
coin.  Agus de dh'aodach an t-sluaigh-shìthe cho beartach, mar
éideadh ann an cùirt bànrigh.

Leis an léirsinn ùr a fhuair mi, tha an uamh tron a bheil sinn a'
siubhal 'na culaidh-iongnaidh.  Tha na clachan a' deàrrsadh mar
gun robh solas 'nam broinn.  Tha criostalan a' fàs air cuid dhe na
carraighean cloiche, cha mhór mar gheugan is duilleagan air
craobhan.

An déidh dhuinn marcachd fad ùine mhór, tha e a' cur
clisgeadh orm nuair a chluinneas mi guth a' bhoireannaich àird.
"Stadaibh, a chompanacha!  Thoiribh air adhart am balach."

. . . . . . . . .

Tadhail air duilleag 36.

(O dhuilleag 35)

Tha a' bhean-shìthe a tha mi a' marcachd air a cùlaibh a' tionndadh thugam; tha mi a' faireachdainn an eich a' stad is i a' gluasad 'na dìollaid. 'S ann os ìseal a tha i ag ràdh rium. "Bi modhail, a mhic – agus is dòcha gum mair thu beò."

Tha sinn a' marcachd ceum no dhà eile, seachad air carraighean de chriostal a tha a' deàrrsadh mar sholas na gealaich. Chì mi am boireannach àrd a' gnogadh a cinn is sinne a' tighinn dlùth. Tha mi a' tighinn far an eich agus a' tionndadh thuice-se.

"Fàilt' ort, a bhalaich. Fàilte gu tìr dannsairean sòlaimte na doimhne. Dé do bheachd air mo fhlaitheas?" Tha mi 'ga freagairt anns a' bhad. "A bhaintighearna, seo tìr nam mìorbhail. Tha na dathan … cho beartach 's dian, nach fhaca mi 'leithid riamh."

Tha i a' gnogadh a cinn ann an aonta. "Fàilte gu Tìr nan Sìthichean, 'ille. Gach tlachd a th' ann an Nèamh agus gach uabhas a th' ann an Ifrinn san aon àite."

Chì mi am boireannach àrd ás ùr le mo chomas-léirsinn ùr cuideachd. Tha a falt biorach sgàrlaid a' deàrrsadh mar chrùn de theine.

. . . . . . . . .

Tadhail air duilleag 41.

(O dhuilleag 23)

Nì mi cnuasachadh, tiotag. "Tha amharas agam nach fhaigh mi cus taic an seo. Ma tha sibh a' tairgsinn gibht dhomh, cha bhi mi cho mì-mhodhail 's gun diùltainn e."

Tha a' bhean-shìthe leis an fhalt dubh a' snaidhm na sréine ri muing an eich. "Bidh seo nas fhasa ma sheasas sinn air an làr. Thig a-nuas." 'S ann car cearbach a tha mi a' sleamhnachadh far an eich. Nì ise an aon rud ach fada nas gràsmhoire. Tha i na seasamh an-sin, a' coimhead orm. Tha i beagan nas àirde na mise, ged nach eil eadarainn ach òirleach.

Chì mi fiamh-ghàire oirre agus tha i ag ràdh, "Na clisg. Bidh seo 'faireachdainn caran neònach." Tha i a' cromadh thugam agus a chur a dà làmh air mo dhà lethcheann − a bheil i a' dol 'gam phògadh? Tha i a' tarraing sìos m' aodann beagan. Tha mi a' faireachdainn a bilean air mo mhala. Agus an uair sin, gu h-obann, tha a teanga fhliuch a' sleamhnachadh thairis air mo sgàil-sùla.

Tha mi a' tarraing ospag. "Dé fon ghréin…" Ach an ùine ghoirid, mar gu bheil cuid-eigin a' toirt leòsan grìseach de ghlainne air falbh on t-saoghal − chì mi rudan. Chì mi a h-uile rud.

………

Tadhail air duilleag 38.

(O dhuilleag 37)

Tha luisneadh anns a' cheò fo na beanntan ann an solas na gealaich. Tha e mar gu bheil a' ghealach fhéin a dhà thuras a mheud nam shùilean. Gu h-obann, tha na neòil a' sgoltadh agus chì mi beinn ana-mhór os ar cionn. Aig bonn na beinne tha rathad mór a' dol sìos. A' tighinn far an rathaid mhóir, tha slighe nas lugha a' dol an àirde, a' snìomhadh seachad air an druim air a bheil sinne 'nar seasamh. Agus chì mi a-nis gur e drochaid cloiche a tha anns an druim seo.

Tha mi a' tarraing ospag 's uiread a dh'ioghnadh orm agus cluinnidh mi a' bhean-shìthe ag ràdh: "Chì thu 'n fhìrinn a-nis, seach am mearachadh-sùla. 'S e rathad mór a dh'ionnsaigh gòraiche 'tha fodhainn. Agus a' dol an àirde seachad oirnn, tha slighe bheag a' ghliocais. Agus seo, far a bheil sinne 'nar seasamh, seo an drochaid gu Tìr nan Sìthichean. Air muin an eich a-rithist a-nis – feumaidh sinn marcachd."

Tha i a' leum dhan dìollaid agus tha mise a' suidhe air a cùlaibh le beagan taic. Tha sinn a' dol a-steach do shreath nam marcaichean a-rithist agus a-steach tro Gheataichean Tìr nan Sìthichean.

.........

Tadhail air duilleag 39.

(O dhuilleag 38)

Chì mi mìorbhail an déidh mìorbhail is sinne a' marcachd. Ged a bha coltas eige duibhe anns a' chreig roimhe, chì mi dathan nach fhaca mi a-riamh roimhe a-nis, is sinne a' marcachd a-steach. Tha an t-slighe a' snìomhadh eadar creagan a tha 'nan laighe air an làr is carraighean, loinnir bheartach is dhian anns na clachan. "Tha seo mìorbhaileach," tha mi ag ràdh. "Na dathan ...."

Tha mi a' cluinntinn triutan gàire uaipe. "Na dathan."

A' snàigeadh a-réir na slighe creagaiche, tha coltas dealrach air na coin, mar gu bheil solas na gealaich 'nam broinn. Tha dathan a' bhogha-fhrois air bian peallagach nan each a-nis. Agus tha an t-aodach air na marcaichean a cheart cho beartach is soilleir 's a chitheadh tu ann an cùirt bànrigh. Tha am mullach os ar cionn mar gu bheil solas rionnagan ann, a' snàigeadh thairis air na clachan gu slaodach.

Mar as fhaide a mhaireas an turas marcachd, 's ann as fharsainge agus as àirde a tha an uamh a' fàs agus tha e a' sìor-fhàs nas soilleire. Mu dheireadh thall, cluinnidh mi am boireannach àrd ag éigheach: "Stadaibh, a chompanacha! Thoiribh air adhart am balach."

. . . . . . . . .

Tadhail air duilleag 40.

(O dhuilleag 39)

Tha a' bhean-shìthe a' cur a sàilean ris an each gu socair. Tha sinn a' marcachd ceum no dhà eile, a' tighinn dlùth air a' bhoireannach àrd. Chì mi am marcaiche leis an fhalt dubh a' dèanamh sanas rium a dhol far an eich, agus fo anail tha i ag ràdh rium, "Na bi mì-mhodhail a-nis, 'ille. Agus dh'fhaoidte gum mair thu beò fhathast."

Chì mi am boireannach àrd ás ùr cuideachd le mo chomas-léirsinn ùr. 'S ann cho bàn ris a' bhainne a tha a craiceann. Agus tha a falt sgàrlaid a' deàrrsadh mar chrùn de theine. Tha i a' coimhead orm, 'gam bhreithneachadh. "Fàilt' ort, a bhalaich. Dé do bheachd air mo fhlaitheas?"

"A bhaintighearna, seo tìr nam mìorbhail. Tha 'deàrrsadh le dathan a tha cho beartach is dian. Chuala mi mu bhòidhchead Tìr nan Sìthichean, ach cha do smaoinich mi 'riamh gun robh àite mar seo ann."

Tha i a' gnogadh a cinn ann an aonta. "Fàilte gu Tìr nan Sìthichean. Gheibh thu gach tlachd a th' air Nèamh agus gach uabhas a th' ann an Ifrinn an-seo. A h-uile rud san aon àite. "

. . . . . . . . .

Tadhail air duilleag 41.

(O dhuilleagan 32, 36 is 40)

Cluinnidh mi am boireannach àrd a' bruidhinn. "Fhad 's a bhios tu san tìr seo, 's ann agam fhìn a bhios tu. Bidh tu 'nad shearbhanta agam, agus chan àithn duin' ach mise thu. 'S ann fo mo dhìon-s' a tha thu, agus cha dèan duine cron ort gun chead uam. Agus bidh tu 'nad chulaidh-spòrs agam.

"Fhad 's a bhios tu 'nam sheirbheis, feumaidh tu facal aont' a thoirt do gach rud a chanar riut, ge be có bhios bruidhinn riut agus ge be gliocas no amaideas a bhios ann. Ma nì thu seo gun fhàilligeadh, tillidh tu do thìr nan daoine an déidh nan seachd bliadhna. Ach ma chanas tu facal eas-aontais, bidh thu fo m' smachd-sa gu sìorraidh bràth.

"Is mise Bànrigh Dearg-Sheud. 'S e 'rùbaidh mo chlach. Tha mi 'riaghladh na tìre seo – ach sgìr' a-siud 's a-seo."

. . . . . . . . .

Tadhail air duilleag 42.

(O dhuilleag 41)

# CAIBIDEIL 3

A' gnogadh a cinn rium, tha Bànrigh Dearg-Sheud ag ràdh, "Gheibh thu seòmar beag, àite far an dèan thu tàmh agus far an ith thu biadh. Thig thu chun an t-seòmair-shuidhe san taigh mhór agam làrna-mhàireach. Nì thu frithealadh dhomh nuair a ghabhas mi biadh na maidne agus innsidh mi dhut dé nì thu an latha ud."

Tha a' bhànrigh àrd leis an fhalt sgàrlaid a' tionndadh ris an t-sìthiche leis an fhalt dubh. "Gual Dubh. Thug thusa leat am balach thairis air an drochaid, nach dug?"

Le gnogadh, tha an sìthiche leis an fhalt dubh ag ràdh, "Thug, mo bhànrigh."

"Thoir leat e gu Talla nan Sealgair. Thoir seòmar is leabaidh dha. Aig glasadh an latha, stiùir gu mo sheòmar-suidh' e." Tha Gual Dubh a' cromadh a cinn rithe gu domhain, cha mhór béic.

. . . . . . . . .

Tadhail air duilleag 43.

(O dhuilleag 42)

A' coimhead 'gam ionnsaigh a-rithist, tha Bànrigh Dearg-Sheud a' tomhadh ris an t-sìthiche leis an fhalt dubh. "Sin Gual Dubh. Lean rithe. Faodaidh tu ceistean a chur oirre. Dh'fhaoidte gun innis i 'n fhìrinn no breug dhut, dìreach mar a bhuaileas oirre. Dèan geur-bheachdachadh. Bidh air d' fhaiceall. Fàs crìonna. Agus thar gach rud eile, thoir àbhachd dhomh. Dèan na rudan seo gun fhàilligeadh agus dh'fhaoidte gum faic thu do dhachaigh 'rithist latha air chor-eigin."

A' tionndadh ris na marcaichean air astar, tha a' bhànrigh a' togail a gutha. "Muinntir na seilge-sìthe! Nì sibh mar a thogras sibh fhéin gus an gairm mi 'rithist." Tha i a' bualadh a làmhan dà thuras. "Tha fiù 'n t-each slaodach a' coiseachd gu luath 's e 'tilleadh chun an t-sabhail."

Chì mi muinntir na seilge-sìthe a' sgapadh eadar marcaichean, eich, coin 's a h-uile gin. Tha am boireannach àrd – Bànrigh Dearg-Sheud – a' marcachd air falbh air a socair.

. . . . . . . . .

Tadhail air duilleag 44.

(O dhuilleag 43)

Chì mi Gual Dubh a' tionndadh rium. Tha i a' cromadh a cinn 's ag ràdh, "Dé 'n t-ainm a th' ort, 'ille?"

Nì mi cnuasachadh tiotag. "Tha ceist agam oirbh. A bheil e mar fhiachaibh orm ur freagairt?"

Tha i a' leigeil triutan gàire. "Deagh-cheist. Ma chanas mi riut "Chan-e-Sìm an t-ainm a th' ort," feumaidh tu aontachadh agus freagairt d' a réir. Ma chanas mi riut "Dé 'n t-ainm a th' ort?" bheir dhomh ainm sam bith a thogras tu. Ma chanas mi riut "Thalla 's glan na stàbaill," glanaidh no nach glan thu na stàbaill mar a thogras tu. Ach ma chanas a' Bhaintighearna Dearg-Sheud riut "Glan na stàbaill" – b' fheàirrde dhut an glanadh.

. . . . . . . . .

Dé nì mi?

*An toir mi ainm bréige dhi, san dòchas nach fhaigh ise cumhachd orm?*

Tadhail air duilleag 45.


Air neo an dèan mi na leanas?

*Innsidh mi dhi an t-ainm a thug mo mhàthair dhomh.*

Tadhail air duilleag 50.

(O dhuilleag 44)

"Cleachdaidh mi ainm a tha 'na thòimhseachan agus 'na fhealla-dhà. Chan-e-Sìm an t-ainm a th' orm, a-seo ann an Tìr a' Mhuinntir Bheannaichte." Tha mi a' dèanamh sùil bheag rithe 's a' gnogadh mo chinn, agus chì mi fiamh-ghàire a' tighinn oirre beag air bheag.

"Chan-e-Sìm, an e sin an t-ainm a th' ort?" Tha mi a' gnogadh mo chinn ann an aonta. "Seadh, a bhaintighearna falt an fhithich. Chan-e-Sìm an t-ainm a th' orm. Gun teagamh sam bith. Tha, gu deimhinne."

Tha i a' glacadh a bile ìochdarach eadar a fiaclan, a' nochdadh lag-maise air a gruaidh. Tha i a' faighinn greim air srian an eich-shìthe a tha 'na sheasamh ann gu foighidinneach. Nì ise leum dhan dìollaid, cho luath ri cat. "Tiugainn, Chan-e-Sìm." Tha mi a' dìreach an eich air a cùlaibh.

Tha sinn a' marcachd dhan uaimh aibheisich anns a bheil Tìr nan Sìthichean. Leigidh mi ospag, 's mi a' faicinn mìorbhailean an t-saoghail chloiche a tha mun cuairt orm. Feumaidh gu bheil an uamh mìle a dh'àirde, agus nas motha na chitheadh sùil.

. . . . . . . . .

Tadhail air duilleag 46.

(O dhuilleag 45)

Tha solas os ar cionn anns an àite far am biodh grian meadhain-latha. Chan eil e cho soilleir ris a' ghrian. Ach tha e nas motha agus nas soilleire na gealach an abachaidh.

Chì mi balgain-bhuachair a tha cho mór ri craobhan a' fàs dà thaobh na slighe. Tha iad a' fàs nas dlùithe aig amannan na craobhan ann an coille sam bith anns an t-saoghal uachdarach. Tha solas a' tighinn dhiubh ann am mìle dath, agus gun fiù facal agam air cuid dhe na dathan. Cha mhór gu bheil iad a' deàrrsadh fo sholas na gréine-sìthe. Chì mi creutairean a' gluasad mun cuairt. Meanbh-fhrìdean, dearcan-luachrach, luchagan. Tha ialtagan agus cuileagan-sionnachain ris an cuid dhannsaichean àrsaidh os ar cionn. Aon turas, tha cailleach-oidhche bhàn ag itealaich seachad, cho sàmhach ri taibhse.

Fad greis, tha sinn a' marcachd gun fhacal bruidhne. Tha mi a' faireachdainn blàths a cuirp 's mo làmhan air a cruaichnean.

Cluinnidh mi i ag ràdh, an déidh greiseige, "Chan eil e cho dona a-seo. Nuair a dh'fhàsas tu cleachdte ris."

. . . . . . . . .

Tadhail air duilleag 47.

(O dhuilleag 46)

Ann an ùine bheag, tha sinn a' dlùthachadh air togalach de mheud meadhanach. 'S ann de chlachan liatha a tha na ballachan aige, agus clàran sglèata air a mhullach. Chì mi dà dhoras fosgailte ann am beul an togalaich, a' leigeil adhar a-steach dhan doilleireachd. Tha Gual Dubh a' sméideadh a dh'ionnsaigh an togalaich. "Seo Talla nan Sealgair. Seòlaidh mi 'n rathad a-steach dhut."

'S ann far an eich a tha sinn a' tighinn, agus tha i a' gabhail air mo làimh. "Tiugainn – Chan-e-Sìm."

Tha talla mór am broinn an togalaich. Tha tallain, air an dèanamh de sheichean cartaidh no brataichean fighte, a' roinneadh an àite ann an "seòmraichean" beaga. Chì mi grunn uinneagan beaga a' leigeil a-steach beagan solais. Tha globaichean, mar leòis gun teine, a' cruthachadh na cuid as motha dhen t-solas. Nàdar de dhraoidheachd-shìthe, ar leam.

Tha Gual Dubh a' gairm "Có tha seo?"

Cluinnidh sinn guth domhain 'ga freagairt á ceàrn cùil air chor-eigin. "Tha Fachan a-seo. Fachan fhéin."

. . . . . . . . .

Tadhail air duilleag 48.

(O dhuilleag 47)

“Tha ’n t-sealg air tilleadh,” cluinnidh mi Gual Dubh ag ràdh. “Thug Baintighearna Dearg-Sheud peata leatha, a dh’fhuireach a-seo fo cuid dìon. Thig a-seo, ’s stiùir do sheòmar e.”

Cluinnidh mi creutair a’ dlùthachadh oirnn gus am faic mi e. Tha mi a’ leigeil ospag an uabhais; chan fhaca mi creutair d’ a leithid a-riamh. ’S ann neònach a tha an ceum aige, a’ leum air leth-chas – oir, mar a chì mi an déidh tiotaige, chan eil e ach air a leth-chois. Tha an leth-chas sin fo mheadhan a bhodhaig, agus tha leth-ghàirdean ri meadhan a bhroillich. Tha leth-làmh air a ghàirdean, cròg spògach. ’S ann am meadhan a bhathais a tha a leth-shùil, ’s chì mi sin a’ caogadh nuair a tha mi a’ dùr-choimhead air. Tha e a’ coimhead orm o mo cheann gu mo chasan, ’s a’ tionndadh ri Gual Dubh. “Nì grànnda, nach e?”

“Sin mar a tha e,” tha i a’ freagairt. Tha i a’ dèanamh priobadh a sùla rium. “Aig an àm seo, tha am fear seo a’ cumail ainm dha fhéin. Chan-e-Sìm, seo ’n t-ainm a th’ agam air. ’S cinnteach gu bheil an t-ainm sin cho math ri gin eile.”

. . . . . . . . .

Tadhail air duilleag 49.

(O dhuilleag 48)

Chì mi am Fachan a' sméideadh a ghàirdean a dh'ionnsaigh àite bhig a tha air a leth-chuairteachadh le seiche mairt agus le cùirtear de dh'aodach fighte air a bheulaibh. "Nì an seòmar ud an gnothach. Tha e falamh fhathast on deach am fear mu dheireadh a ghlacadh mar chàin."

Tha a' bhean-shìthe leis an fhalt dubh, Gual Dubh, a' gnogadh a cinn rium, 's a' sméideadh a dh'ionnsaigh an t-seòmair. "Sin thu, ma-thà. Leigidh mi leat an-dràsta – agus dèan rud sam bith a thogras tu. Tillidh mi nuair a shoilleiricheas an solas os ar cionn. Bi deiseil."

. . . . . . . . .

Tadhail air duilleag 54.

49

(O dhuilleag 44)

Hmm. Chan eil adhbhar a' bualadh orm an t-ainm a thug mo mhàthair dhomh a chumail am falach.

"'S e Madadhan an t-ainm a th' orm."

Cluinnidh mi Gual Dubh a' dèanamh gàire. "Mar eadh, is tusa Madadhan! Dé eile 'bhiodh ort?"

Tha i, 's i ri gàireachdainn fhathast, a' faighinn greim air srian an eich-shìthe a tha 'na sheasamh ann gu foighidinneach. 'S ann cho luath ri cat a tha i, 's i a' leum dhan dìollaid. "Tiugainn, a Mhadadhain." Tha mi a' dìreadh an eich air a cùlaibh.

.........

Tadhail air duilleag 51.

(O dhuilleag 50)

Nuair a tha sinn a' marcachd dhan uaimh aibheisich anns a bheil Tìr nan Sìthichean, tha an saoghal creagach a tha mun cuairt oirnn a' cur iongnadh orm. 'S ann co-dhiù mìle a dh'àirde a tha an uamh, agus nas motha na chitheadh sùil. Chan eil grian ann, ach tha solas mór os ar cinn, nas motha agus nas soilleire na gealach an abachaidh.

Chì mi balgain-bhuachair cho mór ri craobhan a' fàs air dà thaobh na slighe. Tha solas a' luisneadh dhiubh ann am mìle dath, agus gun fiù facal agam air cuid dhe na dathan. Ann an solas an lòchrain-shìthe gu h-àrd chì mi plathadh de chreutairean beaga a' gluasad mun cuairt. Aon turas chì mi losgann, cho mór ri broc ach cho bàn ris an t-sneachd. Chì mi cuileagan-sionnachain ris an dannsa àrsaidh aca os ar cionn.

. . . . . . . . .

Tadhail air duilleag 52.

(O dhuilleag 51)

Ann an ùine bheag tha sinn a' dlùthachadh air togalach de mheud meadhanach. Tha ballachan de chlachan liatha aige agus clàran sglèata air a mhullach.

Chì mi Gual Dubh a' sméideadh a dh'ionnsaigh nan dorsan fosgailte. "Seo Talla nan Sealgair. Seòlaidh mi 'n rathad a-steach dhut." Tha sinn a' tighinn far an eich. "Tiugainn – a Mhadadhain."

Chan eil am broinn an togalaich ach an aon seòmar mór. Tha seichean bheathaichean agus aodach-gréise a' sgaradh an talla ann an àitichean nas lugha. Tha grunnan beag de dh'uinneagan a' leigeil a-steach solas beag. Chì mi cuideachd globaichean glainne, a' deàrrsadh mar leòis gun teine, a' soillseachadh an àite a bharrachd air a sin. Nàdar de dhraoidheachd-shìthe, ar leam.

Tha Gual Dubh a' gairm. "Có tha seo?"

Cluinninn guth domhain 'ga freagairt á ceàrn cùil air chor-eigin. "Mise, am Fachan a tha seo. Fachan fhéin."

"'S ann air tilleadh a tha 'n t-Sealg. Thug Baintighearna Dearg-Sheud peata ùr leatha, a dh'fhuireach a-seo fo cuid dìon. Thig a-seo, 's stiùir do sheòmar e."

. . . . . . . . .

Tadhail air duilleag 53.

(O dhuilleag 52)

Tha am Fachan a' dlùthachadh oirnn gus am faic mi e. Chì mi ceum annasach air, a' leum air leth-chas. Tha mi a' leigeil ospag, 's mì-mhisneachd a' bualadh orm. Chan fhaca mi creutair d' a leithid a-riamh. Chan eil e ach air a leth-chois, agus tha sin fo mheadhan a bhodhaig. Tha leth-ghàirdean air am meadhan a chléibh. Tha leth-làmh air a ghàirdean, cròg spògach. Tha a leth-shùil am meadhan a bhathais a' priobadh 's mi a' dùr-choimhead air. 'S ann o mo cheann gu mo chasan a tha e a' coimhead orm, 's a' tionndadh ri Gual Dubh. "Nì grànnda, nach e?"

"Sin mar a tha e," tha i a' freagairt. "Thuirt am fear seo gur e Madadhan an t-ainm a th' air."

"Deagh-ainm," tha am Fachan ag ràdh. "Ainm nach cluinnear ro thric sna làithean dorcha seo."

A' coimhead orm a-rithist, tha am Fachan a' sméideadh a ghàirdean a dh'ionnsaigh àite bhig a tha air a leth-chuairteachadh le seiche mairt. "Nì 'n seòmar ud an gnothach. Tha e falamh a-nis."

Tha Gual Dubh a' gnogadh a cinn rium. "Sin thu ma-thà. Fàgaidh mi 'seo thu, dèan na thogras tu. Bidh dùil agad rium nuair a shoilleiricheas an solas os ar cionn."

. . . . . . . . .

Tadhail air duilleag 54.

(O dhuilleagan 49 is 53)

Tha mi a' dol a-steach dhan oisean a thomh am Fachan ris, agus chì mi clostar de dh'anart-leapa ann. Gu h-obann, tha e a' drùdhadh orm gun robh e ùine mhór agus rathad fada on a bha mi ann an cadal luaineach 'nam leabaidh fhéin aig an taigh.

Tha mi a' togail trì plaideachan 's gan crathadh gu math is ro-mhath. Nam bheachd, tha coltas fada ro amharasach air a' chluasaig a tha anns an oisean. 'S ann far a bheil e a tha mi 'ga fàgail. Tha mi a' toinneadh plaide 'na chnap air an laigh mi mo cheann, 's tha mi a' dèanamh laighe. Chan eil spùt agam cuin a dhoilleiricheas no cuin a shoilleiricheas a' ghrian-shìthe ud. Tha mi a' cur romham fois a ghabhail fhad 's a bhios an cothrom agam. Tha an dà phlaide eile 'gam chòmhdachadh gu seasgair, agus tha mi a' tuiteam nam chadal gu luath.

. . . . . . . . .

Tadhail air duilleag 55.

(O dhuilleag 54)

Tha cuid-eigin 'gam dhùsgadh ged a tha mi a' faireachdainn mar nach d'fhuair mi ach tiotag de chadal. Cluinnidh mi clag a' seirm, 's guth an Fhachain ag ràdh, "Dùisgibh, dùisgibh! Tha glasadh air an latha!"

Tha mi a' smàgail a-mach fo na plaideachan agam, a' mèananaich 's 'gam shìneadh. Tha mi a' toinneadh nam plaideachan 's 'gan cur sìos air a chéile gu sgiobalta taobh a-muigh an àite-chadail agam. Rinn mi cadal 'nam aodach, cha mhór. 'S ann air an ùrlar a tha mi a' dèanamh suidhe, is a' cur mo stocainnean is mo bhòtannan orm.

Chì mi daoine eile ag éirigh taobh eile an trannsa, air cùlaibh leth-sgàileanan de sheichean cartaidh no gréis-bhrataichean. Tha iad a' coimhead orm gun fhacal a ràdh. Chì mi trì fir òga agus boireannach beagan nas sine an siud. Tha aodach snasail orra.

..........

Dé nì mi?

*Bruidhnidh mi riutha.*

Tadhail air duilleag 56.


Air neo an dèan mi na leanas?

*Théid mi a-mach, a choimhead airson Gual Dubh.*

Tadhail air duilleag 60.

(O dhuilleag 55)

Tha mi a' gnogadh mo chinn ris a' bhuidhinn bhig a tha 'na seasamh aig taobh eile an talla 's mi a' tighinn a-mach ás an àite-chadail agam. Chì mi na trì fireannaich òga agus am boireannach 'nan seasamh cruinn còmhla. Tha iad a' coimhead orm gun fhacal, ach chan eil coltas gu bheil iad mì-bhàidheil.

Tha dreasa de lios dorcha air a' bhoireannach. Chan eil an cliabhan-ceangail ach 'ga leth-chòmhdachadh. 'S ann caran reamhar a tha i, ach tha dreach oirre fhathast. Tha sgiort oirre anns nach eil ach badan de sgarfaichean ioma-dhathte a tha crochte ri crios leathair fighte air a bheil bucall airgid snasail. Tha a falt ceangailte ann an sgarfa phurpaidh.

'S ann nas àirde na mise a tha na trì fireannaich òga. Tha coltas tana làidir orra. Agus tha briogaisean leathair is bòtannan leathair orra. Tha an cuid lèintean flagach, agus de dh'aodach a tha a' snàmh, rud-eigin finealta fighte − anart is dòcha. Tha falt dorcha air aonan dhiubh. Tha falt buidhe air an dithis eile, agus tha iad cho coltach ri chéile nach cuireadh e iongnadh orm nam biodh iad nam bràithrean.

Tha mi a' moladh an latha dhaibh.

.........

Tadhail air duilleag 57.

(O dhuilleag 56)

Tha am boireannach pluiceach a' gnogadh a cinn rium agus tha fiamh-ghàire a' tighinn air na fireannaich leis an fhalt bhuidhe. Chì mi am fear leis an fhalt donn a' coimhead orm o m' cheann gu mo chasan ach chan eil atharrachadh a' tighinn air fhiamh.

An déidh tiotaige no dhà, cluinnidh mi am boireannach leis an sgarfa phurpaidh a' bruidhinn. "Madainn mhath," tha i ag ràdh. "Dé aisling a bh' agad?"

Tha mi caran tro m' chéile. "Tha… chan eil sgath. Rinn mi cadal domhain, cha robh aisling sam bith agam."

Cluinnidh mi am fireannach leis an fhalt dorcha a' dèanamh gàire. "Sgath a dh'aisling! A thìorcais fhéin, cha mhair thusa fad a-seo."

Chì mi fiamh a ghàire air a' bhoireannach. "'S ann cudromach a tha aislingean. Cùm iad 'nad chridhe. Smaoinich orra." Tha na fireannaich leis an fhalt bhuidhe a' coimhead air a chéile tiotag.

.........

Tadhail air duilleag 58.

(O dhuilleag 57)

Tha glug beag a' tighinn asam. "Ais… aislingean. Cumaidh mi sin 'nam chuimhne. Mòran taing."

"Corcar nan Creag."

"B' àill leibh?"

"Corcar nan Creag. 'S e seud purpaidh 'th' ann. Anns na seann-sgeulachdan, bha 'n seud sin 'na leigheas aig daoine air a' mhisg. Am bu toil leat balgam fiona?"

Tha am brochan 'nam cheann a' sìor-fhàs. "An dèan sin leasachadh air cùisean?"

"Chan eil ach beagan. Ach cha dèan e cron a bharrachd."

Chì mi am boireannach pluiceach air a bheil an sgarfa phurpaidh a' tomhadh ri fireannach air a bheil falt donn. "Sin Clach-Ghainmhich. 'S e aislingiche a th' ann-san cuideachd. Agus an fheadhainn seo, 's iadsan Trabhartain a h-Aon agus Trabhartain a Dhà. 'S e labhradairean a th' annta." Tha i a' tomhadh ris na fireannaich leis an fhalt bhuidhe. Chan eil iad ag ràdh smid.

Cha leig mi leas strì ris a' chòmhradh ud tuilleadh, is cuid-eigin a' gnogadh air an doras. "Seadh, feumaidh mi falbh. Madadhan."

………

Tadhail air duilleag 59.

(O dhuilleag 58)

"Duda?" Chì mi Corcar nan Creag a' coimhead orm mar gu bheil mi craicte.

"'S e Madadhan an t-ainm a th' orm."

Tha i a' dèanamh gàire os ìseal. "Gu dearbha fhéin. Madadhan. Gum bi deagh-aislingean agad, a Mhadadhain." Cluinnidh mi na fireannaich aice a' dèanamh gàire mar gun tuirt i rud-eigin eirmseach.

Tha mi a' teicheadh á Talla nan Sealgair leis na tha air fhàgail agam de dh'urram.

. . . . . . . . .

Tadhail air duilleag 60.

(O dhuilleagan 55 is 59)

# CAIBIDEIL 4

Chì mi a' bhean-shìthe Gual Dubh taobh a-muigh an talla. 'S ann cha mhór foighidinneach a tha i a' feitheamh. Chan eil each aice an-diugh. Tha mi a' guidhe madainn mhath dhi.

"Cha robh e ro dhona gu ruige seo." Tha i a' stad an-sin. "Dé 'n t-ainm a th' ort an-diugh?"

"Is mise Madadhan aig an àm seo."

Chì mi i a' gnogadh a cinn. "Tiugainn, a Mhadadhain." Tha i a' tionndadh air a sàil 's a' briseadh ri coiseachd gu luath. Tha mi 'ga dlùth-leantainn. Tha coltas gu bheil an solas-sìthe os ar cionn nas soilleire na an-dé – no an ann a-raoir a bha sin? Gu h-obann, tha e a' bualadh orm nach urrainn dhomh a ràdh an e latha no oidhche a th' ann san àite seo.

"Umh, – a Ghual Dubh?"

Tha i a' tionndadh rium, a' coiseachd dìreach beagan nas slaodaiche. "A bheil ceist ort?"

"An e madainn a tha seo? Nuair a thàinig sinn a-steach, am b' e – feasgar a bh' ann? No oidhche?"

. . . . . . . . .

Tadhail air duilleag 61.

(O dhuilleag 60)

"Chan eil cuairt an latha 's na h-oidhche idir cho cunbhalach a-seo 's a tha iad san t-saoghal gu h-àrd," tha Gual Dubh ag ràdh. "B' urrainn dhut a ràdh gun do ràinig sinn Talla nan Sealgair air an àrd-fheasgar an-dé."

"Seadh. Mòran taing."

An déidh dhuinn coiseachd fad greis, tha an t-slighe a' fàs 'na mhiodar. Mas e miodar an t-ainm ceart air àite farsaing air a bheil rud-eigin car coltach ri crotal a' fàs cho domhain 's cho tiugh 's a dh'fhàsas fraoch air mòinteach. Chì mi beathaichean ag ionaltradh air a' mhiodar, treud – de chaoraich?

Chan e caoraich a th' annta. No chan e buileach. Tha iad a' gluasad mar chaoraich, ach an àite clòimh tha lannan orra. Tha adharcan fada orra, adharcan liabhach lùbach. Agus tha sùilean nathrach orra. Tha an cuid earball a cheart cho goirid 's a tha earball caorach, ach tha iad nas tighe.

"Gual Dubh – dé tha sna creutairean ud thall?"

"'S e caoraich a th' againn orra."

. . . . . . . . .

Tadhail air duilleag 62.

(O dhuilleag 61)

Chì mi togalach mór aig oir thall a' mhiodair chrotail. 'S ann
àrd is creagach a tha e, agus beagan mar gun do stad beinn
leathach slighe 's e a' fàs 'na chaisteal. Tha tùr de chlach shnaidhte
ag éirigh co-dhiù 200 troigh an àirde air an taobh chlì. Tha
carragh de chlach nàdarra ag éirigh co-dhiù 300 troigh an àirde air
an taobh deas. 'S eadar an dà thùr tha balla cas ag éirigh os cionn
leathaid chreagaich chais.

Tha sinn a' coiseachd air slighe a tha a' lùbadh suas an leathad
a dh'ionnsaigh geata ghairbh mhóir. Tha an geata fosgailte 's dà
ròpa 'ga chumail an àirde. 'S ann cho tiugh ri ball-cruaidh luinge
móire a tha iad. Tha na ròpannan a' tighinn a-nuas o ullag a tha
crochte ris a' bhalla, mu dheich ar fhichead troigh os cionn a'
gheata. Tha grunn shaighdearan, no fhreacadan, 'nan seasamh air
a' bhalla seo.

Nuair a tha sinn dlùth air a' chaisteal, chì mi Gual Dubh a'
togail a ghàirdean deas gu h-àrd os a cionn, làmh fosgailte agus a
bas a dh'ionnsaigh a' chaisteil.

Tha aonan dhen fhreiceadan a' séideadh adharc. Cluinnidh mi
dà phong a' seirm anns an adhar, pong ìseal is pong nas àirde.

. . . . . . . . .

Tadhail air duilleag 63.

(O dhuilleag 62)

Tha Gual Dubh a' cumail a làmh ri a cliathaich an uair sin, 's i na seasamh dìomhanach.  Tha mi nam sheasamh ri a taobh.

"Air ur n-adhart is faiceam sibh!" tha guth domhain a' gairm o bhroinn a' gheata fhosgailte.

Chì mi Gual Dubh a' dèanamh comharra rium a leantainn, agus tha sinn a' dol air adhart is dòcha deich troighean. 'S ann ana-mhór a tha an cruth a tha a' nochdadh ann am meadhan an dorais fhosgailte.  Feumaidh gu bheil e co-dhiù dusan troigh a dh'àirde.  Tha e nas àirde na duine sam bith eile a chunnaic mi a-riamh.  'S mathaid gur e fuamhaire a th' ann.  Tha a chraiceann cho tiugh 's garbh ris an rùsg air seann-chraobh.  Tha bata fiodha 'na làimh agus feumaidh gu bheil e co-dhiù sia troighean a dh'fhaid.

"Cluinneam ur n-ainmean is ur gnothaich," tha am fuamhaire ag ràdh.

"Gual Dubh.  Tha mi a-seo mar a dh'àithn Bànrigh Dearg-Sheud dhomh.  Agus tha mi a' coimhideachd Madadhan," – tha i a' tomhadh 'gam ionnsaigh.  "Is esan am balach ùr a thug an t-sealg-shìthe air ais."

. . . . . . . . .

Tadhail air duilleag 64.

(O dhuilleag 63)

"Thigibh a-steach," tha am fuamhaire ag ràdh, 's e a' seasamh gu taobh.

Tha sinn a' dol a-steach dhan doras dorcha. Tha trannsa a' dol tron bhalla chloiche mhór, 's dòcha fichead troighean a dh'fhaid. Chì mi rudan anns a' mhullach àrd ris an canadh tu "tuill muirt", cliathan meatailt tron a dhòirtear ola loisgeach no stuth marbhtach eile. Tha sèithear ro-mhór ann an dall-uinneag air aon taobh na trannsa. Chì mi am fuamhaire a' crochadh a bhata ri cromag anns a' bhall is a' suidhe anns an t-sèithear fhad 's a théid sinn seachad air.

Tha cliath de bhàraichean meatailt dubha aig deireadh na trannsa. Tha e a' dìon na slighe a-steach dhan chaisteal. Chì mi dà fhreiceadan air taobh thall na cléithe seo, agus miotagan orra eadar an làmhan is an uileannan. Tha an dàrna fear dhiubh a' cur fàilte air Gual Dubh. "Math d' fhaicinn." Cluinnidh mi am fear eile ag ràdh, "Seasaibh air ais on eirc-chòmhla." Tha e a' fuasgladh clàimhean-dorais trom, agus a' fosgladh doras beag aig meadhan na cléithe. "Air d' aire," tha e ag ràdh rium. "Iarann dubh. Ged nach dèan sin diofar mór do shluagh do leithid, ar leam."

.........

Tadhail air duilleag 65.

(O dhuilleag 64)

Tha mi a' leantainn Gual Dubh tron doras bheag anns an eirc-chòmhla. Tha i a' seachnadh cliath an iarainn dhuibh gu cùramach, agus nì mise an aon rud. Ma tha thu ann an Tìr nan Sìthichean, dèan mar na daoine-sìthe, chanainn gu bheil sin ciallach.

Nuair a ruigeas sinn taobh thall a' bhalla, chì mi àite fosgailte farsaing air ar beulaibh. Cùirt-lios is dòcha. Tha àireamh de shaighdearan ann, a' cleachdadh an cuid arm. Tha dithis ri gleac air raon, comharraichte le ròpannan is cipeanan. Chì mi fèithean móra orra 's iad gun stiall aodaich ach briogaisean goirid. Tha feadhainn eile a' ruith suas staidhre, a-null ri taobh a' bhalla agus sìos staidhre eile. Tha coltas gu bheil iad ri eacarsaich. Chì mi gu bheil a' mhór-chuid dhiubh fireann ach tha boireannaich a' gabhail pàirt cuideachd. Tha coltas a cheart cho garbh is làidir orra 's a th' air na fireannaich.

Tha Gual Dubh 'gam stiùireadh seachad air a' chùirt-lios trang, agus tro dhoras eile. Tha sinn a' dol sìos trannsa agus mu dheireadh thall a' stad air beulaibh dorais fhiodha mhóir. Doras le pàtran snaidhte eirmseach.

. . . . . . . . .

Tadhail air duilleag 66.

(O dhuilleag 65)

Tha clag bràiste ri taobh an dorais. Cluinnidh mi Gual Dubh 'ga sheirm aon turas.

Ás deidh dusan anail, is dòcha, tha an doras a' fosgladh. Chì sinn Bànrigh Dearg-Sheud. "Gual Dubh," tha i ag ràdh. "Tapadh leat. Fàg sinn a-nis."

Tha a' Bhànrigh a' tionndadh rium-sa. "Mac an duine. Thig a-steach." Tha i a' làn-fhosgladh an dorais. Chì mi Gual Dubh a' coiseachd air falbh agus gu h-annasach, tha e caran mar gu bheil i 'gam thréigsinn. Ach a dh'aindeoin sin, tha mi a' dol a-steach.

"An do chaidil thu gu math?" tha i a' faighneachd dhìom. "Dé aisling a bh' agad?"

"Chaidil mi math gu leòr. Ach chan eil càil a chuimhne agam air m' aislingean."

Tha i a' liorcadh a bilean. "Coma leat. Chan eil e 'n dàn dhan a h-uile duin' a chuid aislingean a ghléidheadh." Tha i a' sméideadh air paidhir de shèithrichean fiodha mun cuairt air bòrd beag cruinn. "Dèan suidhe."

. . . . . . . . .

Tadhail air duilleag 67.

(O dhuilleag 66)

Tha biadh na maidne air a’ bhòrd.  Slìseagan beaga air a bheil
coltas càise.  Buileann arain.  Agus bobhla de – rud-eigin slisnichte.
Measan is dòcha?  Tha a’ bhànrigh a’ togail spàin mhór, cha mhór
ladar.  Leis an spàin seo, tha i a’ togail badan math de mheasan air
truinnsear, ’s a’ slìobadh an truinnseir ’gam ionnsaigh.  “Dèan
ithe.”

Mus ith mi, tha mi ag ràdh na leanas os àrd, mar is àbhaist
’nam theaghlach.  “Beannachd air a’ bhiadh seo, air a’ bheatha a
chruthaich e agus air an làimh a dh’ullaich e.”

Tha mi a’ togail làn na spàine dhe na measan-sìthe.  Chì mi
iomadh dath is inneach orra, ’s chan aithnich mi gin dhiubh.  Tha
mi ’gam blasadh gu faiceallach.  ’S ann glé thlachdmhor a tha am
blas orra.  Mothaichidh mi blas cha mhór mar ubhal air pìos, le
fiamh uigheagain mhilis agus chì mi dearcan beaga, ’s mathaid rud
car coltach ri gròiseid.  Tha  spìosraidh anns a’ mheasgachadh
cuideachd nach robh agam a-riamh roimhe, a’ fàgail dìreach fiamh
de theas piobrach air.  Glè bhlasta.

. . . . . . . . .

Tadhail air duilleag 68.

(O dhuilleag 67)

Tha Bànrigh Dearg-Sheud a' gabhail sgian umha agus a' gearradh cnap arain dhen bhuileann arain. Tha i 'ga chur air an truinnsear agam is a' sìneadh thugam sliseag no dhà dhen chàise. An uair sin, tha i a' gabhail cnap arain eile dhi fhéin agus pìos càise. Tha i a' sgobadh measan air an truinnsear aice fhéin agus a' tumadh an arain anns na measan.

'S ann an sàmhchair a tha sinn ag ithe fad greiseag. Ann an ùine bheag cluinnidh mi i a' bruidhinn ann an cànan nach tuig mi.

"B' àill leibh?"

Tha fiamh-ghàire air éiginn a' tighinn oirre. "Thuirt mi, 'Thig bochdainn an cois briathrachais.' Nach aithnich thu cànan nan seann fheallsanaichean?"

"Greugais? Chan eil sin agam. Tha Gàidhlig agam agus beagan Lochlannais. Agus tuigidh mi beagan de chainnt nan Nòrmannach, cuideachd."

Tha i a' gnogadh a cinn. "Dh'ionnsaich sinn an seanfhacal ud aig Plato. Abair duine spéiseil a bh' ann, tharraing e spéis gach aon dhinn."

. . . . . . . . .

Tadhail air duilleag 69.

(O dhuilleag 68)

Tha mi a' dian-amharc oirre fad diog. "B' aithne dhuibh Plato?
An duine fhéin?"

Tha i a' dèanamh gàire. "Ìoc, cha b' aithne. Tha mi ro òg
airson 's gum biodh aithn' agam air Plato fhéin. Chan eil mi a
bheag a-mach air mìle bliadhn' a dh'aois! Bha mo mhàthair eòlach
air. Dh'fhàg e deargadh mór fhad 's a bha e san uaimh. Chùm
sinn – air neo a' bhànrigh agus a cuideachd aig an àm – sùil air an
còrr dhe bheatha."

"Nise." Tha i ag amharc 'nam shùilean. 'S ann an leth-
thuaineal a tha mi, mar gu bheil i ag amharc tro m' inntinn agus air
m' anam. "Dé nì mi leat? Chan e Plato eil' a th' annad, ar leam.
Tha fhios a'm gun dèan thu cìobaireachd. Dé eile? An toinn thu
connlach 'na òr? An lorgaich tu gealbhonn air talamh sneachd?
An dèan thu léine gun snàthad no snàithlean? Am buail thu iarann
teth 'na chlaidheamh de stàilinn fhuar?"

Tha i a' stad tiotag; 's ann an neul a tha mi gun teagamh, 's mi
a' feuchainn ris na h-euchdan a dh'iarr i orm a chnuasachadh.

.........

Tadhail air duilleag 70.

(O dhuilleag 69)

"Umh – tha beagan goibhneachd agam.  Chuidich mi 'n gobha aig an taigh, co-dhiù.  O àm gu àm.  Agus – obair nan caorach, gu dearbh."

Tha nàdar de ghàirdeachas a' tighinn oirre.  "Gobha.  Bha leth-nòisean agam gun robh tuar dhen iarann fhuar ort."

Tha an rud a tha 'nam phòcaid a' tighinn gu mo chuimhne fad tiotag.  "Seadh… Chuidich mi 'n gobha uaireannan.  Feumaidh, gur e sin a th' ann."

"An-dà," tha i ag ràdh.  "Seo do roghainn.  Cuidich an seann-ghobha a tha 'fuireach an-seo còmhla rinn, agus tog na th' aige de sgil an iarainn, fuar is teth.  No bi ri cìobaireachd.  Ged nach eil na caoraich againne buileach mar a fheadhainn agaibh-se.  Ach tha mi cinnteach gun dèan thu 'chùis air, aig a' cheann thall."

………

Dé nì mi?

*Nì mi obair cìobaireachd aig nan sìthichean.*

Tadhail air duilleag 71.


Air neo an dèan mi na leanas:

*Ionnsaichidh mi goibhneachd aig a' ghobha.*

Tadhail air duilleag 106.

(O dhuilleag 70)

# CAIBIDEIL 5

Chuidich mi an gobha aig an taigh, beagan. Ach 's e obair nam balgan-séididh a bh' agam mar is trice, 's mi 'nam ghille-plìbire.

"Chan e gobha chlaidheamhan a th' annam. Chan eil mi airson gealladh a thoirt nach coilean mi. Ach tha mi math air cìobaireachd. Rinn mi sin fad mo bheatha."

Tha nàdar de bhriseadh-dùil a' tighinn air Dearg-Sheud, bànrigh nan sìthichean. "Na caoraich, ma-thà." Tha i a' togail a h-aran, a' toirt greim ás agus 'ga chagnadh fad greis.

Tha mi a' togail mo spàin 's a' gabhail greim no dhà dhe na measan. Pìos dhen aran, bìdeag dhen chàise agus tha mo thruinnsear bàn ann an ùine nach eil fada.

Tha i a' seasamh agus nì mise an aon rud. Chì mi i a' coimhead orm gu goirid. "Balach nan caorach. A bheil thu deiseal gu falbh?"

"Tha mi deiseal, a bhean-uasal – ur mòrachd…"

Tha i a' leigeil triutan gàire. "Can Bànrigh rium. No, nuair a bhios sinn 'nar n-aonar 'nam sheòmraichean, faodaidh tu Dearg-Sheud a ràdh rium. Agus nì Bànrigh Dearg-Sheud an gnothach nuair a bhios fonn air leth foirmeil ort."

"Nì mi sin – Dearg-Sheud."

. . . . . . . . .

Tadhail air duilleag 72.

(O dhuilleag 71)

Tha Bànrigh Dearg-Sheud a' gnogadh a cinn gu grad. "Falbh 'nad aonar a-nis. Till chun a' chùirt-lios agus iarr Clach Ghorm. 'S e smàrag a' chlach aige. Iarraidh e air saighdear do stiùireadh gu crò nan caorach. Falbh leis na caoraich tron latha 's thoir a-staigh iad air an oidhche. Nì thu cadal ann am bothan a' chìobair ri taobh crò nan caorach. Anns a' mhadainn, an déidh dhut na caoraich a leigeil a-mach, thig chun a' chaisteil, innis d' ainm is thig a-seo a ghabhail do bhracaist còmhla rium. A bheil thu 'tuigsinn?"

"Tha, a Bhànrigh."

"Thoir leat an t-aran," tha i ag ràdh, agus tha mi 'ga chur fo m' achlais 's mi a' tionndadh ri falbh.

. . . . . . . . .

Tadhail air duilleag 73.

(O dhuilleag 72)

Coisichidh mi a-steach dhan chùirt-lios leis an aran. Tha mi a' coimhead air na saighdearan a tha trang ri eacarsaich fhathast. Chì mi aonan 'na sheasamh leis fhéin. Tha e a' coimhead air an fheadhainn a tha ri gleac. Tha falt de dhath annasach air. Chan fhaca mi falt a bha cho gorm ris an fheur roimhe.

Tha mi a' coiseachd 'ga ionnsaigh. "An cuidich sibh mi? Dh'iarr Bànrigh Dearg-Sheud orm lorg fhaighinn air fear Clach Ghorm."

"Agus shaoil thu leis gu bheil falt dhen dath ud orm gur mise esan?"

"Umh… shaoil."

Tha e a' coimhead orm, suas is sìos, an t-aodann aige cho creagach ri creig. An déidh greis, tha e an impis fiamh-ghàire a dhèanamh. "Deagh-thomhas. Dé tha thu 'g iarraidh?"

"Chaidh iarraidh orm treòiriche iarradh a stiùireas gu crò nan caorach agus bothan a' chìobair mi."

. . . . . . . . .

Tadhail air duilleag 74.

(O dhuilleag 73)

Chì mi Clach Ghorm a' gnogadh a chinn. Tha e a' tionndadh air falbh uam 's a' gairm "Gorm-Leug! Nach dig thu 'seo?" Tha fear tana àrd a' coiseachd a-nall. 'S ann cho maol ri ugh a tha e, agus tha na sùilean aige a cheart cho gorm ris an adhar air latha samhraidh. Tha pàtran ealanta de loidhnichean gorma a' dol a-null 's a-nall air a cheann maol. "Seadh, a chaiptein?" tha e ag ràdh.

Tha Clach Ghorm a' sméideadh 'gam ionnsaigh. "Seo 'n cìobair ùr. Innis dha mar a ruigeas e crò nan caorach."

"Seadh, a chaiptein." Tha Gorm-Leug a' coimhead orm o mo cheann gu mo chasan. Cha do dhearg mi air, a-réir coltais. "Thusa! Thig còmhla rium."

Tha mi a' leantainn Gorm-Leug. 'S ann gu slaodach cùramach a tha e a' gluasad tro chumhang geata an iarainn fhuair. Tha buatham a' tighinn orm, is tha mi a' beantainn ris a' mheatailt le mo chorrag. Fuar agus, an-dà, cho cruaidh ris an iarann. 'S ann mar a bhiodh dùil a tha e a' faireachdainn. Chì mi an duine a' coimhead orm 's mi a' beantainn ris a' mheatailt dhuibh, agus tha mi a' faicinn crathadh an eagail 'na ghuailnean. Tha mèin air aodann a tha ag ràdh "Amadan thusa."

. . . . . . . . .

Tadhail air duilleag 75.

(O dhuilleag 74)

Tha sinn a' coiseachd seachad air an fhuamhaire. Chì mi e a' gnogadh a chinn gu càirdeil nuair a tha sinn a' dol seachad air. A-mach air an doras, tha sinn a' leantainn na slighe creagaiche lùbaiche sìos chun a' mhiodair.

"Gorm-Leug," tha mi ag ràdh. Tha e a' coimhead 'gam ionnsaigh, grad-phriobadh nan sùilean ud a tha cho gorm ris an adhar. "A bheil mi 'tuigsinn dheth gur e saiphir do chlach?" Tha e a' gnogadh a chinn. Chan e beul gun phutan a th' ann, a-réir coltais.

An déidh astar coiseachd, nì mi oidhirp eile. "'S e Madadhan an t-ainm a th' orm."

"Math 'r coinneachadh." Tha e a' coiseachd nas luaithe. Leis cho fada 's a tha a cheum, chan eil e furasta dhomh ceum a chumail ris. Feumaidh mi sgur a bhruidhinn air neo tòisichidh e air ruith.

Tha mi a' leantainn Gorm-Leug a dh'ionnsaigh a' mhiodair chrotail. Chì mi treud nan, an-dà, canamaid caoraich-shìthe riutha, air astar.

. . . . . . . . .

Tadhail air duilleag 76.

(O dhuilleag 75)

Tha an solas os ar cionn, a' ghrian-shìthe, gu math soilleir a-nis. Chan eil e cho soilleir ri feasgar grianach air a' Ghàidhealtachd ach tha e soilleir gu leòr gun teagamh. Cha mhór gu bheil mullach na h-uamha ro-mhór seo a' deàrrsadh. Chì mi dath liath soilleir air agus tha sreathan de chriostal dealrach ann.

Tha sinn a' ruigsinn crò nan caorach an déidh coiseachd leth-mhìle 's dòcha. Chì mì Gorm-Leug a' tomhadh ris. "Sin crò nan caorach," tha e ag ràdh. Tha e a' tomhadh ris a' bhothan bheag ri taobh a' gheata fhosgailte an uair sin. "Sin bothan a' chìobair," tha e ag ràdh.

Cha mhór nach eil e a' seachnadh mo shùilean tuilleadh. "Ceist sam bith?"

"Chan eil dad a' bualadh orm an-dràsta fhéin."

"Ceart ma-thà. An aire leis na caoraich. Chì mi thu 'rithist." 'S ann air a' chaisteal a tha e a' cur aghaidh, agus sin e a' falbh 'na throtan. Tha mi 'nam sheasamh a' coimhead air, 's e a' tilleadh gu math nas luaithe na bha e a' tighinn an-seo.

"Abair creutair neònach," tha mi ag ràdh rium fhìn.

. . . . . . . . .

Tadhail air duilleag 77.

(O dhuilleag 76)

Tha mi a' toirt sùil air bothan a' chìobair.  Chì mi leid le plaide
no dhà air agus cluasag air a bheil coltas beagan nas glaine na an té
a dhiùlt mi ann an Talla nan Sealgair an-raoir.

Poit-theine umha bheag, leth-làn de luath.  Coire copair airson
uisge a ghoil.  Bucaid fiodha a chumas mu thrì galain a dh'uisge.

Agus bachall leis a' cheann chrom.  Abair àite tradaiseanta.
Chan eil a dhìth orm a-nis ach –

"Af!"  Cluinnidh mi cù a' comhartaich agus tha mi a' tionndadh
ris an doras.  Chì mi cù orains is buidhe le blàrag gheal air a
bhroilleach.  Tha casan goirid air ach tha coltas làidir is sùbailte air
co-dhiù.  Tha e a' leigeil comhart a-rithist.

"Shin thu, 'bhalaich!" tha mi ag ràdh.  Tha e a' coimhead orm,
suas is sìos, agus a' leigeil dà chomhart eile.  Saoil a bheil an t-acras
air?

. . . . . . . . .

Dé nì mi?

*Gléidhidh mi an t-aran dhomh fhìn.*

Tadhail air duilleag 78.


Air neo an dèan mi na leanas?

*Bheir mi pìos dhe m' aran dhan chù.*

Tadhail air duilleag 85.

(O dhuilleag 77)

Chan eil agam ach an aon bhuileann arain. Fhad 's fhios dhomh-sa, cha chuir bànrigh nan sìthichean lòn no dìnnear thugam.

Tha mi a' sadadh an t-aran do phòcaid mo sheacaid airson a chumail sàbhailte. "Duilich a chuilein. Chan eil ach aon bhuileann agam airson fad an latha. Chan eil coltas gu bheil thu a' dol á bith leis an acras co-dhiù."

Tha mi a' coimhead a-mach air an doras a dh'ionnsaigh nan caorach-sìthe. 'S ann mu leth-mhìle air falbh a tha iad, mu thuaiream. Tha mi a' togail a' bhachaill on chromaig ris a bheil e crochte agus a' falbh 'nam throtan.

Chì mi an cù 'gam leantainn ach air astar. 'S cù bunach beag a th' ann ach chan eil a chasan a' lagachadh 's e 'na ruith air mo chùlaibh. Saoilidh mi gun rachadh e air thoiseach orm, nan robh e airson sin a dhèanamh. Tha mi an dòchas nach sgaoil e na caoraich-shìthe nuair a thig sinn dlùth orra.

. . . . . . . . .

Tadhail air duilleag 79.

(O dhuilleag 78)

Nuair a thig mi faisg air an treud seo de chaoraich neònach, chì
mi iad a' lireachadh còmhla. Tha na h-uain anns a' mheadhan
agus na caoraich mun cuairt orra. 'S ann taobh a-muigh a'
chearcaill a tha an reithe mór agus reithean òg no dhà, a' cumail
sìos an cinn agus a' coimhead 'gam ionnsaigh. Tha coltas car
eagalach orra. Tha coltas cunnartach orra.

Ach co-dhiù no co-dheth, 's e caoraich a th' annta – nàdar
dhiubh. Ma sheasas mi mo làrach, fàsaidh iad cleachdte rium gu
luath.

Tha mi a' coimhead suas chun na gréine-sìthe. Chan eil ann
ach solas gu h-àrd agus chan ann sna speuran a tha i. Solas air
mullach biast ro-mhór de dh'uamh nach gluais gu bràth. Chan eil
fhios agam dé an uair a tha e. Ar leam gum bu chòir dhomh na
caoraich a thoirt a-steach mus fhàs e dorcha.

Tha e mar gun do ghabh mi bracaist le bànrigh nan sìthichean
ùine mhór air ais. Tha mi a' gabhail balgam no dhà dhen aran.
Feumaidh gu bheil e mu mheadhan-latha. Fanaidh mi an-seo 'nam
sheasamh ri taobh an trèid. Chì iad nach dèan mi cron orra.

………

Tadhail air duilleag 80.

(O dhuilleag 79)

Tha coltas gu bheil na caoraich a' fàs nas socaire an-dràsta. Gu h-obann, tha mi a' gabhail iongnadh càit an deach an cù. Tha mi a' cur sùil mun cuairt air a thòir. Chan eil sgeul air, co-dhiù an-dràsta fhéin. Ò uel. Bidh e mun cuairt am bad-eigin. Chan eil coltas gu bheil ùidh aige anns a' chìobaireachd co-dhiù. Cha chall dhomh sin ma-thà.

Tha mi a' gabhail ceum no dhà a dh'ionnsaigh nan caorach. Tha iad a' clisgeadh agus a' coimhead 'gam ionnsaigh. Chì mi an reithe agus na reithein òga a' gabhail ceum no dhà 'gam ionnsaigh-sa. Tha sin caran àraid. Tha mi co-dhiù aon dusan ceum air falbh on treud fhathast.

. . . . . . . . .

Tadhail air duilleag 81.

(O dhuilleag 80)

Tha mi caran tro m' chéile gu h-obann. Chanainn gum faca mi
trì reithean nuair a ràinig mi an treud an toiseach. Ach chan fhaic
mi ach an reithe mór agus aon reithe eile a-nis. An robh mi ceàrr?
No an deach an treas reithe air seachran am bad-eigin?

Tha mi a' cur sùil mun cuairt. Chan fhaic mi dad a tha ás an
àbhaist. Ach gu bheil seichean lannach agus sùilean nathrach air
na caoraich. Ach chan eil sgeul air a' chù no reithe air seachran…

Tha rud-eigin ceàrr. Saoil am bu chòir dhomh teicheadh o na
caoraich-sìthe? Ma thilleas mi dhan bhothan is ma nì mi càirdeas
ris a' chù ud. 'S dòcha gu bheil barrachd eòlais aige-san air
caoraich-sìthe na th' agam-sa. Chan urrainn nas lugha a dh'eòlas a
bhith aige na th' agam-sa.

………

Dé nì mi?

*Ruithidh mi air ais gu bothan a' chìobair.*

Tadhail air duilleag 82.


Air neo an dèan mi na leanas:

*Coisichidh mi nas fhaisge air an treud.*

Tadhail air duilleag 83.

(O dhuilleag 81)

Tha mi a' tarraing air ais o threud nan caoraich-sìthe. Tha iad a' carachadh beagan agus an dà reithe a' stampadh an casan rium. Ach tha an còrr dhen treud a' fàs nas socaire nuair a bhios mi mu cheud ceum air falbh uapa.

Gu h-obann, ann am badan àrd de chrotal air an taobh, chì mi an treas reithe. Tha e a' coimhead orm 's mi a' falbh. 'S gann gu bheil mi 'ga fhaicinn; leis an dath a th' air a lannan, cha mhór nach gabh fhaicinn idir am measg nam preasan-crotail.

Tha na sùilean nathrach a' dearcadh orm. Chan fhaic mi gluasad sam bith ach na sùilean ud. Ach chì mi gu soilleir nach biodh e ach deann-ruith bheag eadar an t-àite far a bheil e am falach, agus mo chùl far an robh mi 'nam sheasamh beagan cheumannan air ais.

Tha mi a' tilleadh gu bothan a' chìobair 'nam throtan. Tha cobhair a dhìth orm agus tha cuidiche goirid nas fheàrr na a bhith gun chuidiche idir. Tha mi an dòchas gu bheil an cù dèidheil air aran.

. . . . . . . . .

Tadhail air duilleag 85.

(O dhuilleag 80)

Tha rud-eigin a' bualadh orm, dìreach air mo dhruim, gu cruaidh. Tha mi a' tuiteam gu mo ghlùinean agus am bachall a' seòladh ás mo làmhan. Tha mi ag iarraidh air mo chasan ach gu h-obann, tha na caoraich-sìthe ceithir-thimcheall orm. Chì mi na trì reithean agus grunn caoraich a' stampadh mun cuairt orm agus thairis orm. 'S ann lannach garbh a tha an cuid seicean agus fairichinn an casan is ladhran 'gam bhualadh mar ùird.

Tha mi fhathast ag iarraidh air mo chasan nuair a chluinneas mi guth ag éigheach orm. "Amadain a th' annad! Fan air an làr! Crùb thu fhéin gus do dhìon!"

Chan eil fhios agam có tha a' bruidhinn ach chan e deagh-chomhairle a th' ann 'nam bheachd. Cinnteach gum breabadh iad gu bàs mi ma dh'fhanas mi fo na ladhran geura seo. Tha mi ag iarraidh seasamh.

Tha mi a' faireachdainn pian gheur nam làimh chlì. Bhìd caora mi! Chan eil coltas fiaclan chaorach orra idir. 'S ann geur a tha iad, mar fhiaclan nathrach.

. . . . . . . . .

Tadhail air duilleag 84.

(O dhuilleag 83)

Tha mi a’ faireachdainn pian gheur theinnteach ’nam làimh. Cha do dh’fhulaing mi pian d’ a leithid a-riamh roimhe.

Tha tuainealaich a’ tighinn orm ’s tha mi a’ tuiteam a-rithist. Tha grunn chaorach eile ’gam bhìdeadh agus tha an treud air fad a’ ruith air falbh uam an uair sin.

Gu h-obann, ’s mo léirsinn ann an neul, tha an cù bunach buidhe a’ tighinn ’nam shealladh. Ar leam gu bheil mi ’ga chluinntinn a’ bruidhinn rium ’s mi a’ call mothachadh.

“’S e amadan a th’ annad,” tha e ag ràdh. “Chan eil de dh’eanchainn annad na bheireadh blas an dàthaidh bho do cheann! ’S mi tha toilichte nach eil mi air do rathad fhéin!”

. . . . . . . . .

A’ Chrìoch.

(O dhuilleagan 77 is 82)

# CABAIDIL 6

Cha do thachair mi ri cù a-riamh nach robh dèidheil air aran. Agus ma tha thu am beachd caoraich iomain, 's e a' chiad rud càirdeas a dhèanamh ri deagh-chù.

"Shin thu, 'bhalaich!" Tha mi ag ràdh sin a-rithist. Tha mi a' toirt pìos far ceann na builinn agus ag amharc air sùilean a' choin. "Suidh!"

Tha e a' coimhead orm fad tiotag, mar gu bheil e ann an imcheist gu ìre. Agus tha e a' dèanamh suidhe an uair sin. "Deagh-chù! Deagh-bhalach!" Tha mi a' sìneadh a' phìos arain 'ga ionnsaigh is tha mi ag ràdh, "Seo dhut, na bi garbh a-nis. Gabh e." Tha e a' fuireach tiotag eile agus a' gabhail an arain o mo chorragan cho socair sèimh 's a thogradh tu.

Thug cuid-eigin deagh-theagasg dhan chù seo, teagasg bunasach co-dhiù. Tha mi a' coimhead a-mach air an doras fhosgailte a dh'ionnsaigh nan caorach-sìthe air a' mhiodar chrotail. "'S ann cinnteach a tha mi gu bheil thu nas eòlaiche air cìobaireachd na tha mise. Gu sònraichte na caoraich-shìthe nathair-chraicneach seo." Tha mi a' sìneadh pìos arain eile thuige. A-rithist, tha e a' feitheamh gus an can mi, "Gabh e!" mus criom e far mo chorraige e.

. . . . . . . . .

Tadhail air duilleag 86.

(O dhuilleag 85)

"Dé 'n t-ainm a th' ort, a bhalaich?"

Tha an cù ag imlich mo làimhe. Cluinnidh mi guth ag ràdh, "Conan" gu math soilleir.

Tha mi a' tionndadh mun cuairt, a' coimhead air an doras fhosgailte air mo chùlaibh. Chan eil duine sam bith an-sin. 'S ann air a' chù a tha mi a' coimhead a-rithist. "Tha mi mionnaichte gun cuala mi thu 'g ràdh 'Conan' an-dràsta fhéin."

Tha an cù ag amharc orm, a bhilean cha mhór ri braoisg mar a nì coin gu tric. An déidh tiotaige no dhà, tha mi a' sìneadh pìos arain eile thuige. Tha e 'ga ghabhail o mo chorragan gu socair agus cluinnidh mi e ag ràdh "Mòran taing" an uair sin. "'S e do bheatha, a Chonain. Saoil an déid sinn chun nan caorach?"

Tha an cù a' tionndadh mun cuairt làrach nam bonn, 's a-mach air an doras 'na throtan. Tha e a' coimhead air ais thairis air a ghualainn, a' stad tiotag. Tha mi a' leigeil gàire 's 'ga leantainn. 'S ann an Tìr nan Sìthichean a tha mi. Chan iongnadh e gu bheil beathaichean aca aig a bheil comas bruidhinn. Carson nach biodh?

.........

Tadhail air duilleag 87.

(O dhuilleag 86)

Tha Conan a' trotan gu luath, fiù nas luaithe na an gaisgeach
Gorm-Leug a thug an-seo mi.

Tha mi a' leantainn a' choin agus gu luath tha m' anail 'nam
uchd 's mi a' feuchainn ri ceum a chumail ris. Mu cheud cheum air
falbh o threud nan caorach-sìthe, tha an cù a' stad. Tha mise a'
stad cuideachd is seasaidh mi ri thaobh.

Chì mi Conan a' coimhead orm le shùilean soilleir is a theanga
a-mach. Tha coltas gu bheil a' bhraoisg a th' air a' fàs fiù nas
nochdte a-nis. "Caoraich," tha e ag ràdh. "Nàdar dhiubh
co-dhiù."

Tha mi a' coimhead orra 'nam earalas. Chan eil coltas caora
sam bith a chunnaic mi a-riamh roimhe orra. Tha cha mhór an
aon chruth orra. Tha an cinn nas taine agus nas fhaide na a' mhór-
chuid de chaoraich a chunnaic mi roimhe, agus tha na h-adharcan
air na reithean car annasach. Tha iad nas fhaide agus a' lùbadh nas
teinne na 's àbhaist. Agus gun teagamh, tha na sùilean nathrach
orra beagan neònach. Leis a sin, agus an craiceann lannach a th'
orra, tha e follaiseach nach eil iad co-ionann ris an fheadhainn a th'
againn aig an taigh.

"Seadh, nàdar dhiubh," tha mi a' freagairt a' choin. "An doir
thu stiùireadh dhomh mu na nì mi leis na creutairean seo?"

. . . . . . . . .

Tadhail air duilleag 88.

(O dhuilleag 87)

Tha an cù leis na casan goirid a' coimhead orm agus air m' fhacal, tha e mar gur taitneadh leis na thuirt mi. Tha e a' leigeil "Af!" agus an uair sin ag ràdh, "Tha iad gòrach. Gòrach agus dùr. Ach làidir. Gluaisidh iad gu luath ma thogras iad. Bheir an reithe ionnsaigh ort ma tha cuid-eigin a' maoidheadh air, no mur eilear a' toirt aire dha. No dìreach a chionn 's gu bheil e 'faireachdainn na h-ùine fada. Air neo gun adhbhar sam bith."

"Agus tha puinnsean 'nam bìd. Cùm air astar uapa."

Tha mi a' tarraing a' chaoib de dh'aran ás mo phòcaid. 'S ann fada nas lugha a tha e a-nis. Tha mi a' gabhail balgam mi fhìn 's a' reubadh pìos dheth do Chonan. Tha e 'ga chriomadh gu socair o bhàrr mo chorragan.

"Sin agad na caoraich," tha e ag ràdh mu dheireadh thall. "'S e caoraich a th' annta. Dé eile a chanadh tu mu 'n déidhinn? Gun chiall. Agus gòrach."

"Cuin a bheir sinn a-steach iad?"

"Beagan a thìde ro bheul na h-oidhche. 'S fheàirrd' iad air cùlaibh feansa làidir nuair a thionndaidheas a' ghlòmainn 'na dhorchadas. Agus b' fheàirrde na cìobairean air cùl dìon dhorsan làidir cuideachd."

………

Tadhail air duilleag 89.

(O dhuilleag 88)

"Cuin a laigheas a' ghrian?" tha mi a' faighneachd dhen chù.

"'S dòcha mu dhà choinnlear a thìde on dràsta no 's dòcha trì. Chan eil e cho riaghailteach 's a tha e san t-saoghal gu h-àrd – sin na dh'innseas iad dhomh. Tha mi air a bhith 'seo fad mo bheatha, a' gabhail cùram nan caorach. Agus nan cìobairean."

"Ciamar a bhios fios againn gu bheil a' ghlòmainn a' dlùthachadh oirnn? On nach gluais a' ghrian – an solas – idir."

Tha Conan a' coimhead suas chun na gréine-sìthe. "Nach annasach an smuaint ud, gu bheil solas an t-saoghail a' gluasad mun cuairt mar chuileag-shionnachain mhór? Bhiodh eagal orm gun tuiteadh e sìos oirnn. Ach cha tuit am fear seo! Tha e seasmhach 'na àite gu h-àrd, cho daingeann ris na creagan."

"Fàsaidh an solas doilleir, agus an uair sin soilleir. Co-dhiù dà thuras ach uaireannan ceithir no cóig tursan. Nuair a dh'fhàsas e doilleir a' chiad turas, bu chòir dhuinn na caoraich a thoirt a-steach. Chan fheàirrde sinn a bhith 'muigh nuair a dh'fhàsas an saoghal dorcha. Tha cunnart anns an dorchadas."

. . . . . . . . .

Tadhail air duilleag 90.

(O dhuilleag 89)

Tha an cù a' gabhail fàileadh mo phòcaid.  "A bheil aran sam bith air fhàgail?  Innsidh mi dhut far am faigh thu biadh eile, ma bheir thu balgam eile dhomh."

Tha mi a' tarraing a-mach an fhuighill bhig agus ag amharc air. "Leth is leth dhut-sa 's dhomh-sa, seadh?"

"Ceart gu leòr."

Tha mi a' tarraing dheth pìos dhomh fhìn.  Agus a' toirt a' chòrr do Chonan.  Tha e 'ga shluigeadh slàn gu luath.  "Am faigh thu fiù blasad dheth, ma nì thu sin?" tha mi a' faighneachd.

"Seadh, gheibh mi a bhlas gun teagamh sam bith.  'S e blas arain a th' air."  Tha e a' coimhead orm ann an imcheist.  "Nach fhaigh thusa blasad dhe do bhiadh nuair a dh'itheas tu e?"

"Coma leat.  Thuirt thu rud-eigin mu bhiadh eile?" tha mi 'ga thoirt gu chuimhne.

"Ùbhlan.  Nàdar dhiubh co-dhiù.  Tiugainn!  Fanaidh na caoraich a-seo.  Chan eil iad fada uainn."

Ùbhlan.  Chan fhaca mi dad an-seo air an robh coltas craoibhe ceirte gu ruige seo.  Cha chreid mi gu bheil solas gu leòr anns a' ghrian-shìthe a bheireadh fàs air fìor-lusan.

. . . . . . . . .

Tadhail air duilleag 91.

(O dhuilleag 90)

Tha mi a' coimhead mun cuairt agus chì mi crotal is còinneach, bacan de dh'fhungasan agus rudan air a bheil coltas bhalgan-buachair mór mór.  Ach tha mi a' leantainn a' choin bhig.

An déidh ceud 's a h-aon ceum, tha sinn a' ruigsinn lònan uisge beag.  Tha rud-eigin an cruth fana a' fàs os cionn an uisge.  Chan eil duilleagan air ach tha rudan a' fàs air – canamaid geugan riutha – air na geugan an cruth bhall.  Tha na buill mu mheud dùirn agus tha dàth buidhe an òir orra.

Chì mi Conan a' seasamh cho àrd 's urrainn do chù beag agus a' tomhadh riutha le shròn.  "Ùbhlan!" tha e ag ràdh gu pròiseil.

Tha mi a' coimhead orra car teagmhach.  "An fheadhainn seo?" tha mi a' faighneachd, 's mi a' sìneadh suas mo làmh 's a' gabhail greim air ball buidhe.  Feumaidh mi a spìonadh dheth agus tha e a' dèanamh sgluis nuair a thig e far an lagain anns an robh e a' fàs.  Chan fhaic mi gas air.

"Feuch e!" tha Conan ag ràdh is togail 'na ghuth.

Tha mi a' dùr-amharc air a-rithist.  "A bheil thu cinnteach – nach dèan e cron orm ann an dòigh air chor-eigin?"

"Seo, thoir fear dhomh.  Ithidh mis' e 'n toiseach."

. . . . . . . . .

Tadhail air duilleag 92.

(O dhuilleag 91)

Tha mi a' toirt an ubhail-shìthe dhan chù ghoirid. Chì mi Conan a' fosgladh a ghèilleanan air a' chlab is a' toirt a' mheas o mo làimh. Tha e 'ga chur air an talamh agus a' cumail spòg air fhad 's a bheir e caob mór ás le fhiaclan.

Tha e 'ga shluigeadh is a' gabhail balgam eile gu luath, mar a dh'itheas cù biadh-mealaidh.

Tha mi a' sìneadh an àirde mo làmh is a' tarraing ubhal-sìthe eile far na craoibhe annasach seo. Le sgluis bheag, tha e a' tighinn ás an lagan aige. Tha coltas fionnar is trom air 'nam làimh. Tha mi a' cur a' mheas fo mo shròn is a' gabhail fhàileadh. Chan eil fàileadh ubhail dheth. 'S ann bog agus caran tais a tha an rùsg.

"'S math 'n còcaire 'n t-acras," tha mi ag ràdh rium fhìn. Tha mi a' gabhail an altachaidh mar a theagaisg mo mhàthair dhomh. Agus an uair sin a' gabhail pìos beag dhen mheas. 'S ann doirbh a tha e dealbh a thoirt air a bhlas.

. . . . . . . . .

Tadhail air duilleag 93.

(O dhuilleag 92)

Chan eil coltas meas air na h-ùbhlan-sìthe idir. Tha iad bog sgluiseach agus tha an sùgh a' ruith sìos mo smigead. Tha blas uigheagain air, agus fiamh meala 'na cheann. Agus uachdar ùr. Tha mi a' gabhail balgam nas motha.

Agus mum bragadh tu cnò, tha sinn air gach meas buidhe a' spìonadh far na craoibhe-sìthe. Tha mi a' cur paidhir dhiubh nam phòcaid airson biadh an fheasgair. Ach an-dràsta fhéin, tha mi cho làn ri ugh agus tha an cù beag cho cruinn ri baraill le casan air.

"Ma théid sinn cuairt, 's mathaid gum faigh sinn lorg air craobh eile air a bheil measan abaich," tha Conan ag ràdh.

"Cha chreid mi gun dèan sinn seo 'n-diugh. Fàgamaid gus a-màireach iad," tha mi a' freagairt. "Bu chòir dhuinn tilleadh is sùil a thoirt air na caoraich, nach bu chòir?"

Fhad 's a tha sinn a' cur aghaidh air an t-slighe air ais, tha a' ghrian a' dol air cùlaibh neòil − sin a' chiad smuaint a bhuail orm co-dhiù. Ach chan e neul a th' ann ach doilleireachadh na gréine-sìthe.

"'S mithich dhuinn ar cas chlì air thoiseach air ar chas dheas!" tha mi ag ràdh. Tha an cù beag a' gnogadh a chinn ann an aonta.

. . . . . . . . .

Tadhail air duilleag 94.

(O dhuilleag 93)

Tha sinn a' greasad air ais chun a' mhiodair chrotail. Chì mi na caoraich-sìthe air gluasad astar beag, ach tha iad 'nan seasamh dlùth air a chéile.

"Dé nì mi?" tha mi a' faighneachd dhen chù. Tha e gu math soilleir dhomh gur e Conan an tùs fiosrachaidh as fheàrr a th' agam a thaobh beatha ann an Tìr nan Sìthichean.

Tha e a' coimhead suas orm 's braoisg nas motha air na bha roimhe. "Nì mise 'chùis air. Fuirich thusa air mo chùlaibh. Feumaidh sinn a dhol air an cùlaibh an toiseach. Agus iomainidh sinn iad a dh'ionnsaigh a' chròth' an uair sin. Ma théid gin air iomrall, crath do bhachall agus thoir ruaig bheag orra − ach na teirig ro dhlùth orra. Cuimhnich gu bheil puinnsean annta, na teirig faisg gu leòr orra airson bìd uapa."

Gu h-obann, chì mi a' ghrian-shìthe a' doilleireachadh a-rithist. "Fàsaidh e dorcha gu luath an-diugh," tha Conan ag ràdh.

"Stiall oirnn!"

. . . . . . . . .

Tadhail air duilleag 95.

(O dhuilleag 94)

Sin an cù beag a' falbh, cho luath ri seabhaig. Tha mise a' falbh
'nam throtan air a chùlaibh, a' cumail air taobh a-muigh na lùibe
air a bheil Conan 'na ruith. Tha sinn air cùlaibh nan caorach-sìthe
ann am priobadh na sùla agus tha an cù a' dèanamh calg-dhìreach
orra. Tha e a' comhartaich os àrd agus a-rithist 's a-rithist. Tha na
caoraich a' clisgeadh an cois na comhartaich.

Chì mi grunnan dhiubh a' coimhead orm-sa 's an treud a'
gluasad air falbh on chù gheàrr-chasach fharamach. Chan eil coltas
gu bheil dragh ro mhór orra. Tha e mar gur e geama a chluicheas
iad gach latha a tha seo dhaibh, agus fios aig a h-uile creutair dé an
dreuchd a th' aca ann. A h-uile creutair beò ach mise, co-dhiù.

Tha na caoraich a' cumail dlùth air a chéile 's iad a' falbh 'nan
trotan a dh'ionnsaigh na cròtha. Chan eil coltas gu bheil fonn
iomraill ro mhór air gin dhiubh. Turas no dhà, tha mi a' crathadh
mo bhata, dìreach airson 's gum bi coltas gu bheil làmh agam-sa
anns a' chùis. Tha an cù goirid buidhe 'na sheann-eòlaiche, tha sin
gu math follaiseach.

. . . . . . . . .

Tadhail air duilleag 96.

(O dhuilleag 95)

Agus dìreach mar sin, tha sinn ag iomain nan caorach-sìthe a-steach dhan chrò agus a' dùnadh a' gheata. Ann an ùine bheag an déidh sin, tha a' ghrian-shìthe a' fàs cha mhór gu tur doilleir. Chan eil barrachd solais a' tighinn dhith ach na thig o cheathramh gealaich. Tha Conan a' dol a-steach do bhothan a' chìobair agus tha mi 'ga leantainn 's a' dùnadh an dorais air ar cùlaibh.

. . . . . . . . .

Tadhail air duilleag 97.

(O dhuilleag 96)

An ath-mhadainn, tha sinn a' briseadh ar cialaidh leis an ubhal-sìthe agus tha mi a' cuideachadh Conan a' gluasad a-mach nan caorach.  An uair sin tha mi 'ga fhàgail a' cumail sùil air an treud.  Feumaidh mi tilleadh dhan chaisteal a choinneachadh ri Bànrigh Dearg-Sheud mar a dh'àithn i madainn an-dé.

An déidh leth-mhìle de choiseachd aig astar cofhurtail, ruigidh mi bonn na beinne a chaidh caisteal a dhèanamh dhith.  Tha mi a' coiseachd suas na slighe lùbaiche agus a' stad fichead ceum air falbh on gheata fhosgailte.  Tha mi a' togail mo làimhe dheis, mo bhas ris a' chaisteal, mar a rinn Gual Dubh an-dé.

Cluinnidh mi fear-freiceadain a' seirm dà phong air a chòrn a-rithist agus tha am fuamhaire a' tighinn am follais.

. . . . . . . . .

Tadhail air duilleag 98.

97

(O dhuilleag 97)

"Air adhart is aithnicheam thu," tha am fuamhaire ag ràdh. Tha mi a' tighinn air adhart ceum no dhà.

"Is mise Madadhan. Madadhan an cìobair. Tha mi an-seo mar a dh'àithn Bànrigh Dearg-Sheud dhomh."

Chì mi sgraing air, mar gun duirt mi rud ceàrr. "Bu chòir dhomh iarraidh ort d' ainm is do ghnothach a chur an céill."

"Tha thu ag iarraidh – gu dé? Ò seadh. Ceart ma-thà, can e."

"Canaidh mi dé?"

"Cluinneam d' ainm…"

"Cluinneam d' ainm is do ghnothach," tha am fuamhaire ag ràdh a-rithist.

"Madadhan. Cìobair."

"Thig a-steach," cluinnidh mi am fuamhaire ag ràdh. Tha e a' seasamh gu taobh 's tha mi a' dol a-steach dhan chaisteal.

. . . . . . . . .

Tadhail air duilleag 99.

(O dhuilleag 98)

Mar a bha e an-dé, tha a’ chùirt-lios trang trang.  Tha mi a’ cumail ris an oir gu cùramach, a’ seachnadh dà shaighdear a tha ri eacarsaich.

Tha mi a’ dol tron doras a-staigh agus sìos an trannsa thrang. Chì mi a-rithist an-sin an doras fiodha a tha air a shnaidheadh ann am pàtranan ealanta.  Tha mi a’ seirm a’ chluig bhràiste a tha crochte ri taobh an dorais.

Cluinnidh mi fuaim a’ chluig a’ seirm sìos an trannsa.  Tha mi a’ seasamh ann fad greiseag mhór.  Tha mi a’ smaoineachadh am bu chòir dhomh an clag a sheirm a-rithist, gliocas no amaideas…

Nuair a dh’fhosglas an doras mu dheireadh thall, tha Dearg-Sheud ’na seasamh air mo bheulaibh is léine neo-theann dhearg oirre.  Mar a bha e roimhe, tha a falt dearg biorach a’ stobadh an àirde mar chrùn dhrisean.  Chan eil brògan air a casan idir.

Tha i a’ coimhead orm o mo cheann gu mo chasan.  “Thig a-steach.”


. . . . . . . . .

Tadhail air duilleag 100.

(O dhuilleag 99)

Tha i a' seasamh gu taobh agus tha mi 'ga leantainn dhan t-seòmar. A-rithist, tha i 'gam stiùireadh chun a' bhùird bhig chruinn. Tha i a' sméideadh air aon dhe na sèithrichean fiodha. "Dèan suidhe."

Tha mi a' tionndadh mun cuairt 's chì mi bean-shìthe eile a' fosgladh doras ann an oisean an t-seòmair. Tha a falt 'na chaglachan agus cho buidhe ris a' chonnlaich. Cluinnidh mi i a' leigeil ás sgreuch beag nuair a tha i 'gam fhaicinn.

Tha Dearg-Sheud a' bhruidhinn. "Òmair, seo Madadhan. Tha e air ùr-thighinn dhan àite seo. Madadhan, seo Òmar. 'S ise mo chuidiche."

"Math do choinneachadh," tha i ag ràdh 's i air a slighe a-mach ás an t-seòmar.

A-rithist, tha biadh na maidne air a' bhòrd. Tha sgùil làn de bhiadh nach aithnich mi am meadhan a' bhùird an turas seo. Saoil an e glasraich-shìthe a tha seo? Tha leth-phunnd de chàise ri taobh na sgùile. Agus buileann eile de dh'aran agus pìos math de dh'isbean seac. Tha bànrigh nan sìthichean a' gearradh sliseagan dhiubh. Tha i 'gan cur air truinnsear còmhla ri measgachadh de ghlasraich. Tha i a' slìobadh an truinnseir 'gam ionnsaigh. "Dèan ithe."

. . . . . . . . .

Tadhail air duilleag 101.

(O dhuilleag 100)

Mus ith mi, tha mi ag ràdh na leanas os àrd, mar is àbhaist 'nam theaghlach: "Beannachd air a' bhiadh seo, air a' bheatha a chruthaich e 's air an làimh a dh'ullaich e."

Fhad 's a tha mi ag ràdh nam faclan seo, tha Dearg-Sheud a' tarraing àrcan á siuga. Tha i a' dòrtadh beagan fìona dheirg do phaidhir de chuachan agus a' sìneadh aon dhiubh 'gam ionnsaigh.

"An can thu na faclan ud, an dàn ud, an-còmhnaidh, ge be dé th' ann?"

"An t-altachadh? Seadh, bidh mo theaghlach a' gabhail an altachaidh mus ith sinn. Nì móran dhaoine seo san àite ás an dàinig mise."

"Hmm. Ach chan ann an ainm an Dé Chrochte?"

"Ìosa?"

Tha i a' liorcadh a bilean. "Seadh, sin am fear."

"Hmm. 'S e ceist thoinnt' a tha seo. Tha m' athair 'na Chaitligeach. Ach chan eil mo mhàthair. 'S fheàrr leinne – leis na balaich – cluich sa choille DiDòmhnaich. An t-Sàbaid? Ge be dé 'n t-ainm a th' agaibh air."

"Canaidh sinne Là na Gréine ris."

"Là na Gréine. 'S toil leam sin."

. . . . . . . . .

Tadhail air duilleag 102.

(O dhuilleag 101)

Tha mi a' gnogadh mo chinn rithe. "Co-dhiù, nuair a rinn an sagart gearan, dh'iarr m' athair air a' cheann-chinnidh bruidhinn ris, agus cha do thog e gearan a-rithist."

"An e fear cudromach a tha 'nad athair?"

"Seadh, a bhana-mhaighstir. 'S esan comhairlich' a' chinn-chinnidh. Agus 's e nighean piuthar-màthar a' chinn-chinnidh a tha 'nam mhàthair. Tha i 'g ràdh gun dèanadh an sagart searmon ris an fheadhainn aig nach eil dàimh d' ar leithid."

"Hmm. Chan chuala mi riamh guth air sagart aig an robh de ghliocas gun a bhith a' searmonachadh. Saoil an do thill linn nam mìorbhailean? – Agus dé mu do dhéidhinn fhéin? A bheil thusa a' creidsinn san Dia Chrochte?"

"A Dhearg-Sheud chòir, bànrigh nan sìthichean. Ma dh'fhaighnicheas an sagart dhìom, tha mi a' creidsinn ann an Ìosa. Mur eil duine sam bith a' faighneachd – cumaidh mi mo smuaintean dhomh fhìn. Ach gabhaidh mi 'n t-altachadh mar a theagaisg mo mhàthair dhomh co-dhiù."

Tha am boireannach àrd a' stad agus a' priobadh a sùilean gu slaodach. "Ma dh'fhaoidte, 'ille chòir, gu bheil gliocas an t-sagairt shàmhaich annad fhéin."

. . . . . . . . .

Tadhail air duilleag 103.

(O dhuilleag 102)

Tha sinn a' gabhail bracaist thlachdmhor agus tha a' bhànrigh a' cur ceistean orm mu iomadh cuspair.  Chan eil agam ach na fhuair mi de sgoil agus na thog mi nuair a bhiodh m' athair agus na comhairlichean eile a' coinneachadh ris a' cheann-chinnidh agus na leugh mi anns gach leabhar a fhuair mi greim air, air dòigh air chor-eigin.  Ach ar leam, ma tha thu mìle bliadhna a dh'aois, mas fhìor, gu bheil luach air smuaint ùr sam bith a ghlacas tu 'nad lìon, ge be dé cho beag 's a tha e.

Tha Dearg-Sheud a' dian-amharc orm an déidh na bracaist. "A bheil thu airson cumail a' dol leis a' chìobaireachd?  Chòrdadh e rium nan toireadh tu taic ris a' ghobha againn, is e sgìth agus suas ann am bliadhnaichean.  Chan àithn mi thu.  Ach iarraidh mi ort an roghainn seo 'chnuasachadh."

. . . . . . . . .

Dé nì mi?

*Leanaidh mi orm mar chìobair.*

Tadhail air duilleag 104.


Air neo an dèan mi na leanas?

*Aontaichidh mi taic a chumail ris an t-seann-ghobha.*

Tadhail air duilleag 106.

(O dhuilleag 103)

Chan eil ùidh agam anns a' ghoibhneachd.  Bidh e furasta obair nan caorach a choileanadh.  Nì an cù a' mhór-chuid dheth.

"'S e cìobair a th' annam.  Tha mi toilichte cumail a' dol leis a' chìobaireachd.  B' fheàrr leam an obair as aithne dhomh, seach ceàrd ùr nach còrdadh cho math rium, ma dh'fhaoidte."

Chì mi am briseadh-dùil ann an sùilean na bànrigh nas géire an turas seo.  "Glè mhath ma-thà.  Cha leig thu leas tighinn airson bracaist a-rithist.  Saoilidh mi gun d'fhuair mi de dh'eòlas ort na tha ri fiosrachadh.  Dèan do shlighe a-mach is iarr seachdain de bhiadh on taigh-stòrais air Caiptean Clach Ghorm.  Agus dèan an aon rud an ath-sheachdain.  Cuir seachad seachd bliadhna mar chìobair agus théid do thilleadh dhan t-saoghal gu h-àrd, ma thogras tu. Ach geallaidh mi dhut seo – 's e cìobair a th' annad, agus bidh thu 'nad chìobair fhathast."

. . . . . . . . .

Tadhail air duilleag 105.

(O dhuilleag 104)

"'S e cìobair a th' annad agus bidh thu 'nad chìobair fhathast."

Sheirm na faclan 'nam chluasan fad ùine mhór.  Rinn mi mar a dh'iarr i orm.  Dh'iarr mi cuibhreann de bhiadh air Caiptean Clach Ghorm agus thill mi do bhothan a' chìobair.

Chunnaic mi iomadh rud annasach thairis air na mìosan is bliadhnaichean.  Thug Conan gu leòr de theagasg dhomh airson cumail a' dol le m' obair, dòighean annasach is cunnartach nan caorach-sìthe.  Rinn mi caraid no dithis am measg sluagh Tìr nan Sìthichean.  Agus mhothaich mi an déidh ùine gun robh aonan dhiubh – Gual Dubh, a' bhean-shìthe leis an fhalt dubh – a' tighinn nas trice na dh'fheumadh i.

Tuigidh fiù mise leth-fhacal ma bhuaileas e an clàr an aodainn mi.  Cha robh de mhiann agam Tìr nan Sìthichean fhàgail an ceann nan seachd bliadhna.  Tha eudail bheag de chaileag a' coiseachd mun cuairt an-seo a-nis air a bheil sròn mar a th' orm fhìn.  Tha e a' toirt de thlachd dhomh a bhith a' coimhead oirre a' ruith mun cuairt le Conan.  'S e cìobair a th' annam agus bidh mi 'nam chìobair fhathast.


. . . . . . . . .

A' Chrìoch.

(O dhuilleagan 70 is 103)

# CAIBIDEIL 7

Tha mi 'nam shuidhe gu sàmhach fad greis. "Chan eil mi an aghaidh ceàrd feumail a thogail. Chan fhaca mi deagh-ghobha riamh, 's an t-airgead gann 'na phòcaid. Ach bi fios agaibh nach eil mi 'cumail a-mach idir gu bheil mi 'nam shàr-ghobha chlaidheamhan no dad d' a leithid. Cha do chùm mi de thaic ris a' ghobha aig an taigh ach giùlan a' ghuail agus obair a' bhuilg-shéididh."

"Ceart gu leòr," tha bànrigh nan sìthichean ag ràdh. "Nì thu barrachd na sin an-seo. Tha an seann-ghobha againn suas am bliadhnaichean agus cha robh duine sam bith againn a bhiodh aige mar thàilleabhach. Bidh e 'na chuideachadh mór dha, cuid-eigin a bhith aige air a bheil làmhan òga agus druim làidir. Ach nise − ith do bhiadh!"

Tha mi a' cur crìoch air na tha air mo thruinnsear ann an ùine bheag. Cluinnidh mi Dearg-Sheud ag ràdh rium, "Thoir leat an còrr dhen aran. Agus an càise. Anns a' chùirt-lios, stob a-null gu Clach Ghorm, caiptean an fhreiceadain. 'S e an smàrag a' chlach aige. Innis dha gu bheil feum agad air saighdear a bheir a-null chun na ceàrdaich thu."

………

Tadhail air duilleag 107.

(O dhuilleag 106)

Fhad 's a tha mi a' lìonadh mo phòcaidean le leth-bhuileann arain agus grunn phìosan càise, tha Bànrigh Dearg-Sheud a' seasamh. "Falbh 'nad aonar a-nis. Till an-seo an làrna-mhàireach, 's toigh leam na còmhraidhean beaga seo."

Tha i a' coiseachd a-mach air doras aig cùlaibh an t-seòmair-shuidhe aice agus tha mise a' falbh dhan trannsa. Coisichidh mi a-steach dhan chùirt-lios far a bheil mi a' toirt sùil mun cuairt air na saighdearan tranga. Tha a' chuid as motha dhiubh ri diofar eacarsaich. Chì mi aonan 'na sheasamh ag amharc air an luchd-charachd, le falt cho gorm ris an fheur.

Tha mi a' coiseachd 'ga ionnsaigh. "An cuidich sibh mi? Dh'iarr a' bhànrigh orm lorg fhaighinn air Clach Ghorm."

"Agus ar leat gur mise esan. Le falt mar sin orm."

"Umh… shaoil."

Tha e a' coimhead orm, suas is sìos, an t-aodann aige cho creagach ri creig. Mu dheireadh thall, tha fiamh taitne a' tighinn air. "Deagh-thomhas. Dé tha thu 'g iarraidh?"

"Dh'innseadh dhomh treòir chun na ceàrdaich iarraidh."

. . . . . . . . .

Tadhail air duilleag 108.

(O dhuilleag 107)

"A' cheàrdach." Tha aodann a' chaiptein a' fàs toilichte nuair a chluinneas e sin; cha mhór gum faic mi oir nam fiaclan aige. "'S tus' an tàilleabhach ùr do Sheann Aonghas, ma-thà. Glè mhath. Chan eil e mar a chleachd e 'bhith."

"Dé 'n aois a tha e?"

Tha Clach Ghorm a' cur roc 'na bhilean. "Dà cheud? Chan eil, 's e breug a tha sin. Barrachd air dà cheud, nas lugha na trì ceud bliadhna a dh'aois. 'S ann glé aosta a tha e − do mhac an duine." Chì mi am fear leis an fhalt ghorm a' gnogadh a chinn. Tha e a' tionndadh air falbh uam 's a' gairm "Gorm-Leug! Tàr a-seo, mas e do thoil e."

Tha fear tana àrd a' coiseachd a-nall. Dh'fhalbh fhalt còmhla ri làithean òige, ach tha a shùilean cho gorm ri muir domhain. Chì mi loidhnichean gorma a' dol a-null 's a-nall air a cheann maol. "Seadh, a chaiptein?" tha e ag ràdh.

Tha Clach Ghorm a' sméideadh 'gam ionnsaigh. "Seo 'n tàilleabhach ùr. Thoir a-null chun na ceàrdaich e. Tha feum aig seann Aonghas air làmh-chuideachaidh."

"Seadh, a chaiptein." Tha Gorm-Leug a' bualadh a bhroilleach le leth-dhòrn mar is àbhaist dha na sìthichean. Tha e a' tionndadh rium-sa an uair sin. "Thusa! Thig còmhla rium."

………

Tadhail air duilleag 109.

(O dhuilleag 108)

Tha mi a' leantainn Gorm-Leug. 'S ann gu slaodach 's gu cùramach a tha e a' coiseachd tron gheata de dh'iarann fuar. Tha buatham a' tighinn orm, is tha mi a' beantainn ris na bàraichean dubha le mo chorrag. Tha e a' faireachdainn mar a bhiodh dùil. Fuar agus, an-dà, cho cruaidh ris an iarann. Tha an sìthiche a' coimhead orm 's mi a' beantainn ris a' bhàr iarainn agus chì mi crathadh an eagail 'na ghuailnean. Chan eil e ag ràdh ach an aon fhacal: "Gobha."

Tha sinn a' coiseachd seachad air an fhuamhaire a tha a' gnogadh a chinn gu càirdeil anns an dol seachad. Cluinnidh mi am fuamhaire a' gabhail fonn ris fhéin os ìseal, agus a' luasgadh a bhata car leis.

A-mach air an doras a-muigh, tha sinn a' leantainn na slighe creagaiche lùbaiche sìos chun a' mhiodair. Aig bonn a' chaisteil, tha Gorm-Leug a' falbh air ceum deiseil mun cuairt cas na beinne.

Tha an sìthiche a' coiseachd gu luath ach nì mi oidhirp air còmhradh.

. . . . . . . . .

Tadhail air duilleag 110.

(O dhuilleag 109)

“Gorm-Leug,” tha mi ag ràdh. Tha e a’ coimhead ’gam ionnsaigh, grad-phriobadh nan sùilean ud a tha cho gorm ris a’ mhuir. Chan e beul gun phutan a th’ ann, a-réir coltais.

“’S e Madadhan an t-ainm a th’ orm.”

“Math ur coinneachadh.” Tha Gorm-Leug a’ coiseachd fiù nas luaithe. Leis cho fada ’s a tha a cheum, chan eil e furasta dhomh ceum a chumail ris. Feumaidh mi sgur a bhruidhinn air neo tòisichidh e air ruith.

Tha sinn a’ falbh ag astar mun cuairt air cas na beinne mu chairteal na slighe. Chì mi togalach cloiche an-sin is ceann-tughaidh air. Tha coltas gur e tughadh de chrotal a th’ ann, an aon stuth a bha na caoraich ag ithe anns a’ mhiodar.

Tha am balla cloiche ’na chearcall agus tha mullach àrd gobach air. Tha coltas taigh-chalman mór mór air. ’S ann fosgailte a tha an doras is cluinnidh mi òrd a’ bualadh gu socair ’na bhroinn.

Chì mi Gorm-Leug a’ seasamh air beulaibh an dorais fhosgailte agus a’ gairm a-steach. “Aonghais! A ghobha! Seo tàilleabhach ùr dhut!”

. . . . . . . . .

Tadhail air duilleag 111.

(O dhuilleag 110)

Tha fuaim an ùird a' stad.  Agus tha guth a' freagairt o bhroinn an taighe.  "Dé rud?!"

Tha Gorm-Leug ag éigheach a-rithist, nas àirde an turas seo.  "Tàilleabhach!"

Chì mi seann-duine le falt geal air  a' tighinn chun an dorais.  "Gorm-Leug?  Chan urrainn dhut a bhith 'nad thàilleabhach.  Tha thu ro aosta.  Agus – sìthiche a th' annad."

Tha an sìthiche àrd maol leis na tatùthan a' coimhead orm-sa agus air ais air a' bhodach an uair sin.  "Cha mhise.  Am fear seo."  Tha e a' tomhadh rium le òrdag.

A-nise, chì mi am bodach a' coimhead orm.  "An-dà.  Chan e sìthiche a th' annadsa?  Dé 'n t-ainm a th' ort?"

"Madadhan.  Cha sìthiche mi.  'S e Albannach a th' annam."

"Duda?  Albannach, an e?"  Tha am bodach a' bruidhinn gu math àrd.  Feumaidh gu bheil e caran bodhar, no maol sa chlaisneachd.  "Albannach.  Có dha bhuineas am fearann agad?"

"Nuair a thogar a' bhratach, seasaidh sinn ri taobh Cloinn Choinnich."

"Clann Choinnich," tha e ag aithris.  "An ann de Chloinn Choinnich a tha thu fhéin?"

. . . . . . . . .

Tadhail air duilleag 112.

(O dhuilleag 111)

An dùil gun éirich trod nan cinneadh eadarainn?  Tha mi an dòchas nach éirich.  Tha fèithean air a' bhodach mar a gheibh thu – an-dà, air gobha.  "Chan ann.  'S e mac Ìomhair a tha 'nam athair."

"De shliochd nan Ìomhaireach.  Madadhan mac Ìomhair.  Ceart gu leòr, ceart gu leòr.  Thig a-steach, mhic òig Ìomhair!"

Chì mi  am bodach a' coimhead a dh'ionnsaigh Gorm-Leug, a' gnogadh a chinn ris agus 'ga sméideadh air falbh le leth-làimh.  Tha an sìthiche àrd a' tionndadh mun cuairt làrach nam bonn, 's a' falbh 'na throtan.

………

Tadhail air duilleag 113.

(O dhuilleag 112)

Tha Aonghas a' dol a-steach air an doras fhosgailte agus tha mi
'ga leantainn mar sin.  Chì mi na bhiodh dùil agad ris, ann an
ceàrdach gobhainn anns an t-seòmar mhór.  'S ann am meadhan
an t-seòmair a tha teallach mór, air a dhèanamh de chlachan móra.
Tha mòd mór os a chionn 's a' leigeil a-mach a' chuid as motha
dhen toit a tha ag éirigh o ghealbhan beag san teallach.

Tha pailteas chlobhan, òrd is acainnean eile crochte ri
cromagan anns na ballachan.  Tha clach-lìomhaidh ann am beart
fiodha a dh'obraichear le casachan.  Agus tha innean trom ann,
faisg air an teallach.

Tha a' chuid as motha dhe na h-innealan air an dèanamh de
dh'umha no meatailt choparach air chor-eigin.  Chan fhaic mi ach
glé bheag de dh'iarann.

. . . . . . . . .

Tadhail air duilleag 114.

(O dhuilleag 113)

Tha am bodach a' coimhead orm o mo cheann gu mo chasan. "An dèan thu obair sam bith?"

"Nì, a mhaighstir.  Bhithinn a' gabhail cùram an tuathanais nuair a bhiodh m' athair air falbh.  Agus chuidichinn an gobha, mar is tric' ag obrachadh a' bhuilg-shèididh agus a' faighinn rudan dha."

"Math gu leòr," tha e ag ràdh a-rithist.

Chì mi am bodach a' crathadh a chinn agus tha fhalt fada geal a' snàmh anns an adhar beagan.  Tha e a' tomhadh ri lampa copair beag a tha 'na shuidhe air an teallach an uair sin.  "Tha toll beag san lampa ud.  A bheil fhios agad mar a chuireas tu bréid sobhdair air?"

"Chunnaic mi mar a nithear sin, ach cha do rinn mi le mo dhà làmh e gu ruige seo."

Tha aodann a' bhodaich a' lasadh suas agus tha e a' leigeil gàire.  "Abair latha!"  Tha seann Aonghas a' togail a ghàirdean agus a' toirt pliutag orm le hama de làmh.  "Seo 'n latha mu dheireadh 'nad bheatha a chanas tu sin, nach do chuir thu sobhdar copair riamh air rud le do dhà làmh!"

Agus mar sin, thòisich mi air ionnsachadh.

. . . . . . . . .

Tadhail air duilleag 115.

(O dhuilleag 114)

Agus sin mar a thachair, fad móran mhìosan. Nì mi cadal air seid ann an oisean na ceàrdaich air an oidhche. Bheir mi seachad coinnleir a thìde gach madainn ann an cuideachd bànrigh nan sìthichean. O àm gu àm, tha an gobha a' falbh 'na aonar fad latha no dhà, agus bidh mi air mo cheann fhìn an uair sin.

Tha pailteas obrach aig seann Aonghas dhomh. Bidh mi a' giùlan uisge 's biadh dha. Agus bidh mi a' cruinneachadh fiodh – no stuthan fiodhach de chrotal nan sìthichean co-dhiù. 'S bidh mi a' dùsgadh gual á breath thiugh guail a tha a' tighinn ás a' chreag mu leth-mhìle on chaisteal.

Agus tha mi ag ionnsachadh móran mu obair nam meatailt. Ach chan eil ach glé bheag de dh'obair an iarainn no na stàilinn na lùib. 'S gann gu bheil coltas obair gobhainn air idir; dhèanadh na ceàrdan cuid mhór dhen obair seo aig an taigh.

Tha mi a' faighneachd de dh'Aonghas am bi sinn ag obair an iarainn anns a' cheàrdaich seo idir agus tha am bodach a' dèanamh gàire. "Bi foighidinneach, a chuilein bhig. 'S e draoidheachd mhór a th' ann obair an iarainn san tìr seo."

. . . . . . . . .

Tadhail air duilleag 116.

(O dhuilleag 115)

Tha am bodach ag innse dhomh beagan a bharrachd grunn làithean an déidh sin. "Cha bhean a' chuid as motha dhe na sìthichean fiù ri bata air a bheil lann iarainn. Chan eil stàilinn a' cur dragh cho mór orra ach co-dhiù, ma bheanas iad ris le 'n craiceann, thig droch-losgadh air. Tha grunnan ann dhiubh a dh'iomaireas lann stàilinn. Fhad 's a chaidh a dhèanamh le cùram sònraichte, leis a' chas suainte ann an leathar tiugh agus an lann de stàilinn shònraichte. Feumaidh gum bi an stàilinn air a dhèanamh le móran gualain ann, agus e air a dheagh-ullachadh."

Chan eil e ag ràdh dad fad tiotan no dhà. Tha mi a' cumail orm le obair nam balg-séididh, oir tha pràiseach de dh'airgead ann a dh'fheumas mi cumail leaghta. Chì mi làmhan an t-seann-ghobha a' gluasad gu h-ealanta, 's e ag ullachadh mòlltair a ghabhas a' mheatailt.

Tha mi a' cur an ath-cheist mu dheireadh. "Ach a-nise, an fheadhainn a théid aca air lann stàilinn no iarainn iomairt, có air a bhuaileas iad leis? Có ris a bhios iad a' sabaid?"

. . . . . . . . .

Tadhail air duilleag 117.

(O dhuilleag 116)

Cluinnidh mi am bodach a' leigeil osna. "An fheadhainn a tha sinn a' fuireach còmhla riutha, chan iadsan na h-aon sìthichean anns an tìr seo. Chan eil an fheadhainn seo ro dhona. Tha cuid a' cur a' Chùirt Bheannaicht' orra. Tha sìthichean eile ann nach eil cho modhail do mhac an duine. B' urrainn dhut a ràdh gur iadsan a' Chùirt Neo-bheannaichte. Ged nach canadh tu dhaibh seo sùil mun t-sròn.

"Nuair a nì sìthiche còmhrag ri sìthichean, am fear no té a dh'iomaireas lann de stàilinn, 's e fìor-ghaisgeach a chanas iad riutha. An fheadhainn a dh'iomaireas lann de dh'iarann fuar, 's e uath a chanas iad riutha. Agus gobha – an-dà. Saoilidh mi gun dàinig an t-àm. Feumaidh sinn tòiseachadh air cridhe an oideachaidh. Chan eil ann an tàilleabhach a tha air a leth-oideachadh ach adhbhar-nàire dha mhaighstir. Tòisichidh tu air obair na stàilinn ionnsachadh a-màireach.

"Ach gu leòr dhen bhruidhinn! 'S ann deiseil a tha am mòlltair. Trobhad a-seo leis an airgead, ach bi air d' fhaiceall."

. . . . . . . . .

Tadhail air duilleag 118.

(O dhuilleag 117)

An ath-mhadainn, tha seann Aonghas a' sealltainn dhomh nan crùislean far a bheil e a' cumail nan arm 's nan armachdan ullamh, agus an seòmar-stòrais anns an oisean far an cùm e fuigheall iarainn 's stàilinn. Chì mi bàraichean de dh'iarann mòlltaichte ann an geata an t-seòmair-stòrais seo. Bidh e gu math soilleir do shìthiche sam bith a nì obair sna crùislean leis a sin nach bu chòir dhaibh a dhol a-steach dhen t-seòmar ud.

"Seo far an cùm sinn na stuthan cunnartach againn. Stuthan a tha cunnartach do shìthichean co-dhiù. Sa mhór-chuid, bidh sin am bun-adhbhar leis an tòisicheamaid a ghnàth. Ach leis gum bi thu a' tòiseachadh air do chiad lann – feumaidh sinn tòiseachadh aig an fhìor-thoiseach."

. . . . . . . . .

Tadhail air duilleag 119.

(O dhuilleag 118)

Agus nì Aonghas mar a thuirt e. Mar a dh'iarr e orm, tha mi a'
cladhach mill de dh'iarann boglaich á ruaimle fo fhuaran breun.
Tha e a' teagasg dhomh mar a leaghas mi an t-iarann 'na bhlàthan
de dh'iarann toinnte cìobach. Agus tha sinn 'ga theasachadh 's 'ga
bhualadh le òrd, 's an dramasgal a' fàgail na stàilinn mean air
mhean. Tha e a' sealltainn dhomh mar a theasaicheas is mar a
chumas is mar a dh'fhilleas mi a' mheatailt, a' dèanamh lann de
dh'iomadh breath aig a' cheann thall. Tha sinn a' cur mèinnearan
is stuthan àraidh eile ris aig diofar ìrean na h-obrach airson neart a
chur san stàilinn agus airson cuid dhen phuinnsean a thoirt ás a
chuireas gràin air na sìthichean. Tha sinn a' cairteadh stiallan de
leathar le sùghan sònraichte a gheibh sinn a chrotalan àraidh a
dh'fhàsas air ballachan na h-uamha. Tha iad mar ghlaodh, agus a'
dìon làmhan nan sìthichean on stàilinn chunnartaich fodhpa.

Agus an déidh móran sheachdainean de dh'obair, mu
dheireadh thall, tha an lann deiseil 'nam làimh. Sia òirlich deug de
stàilinn-shìthe.

Tha mi 'ga chumail fo mo sheid.

. . . . . . . . .

Tadhail air duilleag 120.

(O dhuilleag 119)

# Caibideil 8

Agus aon mhadainn aig àm na bracaist, tha mi a' coinneachadh ri rìgh nan sìthichean. 'S ann air falbh a tha Aonghas, a' tadhal air bana-charaid. Tha mi 'nam shuidhe còmhla ri Dearg-Sheud agus tha gnog aig an doras. Chì sinn fear àrd a' tighinn a-steach dhan t-seòmar sa bhad. Tha a' bhànrigh a' togail a sùilean, frionas air a h-aodann fad tiotag. Ach tha gach gnùis a' falbh ás a h-aodann ann am priobadh na sùla.

"Chan e do bheath' an solas na mochthrath, Glainne Ifrinn." 'S ann cho fuar a tha a guth ris an t-sneachd air madainn geamhraidh.

Chì mi am fear àrd a' coimhead orra o ceann gu casan, le plìonas air a bhilean. "Dearg-Sheud. Baintighearna a' Chriostail Fhala. Nach eil facal fàilte agad dhan duine agad fhéin?"

"'S ionnan an fhàilte a gheibh thus' agus broth brice-sìthe."

Tha am fear àrd a' leigeil ás gàire. 'S ann cho dubh a tha am falt fada 's a tha an t-aodann geal air. "Sin an nighean agam!" tha e ag ràdh le triutan gàire nach ruig a shùilean.

"Agus có 'n caraid beag agad?" tha e a' cumail a' dol, a' coimhead orm-sa.

. . . . . . . . .

Tadhail air duilleag 121.

(O dhuilleag 120)

"'S mise Madadhan, a dhuine-uasail," tha mi ag ràdh. "'S e tàilleabhach a' ghobhainn-dhuibh a th' annam." Chan fhaic mi a' bhànrigh ri tìde 's i a' dèanamh comharra dhomh a bhith 'nam thost. Tha braoisg leathann a' tighinn air an fhear àrd, a' leigeil pailteas fhiaclan ris. "Gobha-dubh! Bhiodh àit' agam do chnapanach as aithne dha obair an iarainn, fuar is teth."

"Mòran taing a dhuine-uasail, ach tha mi toilichte 'nam dhreuchd ana-sheo."

Tha e a' dèanamh sùil bheag rium. "Ge be dé 'n tuarastal a tha ise a' toirt dhut, bheir mi dhut a dhà thuras."

Tha mi a' stad tiotag. "An-dà. Cha dug i iomradh air tuarastal gu ruige seo, ag innse na fìrinn."

Tha Glainne Ifrinn a' dèanamh gàire dhorcha 's gheur. "Sin agad an nighean agam," tha e ag ràdh a-rithist. "Mas ann mar sin a tha cùisean, bheir mi dhut a thrì tursan!"

. . . . . . . . .

Dé nì mi?

*Gabhaidh mi ri trì turais an tuarastail!*

Tadhail air duilleag 122.


Air neo an dèan mi na leanas?

*Fuirichidh mi an-seo, ag obair do Dhearg-Sheud.*

Tadhail air duilleag 128.

(O dhuilleag 121)

Trì turais an tuarastail!  Tha mi a' smaoineachadh rium fhìn. Mo chreach!  Tha an tairgse seo ro mhath, chan urrainn dhomh a sheachnadh!

"Rinn sibh gobha-dubh fhastadh, a dhuine-uasail!"

Tha Dearg-Sheud a' grad-choimhead orm, a beul làn-fhosgailte fad tiotag.  Ach dìreach fad tiotag – tha a peirceall a' dùnadh cho grad 's gu bheil mi a' cluinntinn snag, ar leam.

Tha i a' coimhead air rìgh nan sìthichean an uair sin.  "Trì turais neoini – sin neoini," tha i ag ràdh gu sàmhach.

"Thug e fhacal, rinneadh an t-aonta!"  tha Glainne Ifrinn ag ràdh.  "Mar a chuir an creutair fhéin an céill, 's e gobha-dubh fhastadh a rinn mi."  Tha an dà chuid, fiamh na buaidhe agus iongnadh air aodann.

Cluinnidh mi i a' leigeil osna.  "Sin na rinn thu.  'S e 'n anail a' bheatha, 's e am facal am bann.  Rinn thu gobha-dubh fhastadh dhut.  Tha mi 'n dòchas nach mill thu e, tha deagh-chridhe ann. Ged a tha e 'na dhearg-amadan."

An dùil am b' urrainn dhomh an caochladh a chur romham? Ach tha nòisean agam nach rachadh gu math leam nan iarrainn sin.

. . . . . . . . .

Tadhail air duilleag 123.

(O dhuilleag 122)

Chì mi an rìgh, Glainne Ifrinn, a' coimhead orm o mo cheann gu mo chasan. "Madadhan an t-amadan, gobha-dubh aig rìgh nan sìthichean. Fàg sinn. Tha na gillean agam air a' mhiodar fon chaisteal. Dèan orra-san. Innis dhaibh gun deach thu 'nar measg air do thoil fhéin. Agus innis dhaibh gum bi mi air ais ann an coinnlear a thìde, mu thuaiream."

Tha Dearg-Sheud a' coimhead sìos 's tha e cha mhór mar gu bheil i a' seachnadh mo shùilean. Tha mi a' fàgail a' chaisteil.

Chì mi am fuamhaire 'na sheasamh air beulaibh a' gheata a-muigh, a bhata mór 'na làimh. Tha e a' coimhead sìos an t-slighe a dh'ionnsaigh dusan fireannach, agus na coin 's na h-eich aca. Tha iad 'nan seasamh ann am buidheann aig oir a' mhiodair chrotail. "'S e sluagh garbh a tha seo," tha am fuamhaire ag innse dhomh. "B' fheàirrde dhut feitheamh gus am fàg iad."

. . . . . . . . .

Tadhail air duilleag 124.

(O dhuilleag 123)

Tha mi a' coimhead suas air an fhuamhaire agus air na gaisgich aig Glainne Ifrinn a-rithist. "Tha eagal orm gum feum mi falbh còmhla riutha."

"Dé rud? Carson? A' bhànrigh?"

Tha mi a' cumail an aire air mo làimh fhìn. "Chan e 'bhànrigh as coireach ach mi fhìn. Dh'aontaich mi falbh còmhla riutha. Tha coltas gur e dearg-amadan a th' annam."

"Tha sin follaiseach," tha e ag ràdh gu ciatach. "Tha mi uabhasach taingeil nach eil mi air do rathad fhéin!"

Tha mi a' coiseachd sìos an t-slighe gu slaodach. 'S ann air falbh a tha Aonghas, a' tadhal air a bhana-charaid. Fiù nan robh e an-seo, chan eil fhios agam am biodh dad a thaic aig an t-seann-ghobha a bhiodh gu feum dhomh. Agus chan eil móran chaidreabhach eile agam san tìr seo.

Tha mi a' cnuasachadh nan rudan a dh'fhaodadh a bhith romham. Dé nan coisichinn seachad air na fireannaich, na coin 's na h-eich gun ghuth? B' urrainn dhomh dèanamh air an doras air an dàinig sinn a-steach do Thìr nan Sìthichean anns a' chiad dol a-mach. No nan rachainn am falach ann an Talla nan Sealgair?

. . . . . . . . .

Tadhail air duilleag 125.

(O dhuilleag 124)

Chan eil coltas soirbheis air aon seach aon dhiubh. Agus chan eil an rogha mu dheireadh dad nas fheàrr – gabhail ri mo chrannchur, agus falbh an cois Rìgh Glainne Ifrinn agus aghaidh a thoirt air na cunnartan a bhios romham anns a' Chùirt Neobheannaichte.

. . . . . . . . .

Dé nì mi?

*Nì mi air an doras air an dàinig mi a-steach do Thìr nan Sìthichean.*

Tadhail air duilleag 126.


Dé nì mi?

*Nì mi air Talla nan Sealgair agus iarraidh mi cobhair no tèarmann air Fachan.*

Tadhail air duilleag 139.


Air neo an dèan mi na leanas?

*Falbhaidh mi an cois Rìgh Glainne Ifrinn.*

Tadhail air duilleag 157.

(O dhuilleag 125)

Chan eil cus eòlais agam air Rìgh Glainne Ifrinn. Tha fhios agam gun robh daoine a' bruidhinn gu luath agus os ìseal nuair a chuala mi fathain is faclan air "na sìthichean eile" no "an rìgh dorcha." Chan eil mi deònach mo shaoghal a thoirt seachad 's mi a' feuchainn ri deagh-nàdar aige.

'S ann sìos an cnoc a tha mi a' coiseachd, agus a dh'ionnsaigh na ceàrdaich mar is àbhaist. Tha Aonghas air a bhith air falbh fad na h-oidhche. Cha bhiodh nòta gu feum. Tha sgrìobhadh agam, ach chan eil leughadh aig an seann-duine idir. Chan eil fhios agam càit an sirinn e, agus chan eil tìde agam feitheamh air. Tha mi a' faighinn greim air grunn rudan, 's gan ceangal ann am pasgan leis a' phlaide a tha air mo sheid. An uair sin, tha mi a' lùbadh mo chrios troimhe.

Agus mu dheireadh thall, tha mi a' tarraing a-mach mo sgian a bha fo mo sheid. Sia òirlich deug de stàilinn-shìthe, de mo làimh fhéin. Dh'fhaoidte gum faigh rìgh nan sìthichean dorcha greim orm. Ach chan ann gun strì.

. . . . . . . . .

Tadhail air duilleag 127.

(O dhuilleag 126)

Tha an uamh beag gu leòr mar shaoghal, ach fìor-mhór mar àite-falaich.  Bha mi air a rùrachadh beagan.  Tha mi eòlach air rudan a ghabhas ithe, agus na h-àitichean far am faigh mi uisge.  Ar leam gu bheil buille de chothrom agam teicheadh ás.  Nì iadsan mo shireadh; théid mise am falach.  Agus nì mi air an doras air an dàinig mi a-steach do Thìr nan Sìthichean.

Tha am fortan leam, fad greis.  Ach cluinnidh mi na coin-shìthe air mo chùlaibh an uair sin, a’ comhartaich ’s a’ tabhann.  Tha mi a’ ruith gus am bi m’ anail ’nam uchd agus mo chridhe ’nam sgòrnan.  Chì mi an toll air an dàinig sinn a-steach, sin cho faisg ’s a tha mi.  Tha mi a’ ruith cho luath ’s urrainn dhomh….

Chan eil mi a’ buannachadh air.  Tha dà chù a’ faighinn bàs air mo lann ach tha an còrr ’gam shlaodadh gu talamh.  Cluinnidh mi na sìthichean dorcha ri gàireachdainn.

………

A’ Chrìoch.

(O dhuilleag 121)

Tha mi a' toirt sùil a dh'ionnsaigh Dearg-Sheud. Tha i a' cur roc beag na beul agus chì mi fiamh de chrathadh a cinn. Chì mi nach eil i ag iarraidh gun déid mi leis. Bha a' bhànrigh math dhomh agus is toil leam an obair a nì mi do dh'Aonghas. Agus trì turais neoini, hmm, an-dà, chan eil ann ach, leig dhomh fhaicinn – neoini fhathast. "Tha mi fada 'nur comain airson ur tairgse, a dhuin'-uasail. Ach b' fheàrr leam fuireach a-seo. Tha 'n obair a' còrdadh rium. Chan e ceist an airgid a th' ann ach na – buannachdan."

Cluinnidh mi Rìgh Glainne Ifrinn a' leigeil gàire. "Tha mi cinnteach. Bha mo bhean a-riamh a' toirt seachad deagh – bhuannachdan."

Tha seo a' cur dréin air Dearg-Sheud. "A Mhadadhain, thoir leat an t-aran 's an t-isbean. Agus am fìon, is thoir cuibhreann dheth do dh'Aonghas. Chì mi thu 'màireach."

Mar a tha mi a' cruinneachadh a' bhìdh, cluinnidh mi Glainne Ifrinn ag ràdh ris a' bhànrigh, "Bheil Aonghas beò fhathast? Chan eil seo cothromach. Tha dà ghobha agad 's gun fiù aonan agam-sa." Tha a freagairt a' cur iongnadh orm... "Brisidh tusa gach dèideag a gheibh thu. Sin as adhbhar nach eil rudan snog agad fhéin."

. . . . . . . . .

Tadhail air duilleag 129.

(O dhuilleag 128)

# CAIBIDEIL 9

Le làn mo ghàirdeanan de bhiadh, tha mi a' fàgail a' chaisteil 's a' tilleadh chun na ceàrdaich. Nì mi beagan glanaidh agus sgioblachaidh. Nuair a thilleas an gobha mu mheadhan na maidne, innsidh mi dha mun choinneamh.

Tha dréin a' tighinn air Aonghas. "An rìgh dorcha, a-seo! Chan eil sin math. Ach b' fheàirrde dhut gun a bhith a' falbh leis. Cha bhi deagh-dheireadh aig móran idir a chuireas cas air a' cheum ud."

Tha am bodach a' creimeadh balgam far an isbein. Fad greiseag, tha e 'ga chagnadh. Chì mi a shùilean a' leth-dhùnadh, 's e ann an smuaintean domhain. "Chan eil sin math idir."

Tha mi a' gabhail balgam dhen aran is a' sìneadh botal an fhìona do dh'Aonghas. Chì mi e a' toirt tàidsear às, a' tilleadh a' bhotail agus a' leigeil rùc. Tha mi a' togail a' bhotail gu mo bhilean is a' gabhail balgam no dhà mi fhìn.

Tha mi a' toirt an aire an uair sin gu bheil an seann-ghobha a' dian-amharc orm. "'S e balach math a th' annad," tha e ag ràdh. "Feumaidh mi mo dhruim a shìneadh greiseag. Coisich ri m' thaobh, a chuilein bhig."

. . . . . . . . .

Tadhail air duilleag 130.

(O dhuilleag 129)

Tha mi a' leantainn a' bhodaich a-mach ás a' cheàrdaich. 'S ann ris an taobh chlì a tha e a' cumail, a' fàgail na slighe a leanas sinn a ghnàth a dh'ionnsaigh geataichean a' chaisteil air ar làimh dheis.

Chan e ceum furasta a tha seo. 'S e garbh-rathad a th' anns an t-slighe agus tha e follaiseach gur e beathaichean an fheadhainn a chleachdas an t-slighe seo mar is trice. 'S ann gàbhaidh a tha an ceum, agus oileagan móra an cunnart gluasaid fo mo chasan. Ach tha am bodach a' cumail a' dol gu frogail ged a dh'fheumas mi taic a chumail ris o àm gu àm gus nach tuit e.

Tha an t-slighe a' dol an àirde a dh'ionnsaigh na h-oire cèine far a bheil làr na h-uamha a' coinneachadh ris a' mhullach. Chì mi càrn beag de chlachan o àm gu àm, ag innse gu bheil sinn air slighe àraidh.

"Aonghais? Càit a bheil sinn –"

Tha am bodach a' briseadh a-steach orm. "Chan eil," is anail 'na uchd, "de dh'anail annam airson coiseachd is bruidhinn aig an aon àm...."

.........

Tadhail air duilleag 131.

(O dhuilleag 130)

'S ann mu choinnlear a thìde a tha sinn a' coiseachd, agus tha
mi toilichte gun do dh'fhàg sinn gu math tràth anns a' mhadainn.
Cha bu toil leam a bhith an-seo nuair a thòisicheas a' ghrian air
boillsgeadh aig beul na h-oidhche.  Cha robh mi a-muigh tron
oidhche ann an Tìr nan Sìthichean gu ruige seo, ach leis na chuala
mi de sgeulachdan, chan fhalbhainn air turas oidhche leam fhìn.
Air neo, còmhla ri Aonghas − dh'fhaoidte gu bheil an gobha làidir
agus glic, ach 's fada on a dh'fhalbh làithean òige.

Mar a théid sinn faisg air oir na h-uamha, chì mi an t-slighe a'
tòiseachadh air fiaradh a-null 's a-nall. 'S ann gu math cas a tha e,
a' dol an àirde.  Ach gabhaidh a sreap air èiginn fhathast.  Gu h-àrd
air stallachan, chì mi beathaichean − eòin is dòcha?  Creutairean air
a bheil sgiathan agus dà chas, co-dhiù.  Tha coltas fheannagan
móra orra, ach as aonais itean.  'S ann cho liath ris an luath a tha
an cuid craiceann.  Tha iad a' coimhead a-nuas oirnn le sùilean
mar an t-acras.

. . . . . . . . .

Tadhail air duilleag 132.

(O dhuilleag 131)

Fhad 's a tha sinn a' dol suas an t-slighe, tha am bodach a' stad aig gach lùb. Tha e follaiseach gu bheil a' choiseachd seo cruaidh air. Tha mi fhìn toilichte gu leòr feitheamh fhad 's a ghabhas esan anail; b' fheàrr leam mur an robh agam a ghiùlan air ais chun a' chaisteil. Ach nì mi sin ma dh'fheumas mi. Làn dòchas co-dhiù nach bi agam ri sin a dhèanamh.

Mu dheireadh thall, tha an t-slighe a' ruigsinn stalla leathann. Aig cùl an stalla tha toll nach fhaicear o ghrunnd na h-uamha. Chan e uamh nàdarra a th' innte; tha coltas gun robh a' chreag air a snaidheadh agus tha e gu glé mhìn.

Le cnead, tha Aonghas a' suidhe air a bhonnan-chnàmh. "A Mhadadhain, cha do shreap mi sin o chionn bliadhnaichean móra." Tha e a' cur a chùil ris a' chreag agus tha mise 'nam shuidhe cas mu seach ri thaobh.

"Abair sealladh!" tha mi ag ràdh.

. . . . . . . . .

Tadhail air duilleag 133.

(O dhuilleag 132)

Tha seann Aonghas 'na shuidhe an-sin leis an t-àm a' dol
seachad. Tha dragh a' tighinn orm. Chì mi fallas dheth agus tha
dreach lachdann air. "Aonghais – a bheil sibh ceart gu leòr?"

Tha e a' gnogadh a chinn. An déidh anail dhomhain no dhà a
tharraing, tha e a' freagairt. "Chan eil mi cho òg 's a b' àbhaist.
Cha chreid mi gum faigh mi bàs an-diugh fhéin. Ach tha mi air a
bhith ceàrr roimhe."

Os cionn an stalla, tha paidhir dhe na feannagan gun itean a'
siabadh air ais is air adhart air an spiris chreagaich aca. Tha cus
aire aca oirnn, ar leam.

An déidh grunn anailean domhain eile a ghabhail, chì mi
dreach nas fhallaine a' tighinn air a' bhodach. "Bidh mi ceart gu
leòr," tha e ag ràdh. "Dìreach diog no dhà eile." Chì mi e a'
dùnadh a shùilean 's tha mise a' dèanamh dragh fhathast. Ach
chan eil mi ag ràdh dad. An déidh greise, tha e a' tòiseachadh air
bruidhinn.

. . . . . . . . .

Tadhail air duillcag 134.

(O dhuilleag 133)

"Tha 'n t-àite seo 'na rùn a tha a' dol o ghobha-dubh gu gobha-dubh eile. B' e seann Fhearghal a thug a-seo mi fhìn. Feumaidh gun robh e mu dhà cheud bliadhna a dh'aois e fhéin aig an àm ud – gu math òg, mar a chì mise cùisean a-nis. Thuirt seann Fhearghal gun tugadh an seann-ghobha aige-san a-seo e 'na òige. Chan eil cuimhne agam air ainm an fhir ud."

"'S e 'n doras-cùil a th' againn air. Chan eil fhios a'm càit a bheil e 'dol. Fhad 's fhios dhomh-sa, cha do thill duine sam bith gu ruige seo 'chuir cas air a' cheum sin. Ach thuirt na seann-ghobhaichean uile gu bheil e 'dol air ais chun an t-saoghail. Na tìrean a-muigh, saoghal mac an duine. Chan eil fhios a'm ciamar a bhiodh fios aca-san. Ach sin agad e. Sin na thuirt iad."

Rinn e gàire bheag. "Tha mi air a bhith toilicht' a-seo. Bha bean agam fad greis. Agus is mathaid gu bheil cuid dhe na sìthichean òga 'seo càirdeach dhomh, ach chan eil mi cinnteach. Mnathan-sìthe – an-dà. Tha cinnt có 'mhàthair. Chan eil ach barail a th' ann có 'n t-athair."

. . . . . . . . .

Tadhail air duilleag 135.

(O dhuilleag 134)

Tha sinn 'nar suidhe an-sin fad greiseige. Mu dheireadh thall
tha am bodach ag ràdh, "Saoilidh mi gun urrainn dhomh seasamh
a-nis. Ach thoir làmh-chuideachaidh dhomh."

Tha mi ag éirigh, a' cromadh sìos agus a' gabhail greim air a
làmhan. 'S ann trom a tha an seann-ghobha, agus tha an dithist
againn a' leigeil gnòmhan 's mi a' togail a chuideim on chreig
fhionnair.

Tha sinn a' seasamh còmhla agus tha e a' cumail làmh air mo
ghualainn. Mu dheireadh thall tha e ag ràdh, "Tha mi deiseil.
Coisich còmhla rium dhan toll."

Tha sinn a' coiseachd. Tha an toll mìn a-staigh, chan ann idir
mar chlais a chaidh a snaidheadh leis an uisge. Tha e car coltach ri
toll a chaidh a dhèanamh anns a' chreig le snìomhaire mhór. Chì
mi doras a' nochdadh romhainn, mu lethcheud troigh a-staigh.
Tha e air a dhèanamh de mheatailt shoilleir air chor-eigin, le
samhlaidhean àrsaidh air nach aithnich 's nach tuig mi.

.........

Tadhail air duilleag 136.

(O dhuilleag 135)

Tha an aon chruth air an doras is a tha air an toll a tha e a' dùnadh, cearcall foirfe de mheatailt throm.  Chì mi rud aig meadhan an dorais, feumaidh gur e nàdar de làmhrachan a th' ann. Tha cruth bolgain no nobain air, cruth foirfe do làimh airson a tharraing no car a thoirt dheth.  Tha toll beag bìodach ann am meadhain an nobain.

Tha mi a' sìneadh mo làimhe 'ga ionnsaigh 's a' beantainn ris an noban.  Iongantach dé cho fionnar 's a tha e.  Ach ge be tarraing no car a thoirt dheth a dh'fheuchas mi − chan eil dad a' tachairt. Tha e mar gu bheil mi a' feuchainn ri adharc an innein a tharraing.

Cluinnidh mi seann Aonghas ag ràdh, "Cha do dh'fheuch mi riamh fhosgladh.  Mar a thuirt mi, bha mi toilicht' a-seo.  Ach thuirt iad rium gu bheil agad ri pìos beag bìodach de dh'iarann no stàilinn a chur san toll ud.  Mar shnàthad, no prìne."

Tha mi a' cur mo làimhe 'nam phòcaid.  "Mar tharrag?"  Tha mi a' cumail an àirde a' phìos de dh'iarann air a bheulaibh.  Chì mi am bodach a' gnogadh a chinn.

"Seadh.  Mar tharrag."

. . . . . . . . .

Tadhail air duilleag 137.

(O dhuilleag 136)

Tha Aonghas a' dùnadh a shùilean 's fiamh péin a' tighinn air
aodann.  Tha e a' cumail a làmh ri bhroilleach agus a' tarraing
anail eu-domhain fad diog no dhà.  "A chuilein – saoilidh mi gum
feum mi mo leabaidh.  Uaireannan, bidh mi 'dìochuimhneachadh
co mheud bliadhn' a dh'aom seachad 's mi beò 'seo.  Choisich mi
madainn an-diugh mar gun robh brògan fir nas òige orm."

. . . . . . . . .

Dé nì mi?

*Théid mi tron doras agus fàgaidh mi aig a' bhodach a shlighe fhéin a
dhèanamh.*

Tadhail air duilleag 138.


Air neo an dèan mi na leanas:

*Cuidichidh mi Aonghas air ais chun na ceàrdaich.*

Tadhail air duilleag 171.

(O dhuilleag 137)

Cha dàinig mi do Thìr nan Sìthichean dham dheòin. Thàinig mi an-seo 'nam phrìosanach, tràill is iad a' maoidheadh beatha mo bhràithrean. Tha Aonghas 'na charaid dhomh agus fiù a' bhànrigh – an-dà, cha robh i dona rium. Ach a dh'aindeoin sin, tha mi a' faireachdainn gum bu chòir dhomh oidhirp a dhèanamh a thilleadh gu mo dhachaigh 's mo theaghlach.

"Fuirich a-seo gus am bi sibh làidir gu leòr airson coiseachd dhachaigh. Tha mise 'dol tron doras."

Cluinnidh mi Aonghas a' tarraing ospag. "Ach – chan eil map' agad! Dé nì thu mur am buail thu air an t-slighe cheart? Bidh tu air chall gu sìorraidh bràth. Till chun na ceàrdaich còmhla rium, agus bheir mi 'm mapa dhut."

.........

Dé nì mi?

*Théid mi tron doras, làrach nam bonn.*

Tadhail air duilleag 151.


Air neo an dèan mi na leanas:

*Cuidichidh mi an seann-ghobha air ais chun na ceàrdaich.*

Tadhail air duilleag 171.

(O dhuilleag 125)

# CAIBIDEIL 10

Tha Aonghas air falbh. Chan eil fhios agam càit am faigh mi greim air. A thuilleadh air-san, chan eil móran fhìor-chaidreabhach eile agam anns an tìr seo. Ach bha rud-eigin mu Thalla nan Sealgair a dh'fhàg nòisean agam gum faighinn taic ann, is dòcha. Am fear neònach air a bheil leth-chas, leth-làimh is leth-shùil – am Fachan. Nuair a thàinig mi gu Tìr nan Sìthichean, bha coltas gnù ach coibhneil air. Tha nòisean agam gu bheil esan eòlach air Rìgh Glainne Ifrinn a tha seo. Agus chan eil agam ach coinnlear a thìde…

Tha mi a' coiseachd sìos an t-slighe o gheataichean a' chaisteil, seachad air a' bhuidhinn de dh'fhireannaich, coin is eich a tha 'nan seasamh aig oir a' mhiodair chrotail. Tha coltas sluaigh ghairbh orra gun teagamh. Chì mi cuid dhe na fir a' sealltainn orm air fiaradh, is mise a' coiseachd seachad. Cluinntinn grunn dhiubh a' dèanamh gàire, ach cha chuala mi am facal a chuir gàire orra. Ach tha mi a' cumail orm agus ann an ùine bheag, tha iad fada air mo chùlaibh.

. . . . . . . . .

Tadhail air duilleag 140.

(O dhuilleag 139)

A' coiseachd gu luath, chan fhada gus an ruig mi Talla nan Sealgair. Tha na dorsan fosgailte, mar is àbhaist, agus tha mi a' dol a-steach dhan dubhar. "Haoidh?" tha mi ag éigheachd. "Fhachain?"

"Tha Fachan a-seo," cluinnidh mi a fhreagairt dhranndail. "An e 'n cuilean beag a tha sin?"

"Madadhan, seadh."

"Math d' fhaicinn. Dé do naidheachd?"

"Droch-naidheachd. Tha coltas gum bi agam ri falbh an cois Rìgh Glainne Ifrinn."

Tha Fachan a' stad fad diog fada, a leth-shùil a' priobadh gu luath. "Droch-naidheachd gu dearbh. An déid thu leis, no 'n teich thu?"

"Ma bhios sibh am beachd gum bu chòir dhomh teicheadh – teichidh mi."

Leis a leth-ghàirdean is leth-làimh, tha am Fachan a' tomhadh ri a leth-chas, a bhroilleach is a leth-shùil. "Bha mise fo shàil na Cùirte Neo-bheannaichte. O chionn fhada. Nuair a bha 'n aon choltas orm-sa 's a th' ort-sa. Chan urrainn dhomh-sa teicheadh tuilleadh. Ach 's urrainn dhut-sa fhathast."

"Teichinn," tha mi ag ràdh. "Ach càit an déid mi?"

………

Tadhail air duilleag 141.

(O dhuilleag 140)

"Deagh-cheist," tha e ag ràdh. "Cha dèan an toll gu saoghal mac an duine a' chùis. Tha sin fada ro fhollaiseach. Chuala mi fathan gu bheil doras-cùil ann. Am bad-eigin aig oir na h-uamha. Ach cha robh mise ann a-riamh. Tha e doirbh dhomh coiseachd air garbhlach."

"Dé nì mi ma-thà – an coisich mi a-réir oir na h-uamha air fad?"

"Cha choisich, chan obraich sin. Gheibh na coin greim ort. No na biastan fiadhaich; bhiodh tu a' coiseachd fad iomadh latha 's oidhche. Tha aon bheachd agam…" Tha e a' tionndadh air falbh uam. "Feumaidh sinn aislingiche." Tha a ghlaodh ri chluinntinn air feadh an talla. "Corcar nan Creag! A bheil thu ann?"

Chì mi am boireannach mór le sgarfa phurpaidh air a falt a' fosgladh cùirtear agus a' gìogadh a-mach. "Gu dé?"

"Tha feum againn air aislingiche," tha am Fachan ag ràdh a-rithist. Tha e a' tomhadh rium-sa. "Feumaidh 'm balach seo fiosachd air na slighean a tha fosgailte dha."

Tha i a' coimhead orm car tiotaibh. "Thusa 'rithist. Bha aisling agam mu do dhéidhinn. Coisichidh tu aon rathad, no mìle rathad is docha. Òl balgam còmhla rium."

. . . . . . . . .

Tadhail air duilleag 142.

(O dhuilleag 141)

"Chan eil am pathadh…" tha mi a' tòiseachadh – ach tha i a' leigeil puth 's a' casadh a sùilean, agus tha mi a' stad mus dèan mi dearg-amadan dhìom fhìn. Tha i a' falbh air ais o na cùirtearan aice agus a' tighinn a-mach le botal de dh'fhìon purpaidh an uair sin. Le cnead, tha i a' suidhe cas air oiteig. Tha i a' dòrtadh steallag mhath dheth 's a' toirt dhith a h-usgar-bràghad an uair sin – clach phurpaidh air sèine airgid. "Clach m' ainm-sa," tha i ag ràdh. Tha i a' luasgadh na sèine 's tha a' chlach a' dèanamh cearcall beag, agus tha i a' tumadh na cloiche fon fhìon an uair sin. Tha i a' cur na sèine 's na cloiche air ais mu h-amhaich a-rithist.

"Òl còmhla rium," tha i ag ràdh a-rithist agus a' toirt na cuaiche dhomh. "Na òl làn na cuaiche – dìreach an dàrna leth."

Tha mi a' togail na cuaiche gu mo bhilean agus a' gabhail balgam dhen fhìon. Tha e gu math geur – ged nach eil eòlas ro mhór agam air fìon. Balgam eile 's tha mi a' toirt na cuaiche air ais dhi. Tha i 'ga thraoghadh ann an aon bhalgam.

Chì mi i a' coimhead orm, a sùilean leathann. "Suidh ri m' thaobh." Théid mi air mo dhà ghlùn, caran cliobach, agus 'nam shuidhe cas air oiteig cho math 's urrainn dhomh. Tha i a' dùnadh a sùilean agus nì mi an aon rud.

. . . . . . . . .

Tadhail air duilleag 143

(O dhuilleag 142)

"Aisling còmhla rium."

Tha i a' tarraing anail dhomhain agus nì mise anail cuideachd. Agus a-rithist. Tha seo a' faireachdainn neònach. Cha robh fhios agam gun cuireadh fìon … air fleod thu mar sin.

Gu h-obann, tha i a' bruidhinn. "'S e droch-shlighe a th' ann. Gum feuch sinn – Chan e. Chan e 'n té ud. Ro fhadalach airson … sin. Tòisich aig a' cheàrdaich, dèan dìreach air an oir. Coisich leis a' ghobha, tha fios aice … Chan eil. Chan eil e ann an-dràsta fhéin. Coisich 'nad aonar. Lorg an stalla. Na coin. Fuirich orra. Marbh iad. Càit a bheil an sealgair? Na gabh dragh, chan eil e gu diofar."

Nuair a tha i a' bruidhinn, cha mhór gum faic mi ceum mar gu bheil mi 'nam eun, ag itealaich fada os cionn na tìre.

"Suas chun an stalla, dhan toll, an doras, an cnap, tarrag san toll, a-mach troimhe – tha rud 'gam bhacadh. Chan fhaigh mi plathadh dhe na tha air a chùlaibh."

Tha i a' fosgladh a sùilean. "Tha mi air ais. An robh dad feumail anns an aisling?"

Tha mi a' priobadh mo shùilean agus a' crathadh mo chinn ach an tog an ceò. "Feumail. Seadh, saoilidh mi gum faca. Tha mi fada 'nur comain."

………

Tadhail air duilleag 144.

(O dhuilleag 143)

"Dèan cabhag," tha i ag ràdh. "'S ann fosgailt' a tha 'n rathad, snaidhm air an t-snàithlean a' ceangal an t-saoghail, ach dìreach fad greis. Nuair a dhùineas e, cha bhi deagh cheann-uidhe aig a' cheum ud."

Tha mi a' tionndadh ris an Fhachan. "Mòran taing, a mhaighstir." Tha a leth-shùil a' priobadh grunn tursan.

"Na fàs maoth a-nis. Chuala thu 'n t-aislingiche! Thalla!"

Anns a' bhad, tha mi a' falbh.

. . . . . . . . .

Tadhail air duilleag 145.

(O dhuilleag 144)

Tha coinnlear a thìde a' dol seachad aig astar. 'Nam throtan,
tha mi a' tilleadh chun na ceàrdaich air rathad goirid. 'S ann air
falbh a tha Aonghas fhathast; chan eil fhios agam cuin a thilleas e.
Chan eil ùine ri chur seachad. Ann an cabhag, tha mi a'
cruinneachadh grunn rudan, 's 'gan trusadh anns a' phlaide a bha
air mo sheid agus a' crochadh a' phasgain bhig ri mo chrios. Agus
o ìochdar na seide, an sgian. Sia òirlich dheug de stàilinn-shìthe, de
mo làimh fhéin.

Taobh a-muigh an dorais, tha mi a' stad greiseag bheag, a' dùr-
amharc air oir na h-uamha thall. Cha mhór gum faic mi loidhne
chòmhnard, letheach slighe suas sgorra chreagaich.

Ann an trotan, tha mi a' dèanamh air. Tha an t-slighe garbh,
gu soilleir chan eil móran daoine a' siubhal air. Tha mi a' leantainn
staran bheathaichean agus aon turas, chì mi càrn beag de chlachan.
Tha seo 'gam lìonadh le dòchas.

Tha mi a' cumail sùil airson an stalla 's mi a' tighinn dlùth. 'S
ann doirbh ri fhaicinn a tha e, ach tha mi làn-chinnteach gu bheil e
ann.

. . . . . . . . .

Tadhail air duilleag 146.

(O dhuilleag 145)

Mar as dlùithe a thig mi air an sgòrr, 's ann as doirbhe a tha an stalla ri fhaicinn. 'S mathaid gu bheil rud-eigin anns an rathad 'ga fhalach. Ach tha mi air a bhith a' dian-amharc air, agus tha fhios a'm có ris a tha pàtran nan creagan coltach fodha. Cumaidh mi a' dol ann an trotan.

Gu h-obann, tha mi a' cluinntinn coin fad air falbh. A' comhartaich 's a' tabhann, tha na coin-shìthe 'gam ruagail.

Tha mi a' fuasgladh mo chrios is a' tilgeil pasgan mo phlaide uam. Ar leam nach eil dad 'na bhroinn air a bheil dearg-fheum agam. Agus tha teans gun cuir e an ruagail triullaidh.

Ach tha mi a' gléidheadh na sgéine. 'Nam throtan fhathast, tha mi a' ruith cho luath 's urrainn dhomh gun m' anail a chall. Dh'fhaoidte gum faigh iad greim orm ach cha ghéill mi gun strì.

Nuair a ruigeas mi bonn an sgorra, chì mi ceum garbh a' dol an àirde. Tha e a' fiaradh a-null 's a-nall, a' dìreadh gu cas. Ach gabhaidh a shreap air èiginn fhathast. Tha mi a' cumail leth m' aire air a' cheum agus an leth eile air an ruaig fhad 's a dhìreas mi na fiaraidhean.

. . . . . . . . .

Tadhail air duilleag 147.

(O dhuilleag 146)

Cluinnidh mi na coin gu soilleir a-nis, feumaidh gu bheil iad a'
tighinn faisg.  Ach air a' cheum chas seo, cha déid iad mun cuairt
orm.  Bidh aca ri ionnsaigh a thoirt orm aonan an déidh a chéile –
agus tha sia òirlich dheug de stàilinn gheur 'nam làimh.  Chan eil
fhios a'm an leòn stàilinn coin-shìthe mar a leònas e na sìthichean
iad fhéin.  Ach ar leam nach cuir e piseach air an slàinte.

Tha mi letheach slighe suas an sgòrr nuair a thig na coin am
follais fodham.  Chan fhaic mi ach a dhà.

Agus chan fhaic mi sìthichean còmhla riutha.  Chan eil fhios
agam carson a tha an dà chù seo cho fad air falbh on na gaisgich
neo-bheannaichte.  Cluinnidh mi coin eile, nas fhaide air falbh.  'S
mathaid gun do chuir a' phlaide a dh'fhàg mi triullaidh iad.

Tha mi a' cur sùil mun cuairt.  Tha an ceum cumhang agus
chan eil e ro chreagach far a bheil mi 'nam sheasamh.  Tha ulpag a'
bacadh a' cheuma gu ìre os mo chionn.  Tha mi a' dinneadh
seachad air agus a' tionndadh, an sgian gu teann 'nam làimh.  Seo
an t-àite as fheàrr airson aghaidh a thoirt orra, ar leam.

. . . . . . . . .

Tadhail air duilleag 148.

(O dhuilleag 147)

'S dòcha gur e luch druidte a th' annam – ach nì mi sabaid. Tha na coin a' fiaradh an àirde 'nan deann-ruith, 's tha e eagalach follaiseach dé cho luath 's làidir 's a tha iad. Tha an cuid comhartaich a' sìor-fhàs nas fhiadhaiche 's iad air an fhiaradh mu dheireadh fodham.

Ach thagh mi deagh-àite. Chì mi cù-sìthe a' tighinn calg-dhìreach 'gam ionnsaigh, a cheann ìseal. Tha mi a' sàthadh mo sgéine 'ga ionnsaigh agus tha bàrr na lanna a' dol ann, eadar amhaich is gualann. Tha a' bhiast a' leigeil sgal agus – abair annas – tha e a' dol 'na lasair.

. . . . . . . . .

Tadhail air duilleag 149.

(O dhuilleag 148)

Tha an cù eile a' feuchainn ri maille a chur air a ruith ach tha e a' call a sheasmhachd is a' falbh leis a' chreig. Chan fhaic mi na tha a' tachairt ris. 'S cinnteach gu bheil e marbh, no air a dhroch-leòn. Chan eil air fhàgail dhen chù anns an do shàth mi mo sgian ach meallag bheag de luath a tha a' falbh leis a' ghaoith.

Tha mi 'nam sheasamh bog balbh fad diog, a' coimhead sìos air an sgian 'nam làimh. Chan eil fhios agam dé thachair – ach abair sgian!

A' coimhead sìos on stalla air ùrlar na h-uamha, chan fhaic mi coin eile no gaisgich neo-bheannaichte. Tha mi a' leantainn air adhart a' dìreadh gus an ruig mi àite far a bheil an stalla a' fosgladh a-mach is a' dol a-steach do tholl neònach. 'S e cearcall foirfe a th' ann a-réir coltais. Tha doras a' nochdadh romham mu leth-cheud troigh a-staigh.

. . . . . . . . .

Tadhail air duilleag 150.

(O dhuilleag 149)

# CAIBIDEIL 11

Tha an doras air a dhèanamh de mheatailt ghleansach agus tha e gu tur cruinn. Chì mi cnap ann am meadhan an dorais, car mar làmhrachan. Ann am meadhan a' chnaip tha toll beag, an aon mheud 's a tha … an tarrag.

Tha mi a' tarraing na tarraige a-mach ás mo phòcaid far an robh e agam cho fada. Nach eil sin neònach, am pìos beag de mheatailt a thog mi air bhuatham nuair a dh'fhàg mi taigh m' athar, gur e sin an rud a bheir dhachaigh mi a-nis?

………

Tadhail air duilleag 151.

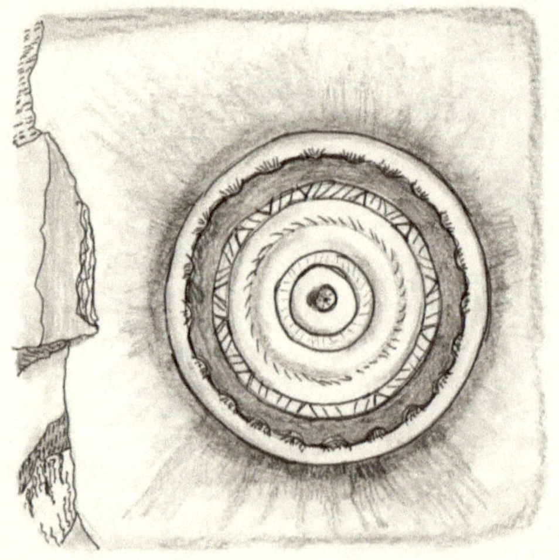

(O dhuilleagan 138 is 150)

Tha mi a' cur na tarraige dhan toll. Chan eil dad a' tachairt fad
diog no dhà. An dùil gur e siubhal gun siùcar a rinn mi? Ach tha
mi 'ga tharraing a-mach an uair sin agus cluinnidh mi dìosgan ìseal.
Chì mi an doras a' sleamhnadh suas do mhullach an tuill. Tha mi
a' cur na tarraige air ais do mo phòcaid.

Cuiridh mi cas a-steach dhan dorchadas. Cho luath 's a tha mi
tron doras, tha e a' dùnadh air mo chùlaibh. Gu h-obann, tha an
t-eagal a' bualadh orm; saoil am faic mi dad idir anns an àite seo?
Tha mi a' tionndadh air ais chun an dorais. Tha e an ìre bheag
dùinte nuair a thòisicheas solais fhanna air boillsgeadh ann am
mullach an tuill aig astar cunbhalach. Solas gu leòr airson an
t-slighe fhaicinn. Tha an t-ùrlar, na ballachan, a h-uile rud cho
réidh ri clàr glainne. 'S ann fann-liath no dubh gleansach a tha a
h-uile rud. Ann am meadhan an dorais, anns an aon àite far an
robh e air an taobh eile, chì mi cnap eile.

. . . . . . . . .

Tadhail air duilleag 152.

(O dhuilleag 151)

Tha mi a' coimhead dhan taobh chlì is dhan taobh deas. 'S ann an trannsa fhada a tha mi. Glè fhada. Chan fhaic mi ceann air, taobh seach taobh. Saoil a bheil ceann air idir? Ach chan eil dòigh air fhuasgladh fhaighinn air a' cheist seo.

Tha mi a' taghadh ceum air thuaiream agus a' tòiseachadh air coiseachd – is a' toirt sùil air ais, an uair sin. Ciamar a chuimhnicheas mi càit an robh an doras a-steach? Tha mi a' tilleadh ann.

Saoilidh mi gur e seo an doras tron dàinig mi beagan cheumannan air ais… Sgrìobaidh mi crois air an doras le mo sgian. Tha an doras glé chruaidh, ach tha mo sgian a' fàgail comharra air.

Mar a tha mi a' gabhail ceum air ais airson sùil a thoirt air a' chomharra, tha coltas gu h-obann mar gun robh cuid-eigin a' coimhead thairis air mo ghualann. Tha mi a' tionndadh mun cuairt, a' leigeil ospag –

Chan eil càil. Faileas far uachdar glainneach dorcha a' bhalla, 's dòcha. Ach mar a théid mi nas dlùithe air a' bhalla eile, tha i an-sin. Aodann, mar gu bheil i reòthte san stuth ghlainneach sin. 'S aithne dhomh an t-aodann seo.

. . . . . . . . .

Tadhail air duilleag 153.

(O dhuilleag 152)

'S e Dearg-Sheud a th' ann.  Air dòigh air chor-eigin, chì mi i,
am broinn uachdar glainneach a' bhalla seo.  Tha coltas gu bheil i
a' bruidhinn ri cuid-eigin nach eil anns an t-sealladh agus an déidh
diog, tha i a' tionndadh is a' coiseachd air falbh uapa.  Ach gu
h-annasach, tha coltas gu bheil an dealbh 'ga leantainn.

Cha creideadh mi gu bheil a leithid a rud ann mur an robh mi
air fhaicinn le mo dhà shùil!  Saoil a bheil mi san talla dhealbhan
aig bànrigh nan sìthichean?

Tha mi a' coiseachd sìos an trannsa a-rithist.  Gach corra ceum,
chì mi doras eile, uaireannan air an dàrna taobh dhen trannsa,
uaireannan air an taobh eile.  Ma tha pàtran aig suidheachadh nan
dorsan seo, chan fhaic mi e.

An déidh fichead doras is dòcha, tha e a' bualadh orm fear
fhosgladh.  Tha mi a' call ùine a' coiseachd san trannsa seo, ar
leam.  Leis a sin, tha mi a' taghadh doras air thuaiream.

. . . . . . . . .

Tadhail air duilleag 154.

(O dhuilleag 153)

Mar a rinn mi roimhe, tha mi a' stobadh na tarraige a-steach dhan toll ann am meadhan cnap an dorais.  A-rithist, chan eil dad a' tachairt gus an do tharraing mi an tarrag a-mach, agus tha an doras a' dol suas gu slaodach le dìosgan.

Nuair a bhios e cha mhór fosgailte, tha mi a' cur sùil troimhe.  Chì mi a' ghealach.  A' ghealach àlainn airgid, le Bodach na Gealaich, a mhuc mhór agus an sabhal aca, air a h-aodann.

Chì mi craobhan is creagan agus togalach ìseal annasach.  Ach chan eil m' aire orra-san.  Tha mi a' coimhead air a' ghealach.  Tha mi a' gabhail ceum a-mach dhan oidhche fhionnair thlachdmhoir agus cluinnidh mi an doras a' dùnadh air mo chùlaibh.

Tha mi a' tionndadh mun cuairt a thoirt sùil air an doras – agus chan fhaic mi dad.  Chan eil air mo chùlaibh ach creag dhorcha.  Gun doras idir.  Tha mi an dòchas gur e deagh-àite a tha seo.  Dh'fhaoidte gum bi mi an-seo gu bràth.

. . . . . . . . .

Tadhail air duilleag 155.

(O dhuilleag 154)

Tha mi a' cur sùil mun cuairt orm. Tha mi 'nam sheasamh air
sgrìodan aig bonn sgorra agus tha mi a' sreap sìos nan creagan casa
gu raon ceàrnagach a tha còmhdaichte le stuth dubh air chor-eigin.
Tha fàileadh a' ghuail dheth. Tha togalach ìseal air a dhèanamh de
sgonnan maide ri taobh an raoin leacaichte agus tha iomadh rud
annasach dhomh. Chì mi móran uinneagan móra anns an
togalach, air an dèanamh dhen ghlainne as ghlaine a chunnaic mi
a-riamh. Os cionn nan uinneagan móra ann am meadhan an
togalaich, chì mi soidhne mór. Tha e ag ràdh "Fishing Lodge," ach
chan eil na faclan a' dèanamh ciall dhomh.

Chì mi grunn uidheaman le rothan, car mar chairtean, aig oir
an raoin leacaichte. Tha gach aon 'na cheàrnag fhéin, am broinn
stiallan buidhe. Chan fhaic mi dòigh air an cuireadh tu each air
beulaibh gin dhe na cairtean seo. Tha a' mhór-chuid dhiubh
anabarrach mór agus iad uile air an dèanamh de mheatailt. 'S ann
neònach a tha na cuibhlichean, air an dèanamh de stuth cruaidh
dubh air chor-eigin.

.........

Tadhail air duilleag 156.

(O dhuilleag 155)

Agus dìreach mar sin, thàinig mi gu tìr air a bheil "Eng-land." 'S i Alba cnàmhan na tìre, agus tha abhainn Nis dìreach mar bu chòir dha a bhith. Ach tha cainnt neònach aig a h-uile duine 's cha do thuig duine dhiubh facal de Ghàidhlig.

An déidh ùine, dh'ionnsaich mi gu leòr dhen chainnt ud air an tighinn beò. Lorg mi seann-ghobha agus ghabh mi fastadh aige ach an coisninn mo bheòshlaint. An déidh greis, leig e dheth a dhreuchd is thug e a' cheàrdach dhomh mar thìodhlac leis nach robh duine-cloinne aige fhéin.

Nì mi sgianan is claidheamhan agus reicidh mi iad aig féilltean gus mo shaoghal a chosnadh. Tha mi a' faighinn deagh-phrìs air na "faery-forged blades" agam.

Ach bheirinn fortan airson guth càirdeil a chanadh "Ciamar a tha thu?" rium, anns a' chànan a fhuair mi le bainne mo mhàthar.

. . . . . . . . .

A' Chrìoch.

(O dhuilleag 125)

# CAIBIDEIL 12

Chan eil fhios agam mar a théid rudan ann an rìoghachd an rìgh dhorcha. Ach 's e deagh-obraiche a th' annam agus tha mi deònach ionnsachadh. Cho fhad 's a chumas mi smachd air mo theanga, chanainn gun dig sinn gu còrdadh air chor-eigin.

A bharrachd air sin, chanainn nach biodh ann ach làmh a chur 'nam bheatha fhéin nan ruithinn air falbh o na gaisgich-shìthe, na coin 's na h-eich aig Glainne Ifrinn.

Gu h-obann, tha mi a' cuimhneachadh na lanna-sìthe a tha fo mo sheid anns a' cheàrdaich. Tha obair mhór san sgian ud, b' olc leam fhàgail an-sin.

. . . . . . . . .

Tadhail air duilleag 158.

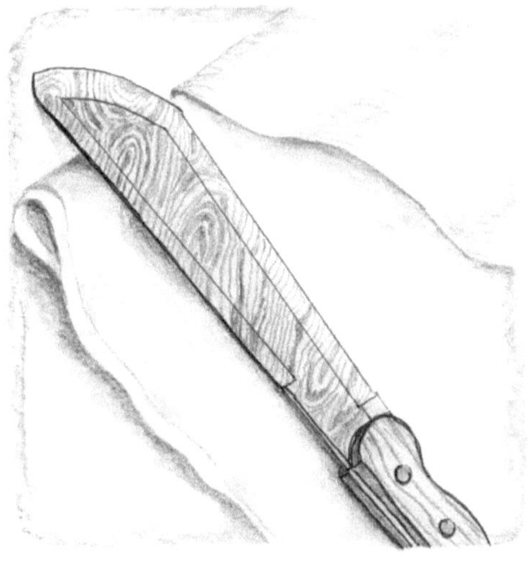

(O dhuilleag 157)

Chan eil cus aire aig na fir aig Glainne Ifrinn orm. Seach a bhith a' coiseachd dìreach a-null thuca, tha mi a' dol seachad orra agus mun cuairt air a' chaisteal chun na ceàrdaich far an robh mi a' tàmh anns na móran mhìosan seo chaidh. Tha mi a' dol a-steach dhan togalach bheag chruinn agus b' fheàrr leam gun robh Aonghas an-seo, ach tha e fad air falbh. Tha mi a' tarraing mo sgian a-mach fon t-seid. Nise, ciamar a ghiùlaineas mi seo gu dìomhair?

Tha mi a' toirt na plaide far na seid agus an còrr dhen aodach agam, agus 'ga chur air an ùrlar air fad. Cuiridh mi an sgian air an oir, air a phasgadh agus air a cheangal le beagan sreinge, cha bhi ann ach ciomball leapa. Le cùis-iongantais anns a' mheadhan.

. . . . . . . . .

Tadhail air duilleag 159.

(O dhuilleag 158)

Tha mi a' coiseachd air ais chun a' chaisteil agus an turas seo, théid mi calg-dhìreach gu buidheann nan sìthichean neo-bheannaichte a tha a' feitheamh an-sin. Chì mi grunn dhe na coin-shìthe a' toirt dranndan 's mi a' tighinn dlùth.

Tha na gaisgich le 'n aodainnean cruaidh a' coimhead orm. Mu dheireadh thall tha aonan dhiubh ag ràdh, "Nach tusa balach beag bòidheach? 'G iarraidh siùcaran, a bheil?"

Chan eil fhios agam dé fhreagras mi. "An-dà – chan eil. Dh'iarr Rìgh Glainne Ifrinn orm feitheamh air a-seo. Thuirt e innse dhuibh gu bheil – gu bheil mi a' dol 'nur measg dhe mo thoil shaor. Agus gum bi e air ais an ceann greis."

"Dhe do thoil shaor? Homh. Bidh seo inntinneach, ma-thà. Fàilt' ort, a charaid bhig, chun an t-seallaidh nach dig gu crìch! Tha sinn toilichte gu bheil thu 'nar measg, thig a-steach, thig a-steach."

"A-steach càit?"

Chì mi am fireannach a' casadh a shùilean. "Coma leat. Dèan suidhe 's dùin do chlab. Nuair a thilleas Rìgh Glainne Ifrinn, innsidh e dhuinn dé nì sinn leat."

. . . . . . . . .

Tadhail air duilleag 160.

(O dhuilleag 159)

Tha mi a' cur a' chiombaill leapa air an làr agus a' suidhe air, astar beag air falbh on bhuidhinn bhric de shìthichean a leanas an rìgh dorcha. Tha diofar fiù nas motha eadar riochd an cuid aodaich 's a tha am measg sìthichean Bànrigh Dearg-Sheud, agus tha iad fada nas leibidiche. 'S e beagan dathan soilleir a th' orra, ach 's e dubh is liath an dà dhath as trice a chì mi. Barrachd leathair na clò; tha bian air feadhainn agus tha coltas gur ann o bheathaichean fiadhaich a thàinig iad. Tha am feusagan car ragach, agus am falt, 's ann fada a tha e, mar is trice.

'S ann neònach a tha na cuirp aig móran dhiubh, cuideachd. Tha adharc a' cromadh an àirde os cionn sùil dheas aonain. Chì mi gàirdeanan nach eil a' dol le chéile air fear eile. 'S ann mór agus làidir a tha a ghàirdean clì agus a' dol seachad air a ghlùn ann am faid, agus chan eil anns a' ghàirdean eile ach fear beag goirid mar a bhiodh aig clann.

. . . . . . . . .

Tadhail air duilleag 161.

(O dhuilleag 160)

Tha mi 'nam shuidhe an-sin, mo chasan mu seach fodham, mo
thòin air a' chiomball-leapa.  Tha mi ag éisteachd ris na sìthichean
dorcha 's iad a' bruidhinn 'nam measg fhéin.  'S ann ri fealla-dhà a
tha iad, feadhainn bhorba mar is trice.  Tha iad a' dèanamh tàir air
a chéile.  Tha iad ri cabadaich, no gobaireachd, ma tha faclan cho
sìobhalta iomchaidh airson sgeulachdan bàis is sgrios mar seo.

'S ann cho sàmhach ri luch eaglais a tha mi 'nam shuidhe.
Fhuair mi deagh-oilean anns an sgil seo, 'nam shuidhe ann an
oisean nuair a thugadh m' athair leis mi gu na coinneamhan a
bhiodh   aca   le   ceannard   Chlann   Choinnich   agus   nan
comhairlichean eile.  Tha fhios agam mar a nithear suidhe sàmhach
agus éisteachd ri gach cùis gun a bhith follaiseach mu dhéidhinn.
Chan eil facal beag aig gin dhiubh mu mo dhéidhinn, a-réir coltais.
Ar leam gur e deagh-rud a tha sin.

Tha  mi  a'  fuireach  mar  seo  greis,  agus  cluinnidh  mi
atharrachadh a' tighinn air a' chòmhradh aca an uair sin.  Tha mi
a' togail mo chinn is chì mi Rìgh Glainne Ifrinn a' coiseachd a-nuas
an cnoc on chaisteal.

. . . . . . . . .

Tadhail air duilleag 162.

(O dhuilleag 161)

Tha coltas gu bheil diomb air rìgh dorcha nan sìthichean. Chì mi e a' coiseachd a-nuas on chaisteal gu sgiobalta, a ghuailnean is ceann gu h-àrd anns an adhar. Tha a pheirceall teann teann ach chan eil ach fiamh dréin air a ghnùis. Cluinnidh mi a ghuth fo anail, "Tha 'm boireannach ud cho righinn ri comhachaig bhruich."

Tha a shùilean teann ri chéile. 'S beag gu bheil a shùilean a' laighe orm. Tha e a' dèanamh calg-dhìreach air a' bhuidhinn de shìthichean, far a bheil each mór dubh a' feitheamh air 'nan teis-mheadhan. Tha e a' gabhail na sréine 'na làimh agus a' leum dhan dìollaid cho sùbailte 's neartmhor 's a chunnaic mi a-riamh.

. . . . . . . . .

Tadhail air duilleag 163.

(O dhuilleag 162)

A' coimhead mun cuairt nam fireannach aige, chan eil e ag
ràdh ach facal geàrr. "Marcaicheamaid. Thoireadh cuid-eigin leis
an gobha ùr-nodh' againn."

Tha aon dhe na fireannaich nas motha a' dèanamh dìreach sin.
Cha mhór gu bheil tìde agam greim fhaighinn air mo chiomball-
leapa agus an sgian de stàilinn-shìthe na bhroinn. Tha e 'gam
thogail le a dhà làmh agus 'gam chur air druim an eich gun spàirn
sam bith. Tha am fireannach a' dìreadh air muin an eich air mo
chùlaibh. Tha a ghàirdeanan mar ghàdaichean meatailte; tha e
'gan cur umam mar chèidse.

. . . . . . . . .

Tadhail air duilleag 164.

(O dhuilleag 163)

Chan urrainn dhomh ach cuimhneachadh air a' chiad mharcachd-shìthe agam, le Dearg-Sheud agus sealgairean na Cùirte Beannaichte.  Ged a bha eagal orm agus mo cheann mar gun robh e 'na bhrochan, bha e car mar dhàna-thuras.  Agus bha Gual Dubh – a' bhan-sìthe leis an fhalt dubh a bha a' marcachd air an each còmhla rium – coibhneil gu leòr mar ghlacadair.  Agus, an coimeas ris an tom fhèithean a tha 'gam ghlacadh an-dràsta, bha fàileadh nas fheàrr dhith.

Chan eil coltas cho cofhurtail air na marcaichean seo.  Tha iad a' marcachd mar gun robh iad a' dol air chreach ann an tìr nàimhdean.  Tha smuaint ghruamach a' bualadh orm.  Chan e laogh na sgeulachd a th' annam dhaibh.

Ach laoch air chreach.

. . . . . . . . .

Tadhail air duilleag 165.

(O dhuilleag 164)

Cho fad 's a thuig mise a' chùis, tha uamh na Cùirte Beannaichte mu fhichead mìle a dh'fhaid agus mu chóig mìle a leud. Tha am mullach mu mhìle os ar cionn, is dòcha. Thug mi seachad a' chuid as motha dhen ùine anns an sgìre a tha mu mhìle mun cuairt air a' chaisteal.

A' falbh le Rìgh Glainne Ifrinn agus nan gaisgeach aige, tha iad 'gam ghiùlan air falbh on chaisteal aig Dearg-Sheud air ceum nach dug mi a-riamh roimhe. Tha na sìthichean dorcha a' marcachd gu cruaidh, agus rinn iad co-dhiù deich mìle mus stad iad.

Tha an ceann seo dhen uaimh cho garbh 's gu bheil e cunnartach. 'S ann creagach a tha e, agus nas tiorma na an sgìre mun cuairt air a' chaisteal aig Dearg-Sheud. Tha coltas gu bheil e nas blàithe an-seo cuideachd. Tha crotal ris na creagan agus chì mi balgain-bhuachair is fungasan a' fàs an-siud 's an-seo, ach chan ann cho pailt 's a chunnaic mi roimhe. Cho fad air falbh on ghrian-shìthe, tha solas an latha fada nas laige.

Air ais air na h-eich, tha sinn a' marcachd a-rithist. Chan eil e ach mu mhìle eile gus an ruig sinn trannsa chaol a tha a' dol a-steach do bhalla creige.

.........

Tadhail air duilleag 166.

(O dhuilleag 165)

'S gann gu bheil àite gu leòr an-seo airson triùir mharcaichean is an cuid each a' falbh ri taobh a chéile an-seo. 'S ann am meadhan an t-sreatha a tha am marcaiche aig a bheil greim orm.

Tha an trannsa a' lùbadh a-null 's a-nall, mar is trice a' dol suas ach uaireannan a' dol sìos cuideachd. An déidh mu thuaiream ceud troigh, tha e follaiseach gur e bealach a tha seo 's chan e toll. Chì mi mullach fann na h-uamha fada fada os mo chionn. Tha sinn a' marcachd mar seo mu leth-mhìle agus tha sloc cumhang a' cheuma a' fosgladh a-mach 'na mhagh leathann gu h-obann.

Seo a-nis, uamh na Cùirte Neo-bheannaichte. On àite far a bheil sinn, tha coltas gu bheil an uamh seo co-dhiù cho mór 's a tha an uamh aig Dearg-Sheud. Nas motha 's dòcha. Tha am mullach nas àirde gun teagamh sam bith. Chì mi grian-shìthe eile air astar, ach tha dath car eadar-dhealaichte oirre. Tha coltas nas blàithe agus nas deirge oirre.

"Air ais aig an tìr agam fhìn, mu dheireadh thall!" tha Rìgh Glainne Ifrinn ag éigheachd, agus cluinnidh mi iolach o na gaisgich neo-bheannaichte. "Nise – có aig a tha 'm balachan gobha?"

. . . . . . . . .

Tadhail air duilleag 167.

(O dhuilleag 166)

Tha am fireannach aibheiseach air mo chùlaibh a’ leigeil gnòst. “Seo e!”

“Tilg sìos e,” tha an rìgh ag ràdh. “Gum faic sinn có ás a thàinig e.”

’S beag gu bheil mi a’ tuigsinn na tha mi a’ cluinntinn ’s am fireannach aibheiseach ’gam phutadh. Tha mi a’ plumadaich, a’ feuchainn ri greim fhaighinn air an t-sréin ach cha ruig mi oirre ’s tha mi a’ tuiteam car air char ris an làr.

Tha a’ chiomball-leapa a’ slìobadh ás mo ghreim ’s mi a’ tuiteam, agus tha e a’ bualadh ris an talamh beagan troighean air falbh uam. Gu mì-fhortanach, tha mo sgian ri fhaicinn a-nis, grunn òirlich dheth a’ stobadh a-mach air aon cheann.

“O hò!” tha am fireannach aibheiseach a phut mi sìos ag ràdh. “Tha gath air a’ bheach bheag againn!”

Tha na gaisgich neo-bheannaichte a’ cròdhadh mun cuairt, is a’ coimhead a-nuas orm ’s mi a’ togail na sgéine ’nam làimh. Tha mi a’ fàgail a’ chiombaill-leapa far a bheil e.

Tha Rìgh Glainne Ifrinn a’ coimhead a-nuas orm. “Gath gu dearbh. Tha stàilinn fhuar aig a’ bhalach.” Chì mi an rìgh dorcha a’ tighinn far an eich, cho sùbailte ’s gràsmhor ’s a leum e air aig toiseach an turais.

. . . . . . . . .

Tadhail air duilleag 168.

(O dhuilleag 167)

"Tha mi dhen beachd cothrom a thoirt dhan bhalach." Tha e a' coimhead air a' bhuidhinn de gaisgich agus dìreach orm-sa an uair sin.

"Seo do roghainn, a bhalaich. Thuirt thu gur e gobh' fhastadh a rinn mi. An cùm thu do gheall ud? No am b' fheàrr leat fuil mo ghaisgich fheuchainn leis an sgian bheag agad?"

"A h-uile gaisgeach?"

Tha e a' dèanamh gàire. "Chan eil idir! Dùbhlan cothromach. Nis, an can sinn – triùir dhe na fir as fheàrr agam. 'Nad aghaidh, is an aghaidh do sgéine bige. Cothrom na Féinne, cha mhór. Ma nì thu 'chùis orra, bidh tu saor. Cead do choise air ais gu Dearg-Sheud, no àite sam bith a thogras tu."

………

Dé nì mi?

*Tilgidh mi sìos mo sgian, is bheir mi geall a bhith 'nam ghobha aige.*

Tadhail air duilleag 169.


Air neo an dèan mi na leanas:

*Nì mi sabaid airson teicheadh ás, ach air cothrom ro-bheag.*

Tadhail air duilleag 170.

(O dhuilleag 168)

Uaireannan, chan eil ann ach dà roghainn gun aon taghadh. Tha mi a' tilgeil sìos mo sgian. "Thug mi m' fhacal a bhith 'nam ghobh' agaibh. Cumaidh mi m' fhacal."

Tha rìgh nan sìthichean a' cromadh sìos, is a' togail na sgéine air a làmhrachan. Chì mi e, 'ga thogail gu shùilean agus a' sgrùdadh na lanna bòidhiche 's na loidhnichean tonnach fanna anns a' mheatailt. 'S ann teann a tha an greim aige air, agus chì mi riobhag de smùid ag éirigh on stàilinn fhuar 'na làimh. Gabhaidh mi fàileadh feòla loisgte.

Tha e a' toirt flip shùbailte dhen sgian mu dheireadh thall, agus 'ga shàthadh dhan talamh, bàrr na sgéine an toiseach. Chì mi e, a' dùnadh agus fhosgladh a dhùirn. "Ceart ma-thà. Ach mar eadh, théid a' chas-bhacaidh dhualchasach a chur ort − 's fheàrr gobha gun chomas fàrsain aige."

Tha e a' coimhead air na gaisgich. "Glacaibh e, 's cumaibh greim air." Mus urrainn dhomh gluasad, tha làmh aig ceathrar fhear móra orm, 's chan eil mo chasan air an talamh tuilleadh. Tha an rìgh a' gabhail m' adhbrainn dheis 'na làmh agus tha cràdhadh a' tighinn orm….

Chan eil fhios agam ciamar, ach tha mi cinnteach nach coisich mi gun phian a-rithist gu sìorraidh bràth.

………

A' Chrìoch.

(O dhuilleag 168)

Uaireannan, chan eil ann ach dà roghainn gun aon taghadh. On a tha saorsa nas fheàrr na tràillealachd, nì mi sabaid. Agus ma bhios e an dàn dhomh, gheibh mi bàs is mi 'nam fhireannach saor.

Tha mi a' togail na sgéine. "Nì mi sabaid."

Chì mi Rìgh na Cùirte Neo-bheannaichte a' gabhail ceum no dhà air ais. "Tha 'm balach airson dannsa. Có dhiubh a tha 'faireachdainn mireagach an-diugh?"

Tha triùir dhe na gaisgich neo-bheannaichte a' tighinn far nan each, agus a' gabhail airm de dh'fhiodh is umha. Chì mi an uilebheist a mharcaich mi còmhla ris an-seo 'nam measg.

Tha iad 'gam chuairteachadh. 'S ann air mo bheulaibh a tha am fear as motha; tha mi a' dol mun cuairt is iad a' tighinn dlùth, a' feuchainn ri sùil a chumail air gach aon dhiubh. Chan eil sùilean gu leòr annam.

Mar a tha am fear mór a' toirt ionnsaigh orm le tuagh umha 'na làmhan, tha mi a' stobadh mo lanna d' a ionnsaigh. Tha e 'ga leòn air a ruighe 's le sgreuch, tha a chorp air fad a' dol 'na lasair. Ach tha bata garbh 'gam bhualadh 'nam chùl, agus tha mi a' tuiteam.

………

A' Chrìoch.

(O dhuilleag 137 is138)

# CAIBIDEIL 13

Chan eil coltas fallain air an t-seann-ghobha. Tha mi ag ràdh, "Seo, dèanaibh suidhe, cuidichidh mi sibh. Gabhaidh air ur socair gus an till mi. Ruithidh mi chun a' chaisteil a dh'iarraidh cobhair."

Tha sùilean Aonghais a' fosgladh gu mór, is eagal a' tighinn air aodann. "Na dèan sin! Na leig leis na sìthichean lorg fhaighinn air an àite seo! Dìreach gobhachan! 'S e rùn againn fhìn a th' ann…" Tha a ghuth a' fàs fann 's e a' tòiseachadh air casadaich.

Tha mi a' cur mo làimhe air gus a shocrachadh. "Seadh seadh. Ur toil-se. Cha leig mi fhaicinn riutha gu bràth. Ach gabhaibh air ur socair. Dèanaibh tàmh tiotag agus cuidichidh mi sibh air an t-slighe dhachaidh an uair sin. Nì sinn a' chùis air ma thilleas sinn còmhla."

"Nuair a – umh." Tha e a' stad greis. "Nuair a thilleas sinn chun na ceàrdaich – thoir sùil fon innean. Tha toll san… anns an ùrlar. Bogsa – leis a' mhapa rùin. Chan eil fhios a'm có ás a thàinig e – rùn eile nan goibhnean."

. . . . . . . . . .

Tadhail air duilleag 172.

(O dhuilleag 171)

An déidh leth-choinneal a thìde 's dòcha, tha an seann-ghobha a' fàs nas socaire. Tha mi 'ga chuideachadh gu a chasan agus tha sinn a' coiseachd gu oir an stalla. Tha e a' leigeil a thaic orm gu trom agus tha a chasan car cugallach foidhe. Gu slaodach is cùramach, tha mi 'ga chuideachadh sìos an ceum a tha a' fiaradh a-null 's a-nall. 'S ann gu tric a tha sinn a' stad. Mu dheireadh thall, an déidh dhuinn bonn nam fiaraidhean a ruigsinn, tha sinn a' suidhe air ar bonnan-chnàmh.

"A Mhadadhain. Mur am faigh mi tilleadh dhachaidh – feumaidh tu mo chorp a thoirt ann. Chun na ceàrdaich, is cuir 'nam leabaidh mi; na leig fhaicinn dha na sìthichean gun do bhàsaich mi a-muigh a-seo san fhàsach. Na toir adhbhar dhaibh idir an taobh seo 'rùrachadh. Ma gheibh mi bàs an-diugh, chan eil ann ach prìobag cho aotrom ri iteig. Ach ma leigeas mi ris na rùintean a gheall mi 'chumail dìomhair, 's e tàmailt cho mór ri beinn a bhios ann."

Tha mi a' toirt m' fhacal dhan bhodach. Cha leig mi ris rùintean nan gobha.

. . . . . . . . .

Tadhail air duilleag 173.

(O dhuilleag 172)

’S ann mu leathach na slighe dhachaigh a tha Aonghas a’
coiseachd. Tha mi ’ga ghiùlan an còrr dhen t-slighe, a ghàirdeanan
thairis air mo ghuailnean agus a chasan cha mhór a’ slaodadh air
mo chùlaibh. Nuair a thòisicheas a’ ghrian-shìthe air priobadh, tha
mi a’ sparradh air mo chasan coiseachd fiù nas luaithe. Mu
dheireadh thall, tha sinn a’ ruigsinn na ceàrdaich.

Chan eil fhios agam cuin a thàinig stad air anail.

Tha mi a’ cur a’ bhodaich dha leabaidh gu socair. Tha mi a’
tarraing na plaide os cionn aodainn. Tha mi ’nam shuidhe an-sin ri
thaobh fad ùine mhór. B’ esan an aon charaid a bh’ agam an-seo.
A’ bhànrigh − an-dà, cha robh i dona rium. Ach chan e caraid a th’
innte; ’s e bana-mhaighstir a th’ innte.

. . . . . . . . .

Tadhail air duilleag 174.

(O dhuilleag 173)

Fuirichidh mi anns a' cheàrdaich a-nochd.  Nì mi cadal, ma théid agam air, agus cumaidh mi faire na h-oidhche dhan bhodach.  Ach bidh agam ri co-dhùnadh a dhèanamh a-màireach.

Chaochail Aonghas is e a' sealltainn dhomh an doras falaichte, "rùn nan gobha." Dh'innis e dhomh gu bheil mapa ann, ann am bogsa falaichte fon innean aig cridhe na ceàrdaich.

'S ann thar an ùrlar a tha mi a' gluasad an innein thruim.  Mar a thuirt Aonghas, tha bogsa fodha.  'S e bogsa sìmplidh a th' ann, ach 's ann de dh'iarann fuar a tha e.  Chan fhosgail sìthiche sam bith am bogsa seo air mhearachd!

Ach chan e sìthiche a th' annam.  Is mise gobha-dubh.  Le òrd is geilbh-chruaidh, théid agam air a' ghlas shìmplidh a tha a' dùnadh a' bhogsa a bhriseadh gun duilgheadas sam bith.

………

Tadhail air duilleag 175.

(O dhuilleag 174)

Chì mi pàipear le nàdar de sgrìobhainn anns a' bhogsa. Pàipear mìn geal, leis an sgrìobhadh as foirfe a chunnaic mi a-riamh. Chan eil e coltach ri mapa sam bith a chunnaic mi a-riamh roimhe. Tha facal aig a' bhàrr air a bheil suaip ri cànan nan Ròmanach. "Quantum Temporal Anomaly Exploration Project." Tha na faclan sgrìobhte ann an aibidil nan Ròmanach gun teagamh.

Chan eil fhios a'm dé tha seo a' ciallachadh. A' cunntadh an ama, rud-eigin rud-eigin pròiseact. Sin an tomhas a nì mi air, co-dhiù. Saoil an robh gobha Ròmanach airson uaireadair a chruthachadh?

Tha dealbh ann am meadhan na duilleige. Tha e coltach ri sreang le grìogagan oirre. Chì mi loidhnichean a' dol suas agus sìos o na grìogagan. Tha beagan fhaclan ann an Gàidhlig mun dealbh seo. "Clì airson an-dé. Deas airson a-màireach. Na rach ro fhada."

Chan e sin a bha mi a' sùileachadh ris, buileach.

. . . . . . . . .

Tadhail air duilleag 176.

(O dhuilleag 175)

Tha mi a' fuireach anns a' cheàrdaich tron oidhche.  Cha déid agam ach air corra norrag bheag a dhèanamh, 's tha mi a' dùsgadh le clisg grunn thursan.  Tha e mar gu bheil Aonghas ag éigheachd orm.  An déidh oidhche luaineach 'nam laighe air mo sheid le mo charaid marbh anns an ath-sheòmar, 's mithich dhomh co-dhùnadh a dhèanamh.

. . . . . . . . .

Dé nì mi?

*Fuirichidh mi ann an Tìr nan Sìthichean.*

Tadhail air duilleag 177.


Air neo an dèan mi na leanas:

*Gabhaidh mi an cothrom agus teichidh mi ás an àite seo.*

Tadhail air duilleag 180.

(O dhuilleag 176)

Tha Dearg-Sheud air a bhith math rium.  Ged a tha i 'na bànrigh, theagaisg i móran dhomh agus cha do rinn i cron orm a-riamh.  Chan iarr mi barrachd air maighstir sam bith.  Bidh mi ag ionndrainn an t-seann-ghobha agus glèidhidh mi na rùintean a fhuair mi aige.  'S mathaid gum bi agam ri teicheadh ás an tìr seo latha air chor-eigin ach chan ann an-diugh a tha an latha sin.

Mar a tha a' ghrian-shìthe a' fàs nas soilleire, tha mi a' tighinn ás a' cheàrdaich.  Tha e mar gu bheil e a' toirt nas fhaide an-diugh coiseachd dhan chaisteal.  'S ann slaodach a tha mo cheum, 's trom a tha mo chridhe.  Tha mi a' coiseachd suas na slighe lùbaiche agus a' stad, fichead ceum air falbh on gheata fhosgailte.  Mar is àbhaist, tha mi a' togail mo làimhe dheis, mo bhas ris a' chaisteal.  Tha fear-freiceadain a' seirm dà phong air a chòrn agus tha am fuamhaire a' tighinn am follais.

"Air adhart is aithnicheam thu," tha e ag éigheachd.  Tha mi a' gabhail ceum air adhart agus a' stad, is e ag ullachadh airson an ath-dhùbhlain.  "Cluinneam d' ainm is do ghnothaich," tha e ag ràdh.

. . . . . . . . .

Tadhail air duilleag 178.

(O dhuilleag 177)

Tha mi a' stad 'nam thost mus freagair mi, an déidh dhan fhuamhaire crìoch a chur air a chainnt àbhaisteach. Tha mi a' leigeil osna throm. "Is mise Madadhan an Gobha. Agus tha mo charaid marbh. Tha seann Aonghas marbh."

Tha am fuamhaire a' cnuasachadh seo tiotag. Mu dheireadh thall tha e ag ràdh, "'S e deagh-dhuine a bh' ann ann Aonghas. Bidh mi 'ga ionndrainn. Fuirich a-seo, iarraidh mi an caiptean."

Tha an t-àm a' dol seachad gu màirnealach gus an dig Caiptean Clach Ghorm ás a' gheata le triùir dhe na saighdearan aige. Tha dà chabar air gualann aonan dhiubh 's iad paisgte ann an clò trom. Eileadram, a-réir coltais.

Chì mi na fir 'ga leantainn gu sgiobalta, 's e 'nan toiseach. Tha mi airson leantainn air an cùlaibh, leis nach eil dad eile a' bualadh orm a dhèanainn. Ach tha Clach Ghorm a' tionndadh air ais 'gam ionnsaigh. "Thusa – dèan air a' bhànrigh. Thoir aithisg dhi."

…………

Tadhail air duilleag 179.

(O dhuilleag 178)

Tha mi a' coiseachd tron gheata, seachad air an fhuamhaire a
tha a' suidhe 'na chabais. Tha mi a' feitheamh fhad 's a chuireas na
freiceadain na miotagan troma orra agus a' fosgladh an dorais bhig
am meadhan an eirc-chòmhla. Chan fhaic mi ach grunn
shaighdearan ri eacarsaich an-diugh nuair a ruigeas mi an cùirt-lios
agus tha mi a' dol a-steach dhan chaisteal uaithe sin. Mu dheireadh
thall, tha mi 'nam sheasamh air bheulaibh an dorais fhiodha
shnaidhte aig seòmraichean na bànrigh. Tha mi a' cur mo làmh air
a' ghlag umha agus 'ga sheirm.

Tha Dearg-Sheud a' fosgladh an dorais tiotag no dhà an déidh
sin. "Thig a-steach," tha i ag ràdh. "Dé do naidheachd?"

Tha mi a' toirt ceum a-steach dhan t-seòmar-suidhe aice, a'
fosgladh mo bheòil. Ach dùinidh mi e a-rithist, gun fhacal a ràdh.
Tha na deòir a' tòiseachadh air ruith o m' shùilean agus tha mi a'
dùnadh mo shùilean gu teann mar gun cuireadh sin stad orra.

Tha i a' sìneadh làmh thugam is 'ga chur air mo ghualann, agus
'gam chlaparan gu cliobach. "Tha e marbh," tha i ag ràdh. Tha
mi a' gnogadh mo chinn, 's cainnt a' fairtleachadh orm fhathast.

………

Tadhail air duilleag 190.

(O dhuilleag 176)

An làrna-mhàireach, tha mi cinnteach dé nì mi.

Cha dàinig mi do Thìr nan Sìthichean dham dheòin. Thàinig mi an-seo 'nam phrìosanach, tràill is iad a' maoidheadh beatha mo bhràithrean. Bha Aonghas, nach maireann, 'na charaid dhomh. Fiù a' bhànrigh – an-dà, chan urrainn dhomh argamaid nach robh i math dhomh. Ach a dh'aindeoin sin, tha mi a' faireachdainn gum feum mi an cothrom seo a ghabhail. Nì mi air mo dhachaigh 's mo theaghlach.

. . . . . . . . .

Tadhail air duilleag 181.

(O dhuilleag 180)

Cho luath 's a tha a' ghrian-shìthe a' soilleireachadh, tha mi a' cruinneachadh grunn rudan a bheir mi leam. An sgian, gun teagamh sam bith. Tha mi a' toirt na plaide far na seid agus an còrr dhen aodach agam, agus 'gan chur air an ùrlar air fad. Tha mi a' cur a' mhapa, mas fhìor, anns a' mheadhan agus an sgian air an dàrna oir. Air a phasgadh agus air a cheangal le beagan sreinge, chan eil ann ach ciomball leapa.

Tha mi a' stad tiotag ri taobh leabaidh Aonghais. "Tha mi duilich gu bheil mi 'gad fhàgail mar seo. Ach chan eil tìde ri sheachnadh. Mur an nochd mi airson bracaist le Dearg-Sheud, iarraidh i air cuid-eigin a thighinn a-seo, feuch dé tha ceàrr. Feumaidh mi a bhith fad air falbh nuair a thachras sin."

Gu h-obann, tha mi a' cuimhneachadh an innein. Tha mi a' cur a' bhogsa air ais dhan toll ás an dàinig e, agus a' slaodadh an innein air ais 'na àite. "'S ann dìomhair a tha an rùn fhathast," tha mi ag ràdh os ìseal 's mi a' coiseachd chun an dorais. Tha mi a' priobadh mo shùilean taosgach, a' dùnadh an dorais is a' falbh.

. . . . . . . . .

Tadhail air duilleag 182.

(O dhuilleag 181)

'S e slighe chruaidh gu leòr a choisich mi an-dé. Ach tha e 'gam ghreadadh an-diugh. Tha an t-slighe cas, agus chì mi na starain a tha mi a' leantainn a' lùbadh an-siud 's an-seo gun riaghailt. 'S ann garbh a tha an ceum, agus oileagan móra an cunnart gluasaid fo mo chasan.

Tha an t-slighe a' dol an àirde, a dh'ionnsaigh na h-oire cèine far a bheil làr na h-uamha a' coinneachadh ris a' mhullach. Tha càrn beag de chlachan ag innse, o àm gu àm, gu bheil mi air an t-slighe cheart fhathast.

Aig bonn na creige, tha mi a' tarraing anail no dhà mus cuir mi mo chas air a' cheum gharbh a tha a' dol an àirde. Tha e a' fiaradh a-null 's a-nall agus tha m' anail 'nam uchd an uair a ruigeas mi am mullach.

. . . . . . . . .

Tadhail air duilleag 183.

(O dhuilleag 182)

Aig a' mhullach, tha an stalla a' fàs nas leatha 's mi a' dol a-steach dhan toll anns a' bheinn. Mu lethcheud troigh a-staigh san toll, chì mi an doras a-rithist.

Tha an doras air a dhèanamh de mheatailt ghleansach agus tha e gu tur cruinn. Tha cnap anns a' mheadhan, car mar làmhrachan. Am meadhan a' chnaip chì mi toll beag, an aon mheud 's a tha … an tarrag.

Tha mi a' tarraing na tarraige a-mach ás mo phòcaid far an robh e agam cho fada. Nach eil sin neònach, am pìos beag de mheatailt a thog mi air bhuatham nuair a dh'fhàg mi taigh m' athar, gur e sin an rud a bheir dhachaigh mi a-nis?

Tha mi a' cur na tarraige dhan toll beag. Chan eil dad a' tachairt fad diog no dhà. An dùil gur e tràigh gun maorach a tha seo? Tha mi 'ga tarraing ás, an uair sin, is cluinnidh mi dìosgan ìseal. Chì mi an doras a' sleamhnachadh suas, a-steach do mhullach an tuill. Tha mi a' cur na tarraige air ais do mo phòcaid.

………

Tadhail air duilleag 184.

(O dhuilleag 183)

Tha mi a' cur cas a-steach dhan dorchadas. Cho luath 's a tha mi tron doras, tha e a' dùnadh air mo chùlaibh. Gu h-obann tha an t-eagal a' bualadh orm; saoil am faic mi dad idir anns an àite seo? Tha mi a' tionndadh air ais, ach an uair a tha an doras an ìre bheag dùinte, tha solais fhanna a' tòiseachadh air boillsgeadh ann am mullach an tuill aig astar cunbhalach. Solas gu leòr airson an t-slighe fhaicinn. Tha an t-ùrlar, na ballachan, a h-uile rud cho réidh ri clàr glainne. Tha a h-uile rud fann-liath no dubh gleansach. Cluinnidh mi an dìosgan a' stad nuair a bhios an doras sìos buileach. Ann am meadhan an dorais, anns an aon àite far an robh e air an taobh eile, chì mi cnap le toll beag eile.

Tha mi a' coimhead dhan taobh chlì is dhan taobh deas. Tha mi ann an trannsa fhada. Glè fhada. Chan fhaic mi ceann air, taobh seach taobh.

Saoil nach eil crìoch air idir? Chan eil dòigh air am faigh mi fuasgladh air a' cheist seo.

Tha am mapa, mas fhìor, ag ràdh gun a bhith a' dol ro fhada. Leig dhomh fhaicinn – tha mi a' fuasgladh mo chiombaill-leapa, a' togail a' phàipeir is 'ga leughadh ás ùr. "Clì airson an-dé. Deas airson a-màireach. Na rach ro fhada."

………

Tadhail air duilleag 185.

(O dhuilleag 184)

Mar a tha mi a' coiseachd sìos an trannsa gun chrìoch, tha coltas gu h-obann mar gun robh cuid-eigin a' coimhead thairis air mo ghualann. Tha mi a' tionndadh mun cuairt, a' leigeil ospag – Glainne Ifrinn!

Ach chan e. Tha mi 'nam aonar. 'S mathaid nach robh ann ach m' fhaileas fhéin far uachdar glainneach dorcha a' bhalla a chuir eagal orm. Tha mi a' dol nas dlùithe air a' bhalla eile an uair sin is tha e an-sin. Chì mi aodann an rìgh dhuirch mar gu bheil e glaiste a-staigh am broinn na duibhre glainniche. Tha coltas feargach air, agus tha e mar gu bheil e a' bruidhinn ri cuid-eigin. Ach cha chluinn mi fhaclan, is tha e a' tionndadh mun cuairt is a' coiseachd air falbh. Air dòigh neònach air chor-eigin, tha an dealbh 'ga leantainn is chì mi cùl a chinn 's e a' coiseachd.

Tha mi a' feuchainn gun a bhith a' toirt feart dha; ma tha fios aig Glainne Ifrinn gu bheil an doras-cùil seo ann, chan eil leasachadh air.

Tha mi a' coimhead sìos air a' phàipear. "Clì airson an-dé. Deas airson a-màireach." Chan eil fhios a'm dé tha sin a' ciallachadh. 'S e droch-latha a bh' ann an-dé. 'S mathaid gum bi a-màireach nas fheàrr. Tionndaidh mi chun an taoibh dheis.

. . . . . . . . .

Tadhail air duilleag 186.

(O dhuilleag 185)

Chì mi doras eile an déidh grunn cheumannan. 'S ann air taobh deas an trannsa a tha e. Agus mu dhusan ceum 'na dhéidh, tha doras air an làimh chlì. Agus doras eile air an làimh chlì an uair sin.

Tha mi a' sgrùdadh an deilbh air a' mhapa. Saoil an e dorsan a tha sna loidhnichean? Chan eil ann ach tomhas. Agus chan eil cus feum ann, leis nach eil fhios agam dé na dorsan a tha na grìogagan a' riochdachadh. "Na rach ro fhada." Saoil dé cho fada 's a tha sin? Chan eil cus feum anns a' mhapa seo idir. Tha mi a' tionndadh mun cuairt agus a' tilleadh chun an dorais air an dàinig mi a-steach. Tha mi a' toirt sùil tron ghlainne dhorcha a-rithist. Chì mi Glainne Ifrinn an-sin fhathast, 's e a' bualadh boireannach nach aithne dhomh.

Ceart ma-thà. Tha an doras seo, an doras agam-sa, air an taobh deas. Tha mi a' coiseachd chun an taoibh dheis, seachad air a' chiad doras air an taobh ud agus a' stad aig a' chiad doras air an taobh chlì. Ma tha an taobh deas a' dol do Thìr nan Sìthichean, 's mathaid gun déid na dorsan air an taobh chlì – a dh'àiteigin eile.

Tha mi a' brodadh na tarraige agam dhan toll anns an noban-dorais.

. . . . . . . . .

Tadhail air duilleag 187.

(O dhuilleag 186)

Mar a tha mi a' tarraing a-mach na tarraige a-rithist, tha an
doras a' fosgladh le dìosgan. Tha solas na gréine a' taomadh air
feadh an ùrlair, 's i ag éirigh. Chan eil fhios agam ciamar, ach tha
mi cinnteach gur e solas na gréine a tha seo, 's chan e a' ghrian-
shìthe. Làn-chinnteach.

Nuair a tha an doras gu tur fosgailte, tha mi a' cur sùil troimhe
gu cùramach. Tha coltas gu bheil e a' dol a-steach gu baile
meadhanach mór. Thar leam gun urrainn dhomh coiseachd
a-mach ás an doras agus a-steach do chaol-shràid. Chì mi cù an-sin
a' gabhail fàileadh meall luideagan. Seann-chù àbhaisteach, 's chan
e cù-sìthe idir.

Math gu leòr. Tha mise a' coiseachd tron doras. Tha mi 'nam
sheasamh anns a' chaol-shràid agus cluinnidh mi boireannach ag
ràdh, "Hoigh!"

"B' àill leibh?" tha mi ag ràdh.

"Hoigh!" Tha i ag ràdh a-rithist. Tha i a' putadh cairt-làimhe le
dà chuibhle oirre. "Có ás a thàinig thusa?"

"Ò, cha robh mi ach…" tha mi a' tionndadh mun cuairt is a'
tomhadh mu thuaiream ris a' bhalla bhreige, far an robh doras diog
air ais. "Dìreach, á – mun cuairt an oisein ud."

………

Tadhail air duilleag 188.

(O dhuilleag 187)

Tha am boireannach a' coimhead orm gu h-amharasach. "An-dà, ás mo rathad ma-thà!  Tha obair ri dhèanamh aig cuid againn!"

Tha mi a' seasamh gu taobh is tha ise a' putadh na cairte-làimhe seachad orm.  "A bhean-uasail… saoil an cuidich sibh mi? Saoilidh mi gun robh smùideag orm an-raoir.  A bheil fhios agaibh dé 'm baile 'tha seo?"

Tha a h-aodann eadar amharas is aoibhneas a-nis.  "Chanainn gun robh barrachd na smùideag ort, ma dhìochuimhnich thu gur ann an caol-shràid ann an Inbhir Nis a chuir thu seachad an oidhche!  Thalla dhachaigh, a mhic thuatha.  Bidh do mhàthair a' feitheamh ort."

Inbhir Nis.  Cha mhór gu bheil mi aig an taigh.


…………

Tadhail air duilleag 189.

(O dhuilleag 188)

Agus sin mar a bha. Bho Inbhir Nis gu Srath Pheofhair, cha robh ach astar leth latha air cairt-each ann. Thog cuid-eigin mi agus rinn mi air taigh ceann Chlann Choinnich, agus dh'iarr mi éisteachd leis a' cheann-chinnidh. Bha iad gu math tro chéile nuair a dh'innis mi dhaibh gur mise mac Iain mhac Ìomhair, comhairliche a' chinn-chinnidh. Ach dh'aontaich an ceann-cinnidh coinneachadh rium, 's dòcha de bhrìgh feòrachais.

"Bha cearcall chomhairlichean aig mo sheanair," thuirt an ceann-cinnidh rium, an déidh dhomh cuid dhe m' eachdraidh innse dha. "Mac Ìomhair, mac Ìomhair. Tha cuimhne agam air seann-bhodach liath, agus earchall air chor-eigin a bhuail air an teaghlach aige. 'S fada on a chaochail e, tha fhios. Cha robh ach aon mhac air fhàgail a chaoin a bhàs. Ach thug m' athair chun an tìodhlacaidh mi, mar urram dhan bhodach. Am mac mu dheireadh, feumaidh gu bheil e seachad air ceithir fichead 's a deich a-nis."

. . . . . . . . .

A' Chrìoch.

(O dhuilleag 179)

# CAIBIDEIL 14

'S ann mar shreath de mhòmaidean neònach a tha an còrr dhen latha. Chì mi Clach Ghorm agus na fir aige a' toirt a-steach a chuirp air sìntean, agus 'ga chur air paidhir de shorchain anns a' chùirt-lios. Ann an ùine bheag, tha iad a' lasadh coinnlean. Chì mi grunn dhaoine a' coiseachd a-null, ag ràdh facal sàmhach no dhà, no a' togail na plaide a choimhead air aodann a' bhodaich. Tha Gual Dubh 'nam measg.

Tha Dearg-Sheud a' tighinn 'gam ionnsaigh. Tha coltas gu bheil iad a' coimhead orm mar chuid-eigin a bha dlùth dha an dàimh; tha i a' faighneachd am bu chòir dhaibh an corp a losgadh mar is gnàth dha na sìthichean, no am bu chòir dhaibh a thìodhlacadh. 'S e "Chan eil fhios a'm," a' chiad fhreagairt a nì mi. Ach tha i a' feitheamh gu foighidinneach. "Bha e beò 'nur measg cho fada. 'S mathaid gum biodh e iomchaidh déiligeadh ris mar gum b' esan fear ur sluaigh fhéin."

. . . . . . . . .

Tadhail air duilleag 191.

(O dhuilleag 190)

Agus sin mar a thachair.  Tha iad a’ cruinneachadh connadh is
a’ togail breò-chual anns a’ mhiodar fon chaisteal, agus tha mi ’gan
cuideachadh.  Cuiridh mi cnap no dhà de ghual ris, cuideachd.  ’S
dual sin, ar leam, do chuid-eigin a bha na ghobha-dubh.

Aig ciad doilleireachadh na gréine-sìthe, tha iad a’ giùlan an
t-sìntein is a’ chuirp a-mach á geata a’ chaisteil agus sìos chun a’
bhreò-chuail.  Dh’ung iad a chorp le olachan cùbhraidh uair-eigin
tron latha.  Tha mi a’ faireachadh am fàilidh air an oiteig.

Tha iad a’ cur a’ chuirp, an t-sìntein, na plaide ’s a h-uile càil air
a’ bhreò-chual.  Tha Gual Dubh a’ cur lasair ris an uair sin.  ’S ann
gu luath a tha an teine a’ gabhail, agus na lasairean ag éirigh an
àirde.  Tha e follaiseach gu bheil connadh a’ bhreò-chuail a’
losgadh nas fheàrr na fiodh.

Tha Gual Dubh ’na seasamh ri mo thaobh.  “B’ esan m’
athair,” tha i ag ràdh.  “Cha do dh’innis mo mhàthair sin ris.  Ach
saoilidh mi gun robh fhios aige.”

Nuair a tha a’ ghrian air doilleireachadh is an oidhche oirnn,
chì mi carragh de theine a’ raoic chun nan speuran.

. . . . . . . . .

Tadhail air duilleag 192.

(O dhuilleag 191)

An déidh bàs seann Aonghais agus a' bhreò-chuail, tha atharrachadh a' tighinn air a h-uile rud. Is mise gobha na Cùirte Beannaichte agus Bànrigh Dearg-Sheud a-nis.

Agus chan eil dad ag atharrachadh. Gabhaidh mi bracaist le Dearg-Sheud gu tric. Tha i a' toirt òrdugh dhomh uaireannan, an cruth iarrtais mhodhail. Ach nas trice na sin tha i ag innse dhomh gu bheil mi 'nam amadan.

Ach mean air mhean, tha mi a' fàs nas eòlaiche air gnàthasan riaghladh na tìre seo. Tha e a' toirt 'nam chuimhne oidhcheannan fad air ais, nuair a bheireadh m' athair mi leis, 'nam shuidhe gu sàmhach anns an oisean 's e a' coinneachadh ri ceann-cinnidh Chlann Choinnich. Nuair a thig daoine ceann-dàna còmhla, fiù ma tha iad glic 's ma tha amas an cumantas aca, bidh iad a' strì mun t-slighe air adhart. Gun ghliocas, no mur eil aonta mu na h-amasan, thig còmhstri gu còmhrag gu luath.

Mar a thuigeas mise a' chùis, 's e sgaradh domhain a th' ann eadar a' Chùirt Bheannaichte is a' Chùirt Neo-bheannaichte. Agus chan eil taobh seach taobh gu tur glic, fad an t-siubhail an-còmhnaidh. Ach a dh'aindeoin sin, tha mi glé thoilichte gu bheil mi air taobh Dhearg-Sheud.

. . . . . . . . .

Tadhail air duilleag 193.

(O dhuilleag 192)

Aon mhadainn, tha Dearg-Sheud ag innse dhomh san dol seachad, gum biodh e math cunntas a thoirt air stòras nan arm, armachdan, boghachan is saighdean.

"Théid mi dha na crùislean feasgar. A bheil dad a' dol nach fhiosrach mise?"

Chì mi i a' liorcadh a bilean fo smuaint. "'S mathaid gu bheil mi tuilleadh 's a chòir faiceallach. Thoir cunntas dhomh orra 'màireach."

Tha mi a' cur crìoch air a' bhracaist gu sgiobalta an-diugh agus ag iarraidh cead tòiseachadh air an t-saothair. Tha na crùislean na lìonra de thuill fon chùirt-lios agus ruigear iad slighe staidhre am broinn na cìpe a-staigh. Shìos an-sin cuideachd, tha tobar a' chaisteil, no gu dearbh 's e sisteal a th' ann, 'ga lìonadh le uisge a thig tro na creagan gu nàdarra. Tha na crùislean seo nan stòras loma-làn de bhiadh grèidhte, na dh'fheumar de stòrasan airson buidheann mhór de dhaoine a chumail beò fad bliadhna no nas fhaide – agus na h-airm is armachdan a dh'fheumar nan toirear ionnsaigh air a' chaisteal. Tha stòras a' ghobha de dh'fhuigheall iarainn is stàilinn anns na crùislean cuideachd.

. . . . . . . . .

Tadhail air duilleag 194.

(O dhuilleag 193)

Cha robh cothrom mór agam roimhe, na crùislean fon chaisteal a rùrachadh.  Tha mi air a bhith ann iomadh turas roimhe seo, gun teagamh, a' faighinn rud-eigin do sheann Aonghas.  'S ann an-seo a tha mi a-nis, le cead cunntas a dhèanamh air an stòras.

Ann an cliath-bhogsa mór, tha mi a' lorg tailm.  Leis cho mór 's a tha e, chanainn gun fheumadh tu triùir no ceathrar airson a ghluasad.  Nach robh thu ag iarraidh clach-bhalg a-riamh?  Tha fhios gun robh mise….

Mòran rudan gun fiù ainm agam air an son.  Tha agam ri rudan a chur sìos mar, "armachd airson nan ruighean." Sin mar a tha e.

Armachd leathair, uachdarach is ìochdarach, le lannan pràise.  300 seata.  Clogaid umha, le dìonan sròine 's pluice.  100 té.  Clogaid umha, an ceap a-mhàin.  300 té.  Sgiath, fiodh còmhdaichte le pràis agus stiallan leathair.  250 té.  Bòtannan leathair, le lannan pràise.  400 paidhir.  Bogha goirid, le eang throm.  100 fear.  Saighdean, le ceann brodaiche, le trì itean is eang 30 òirleach.  2,000 (mu thuaiream.) Claidheamh an cruth duilleige, umha.  300 fear.  Agus mar sin air adhart.

Tha pailteas an-seo do dh'arm.  Fear beag, co-dhiù.

………

Tadhail air duilleag 195.

(O dhuilleag 194)

An ath-mhadainn, nuair a ghabhas mi mo bhracaist còmhla ris a' bhànrigh, tha Caiptean Clach Ghorm an-sin. Chì mi Òmar 'na falt bàn, cuidiche na bànrigh, an-sin cuideachd. Tha muga de bheòir 'na làimh.

Tha mi a' toirt a-mach nan liostaichean agam is sinne ag ithe aran, isbean spìosrach is càise bog. Tha mi a' ruith tron chunntas a chruinnich mi an-dé, a cheart cho pongail ri m' athair a' toirt cunntas dhan cheann-chinnidh 's a chomhairle air fad. Aig an deireadh, nì mi geàrr-chunntas ann am facal.

"Leis a' bheag-fhiosrachadh a th' agam-sa, chunnaic mi gu leòr de dh'airm airson feachd, can, 500 saighdear."

Tha mi a' coimhead a-null dhan chaiptean a tha a' freagairt le gnogadh beag agus fiamh air aodann mar a tha mi cha mhór air a dhrùidheadh.

"Seadh," tha e ag aontachadh. "Dà thrian de choisridh, aon trian de dh'eachraidh aotrom."

"Agus boghadairean," tha mi ag ràdh. "Ceud dhiubh. Tha coltas car ìseal air an àireamh seo, 'nam shùilean. Bha meas cho mór air boghadairean 's a bha air an eachraidh aig Clann Choinnich aig an taigh. Agus tha iad fada nas saoire. Sin na thuirt m' athair, co-dhiù."

. . . . . . . . .

Tadhail air duilleag 196.

(O dhuilleag 195)

Chì mi a' bhànrigh 's an caiptean a' coimhead air a chéile.  Tha Òmar a' gabhail balgam dhen bheòir aice 's mi a' stad tiotag.  An uair sin, tha mi ag ràdh "Ma-thà, mar an gobha agaibh, dé nì mi obair air?"

Tha Caiptean Clach Ghorm a' freagairt.  "Dà rud.  Feumaidh sinn barrachd shaighdean anns a' chiad dol a-mach; chan eil againn ach fichead saighdean an neach, leis gu bheil ceud boghadair againn.  Nam biodh barrachd bhoghadairean gu feum dhuinn, mar a mhol thu, tha fiù nas lugha againn do gach neach.  A thuilleadh air sin, feumaidh sinn fiosrachadh, có 'n fheadhainn nach eil cho buailteach do bhuaidh na stàilinn fuaire.  Iarraidh mi air na cinn-fheachd againn sluagh-ghairm nam feachd a thogail.  Biodh dùil agad ri dithis no triùir cheann-cogaidh a thig thugad gach latha.  Bidh eadar fichead is deich ar fhichead de neach-cogaidh fo gach ceannsalach.  Tòisichidh iad air tighinn a-steach an-earar."

Tha mi a' gnogadh mo chinn.  "Tha mi agaibh.  Dé 'n deuchainn a nì mi orra, a dh'fhiosrachadh a bheil iad buailteach do bhuaidh na stàilinn fuaire?"

. . . . . . . . .

Tadhail air duilleag 197.

(O dhuilleag 196)

"Geàrr sreath de bhataichean.    Troigh, dà throigh, trì troighean, cóig troighean is seachd troighean a dh'fhaid.  Cuir pìos stàilinn − 's e ceann-sléigh as fheàrr − air gach bata.  Tòisich leis a' bhata as fhaide; ma mhaireas neach dhen t-Sluagh fichead anail le bata 'na làimh air a bheil ceann stàilinn 's gun cheò a' tighinn far a làimh, seasaidh e no i stàilinn co-dhiù gu ìre.  Bheir mi dhut gloinne-ghainmhich airson an t-àm a thomhas.  Sgrìobh sìos ainm gach neach-cogaidh agus ainm a' cheannsalaich aca, agus faid a' bhata as giorra a chumas iad co-dhiù cuairt dhen ghloine-ghainmhich.  Gabh air do shocair leis na deuchainnean seo; na leig leotha an dearg-dhìol a thoirt asta fhéin.  Chan eil dad a dh'fheum agam air buidheann de shaighdearan leis an fhalt aca 'na lasair."

Tha mi a' dèanamh gàire bheag.  "A bheil e cho dona ri sin an da-rìribh?  An déid ur falt 'na theine ma thogas sibh sleagh le ceann stàilinn air?"

"'S e gnàthas-cainnt' a bh' ann.  Chan e 'm falt a théid 'na theine, ach an làmh.  Agus seasaidh mise an deuchainn seo le bata aon troigh 'nam làimh.  Cha seas a' chuid as motha sin."

. . . . . . . . .

Tadhail air duilleag 198.

(O dhuilleag 197)

Tha mi a' dèanamh air na crùislean an déidh na bracaiste. Tha mi a' fosgladh geata an iarainn fhuair, agus a' dol a-steach dhan t-seòmar-stòrais agam. Bidh feum agam air pìosan de stàilinn agus chan eil tìde agam an dèanamh de dh'iarann na boglaich.

'S ann mu dhusan dòrnag de dh'fhuigheall stàilinn a tha mi a' togail, agus 'gan cur ann an cliabh chòmhdaichte.

Tha mi a' giùlan na cléibhe suas o na crùislean agus suas an staidhre. A-mach ás a' chìp a-staigh agus tron trannsa mhóir, seachad air doras nan seòmraichean aig Dearg-Sheud. Tron chùirt-lios, le iolach àrd "Air ur n-aire, iarann fuar!" is buidheann de shaighdearan a' dol seachad orm 'nan trotan. Tha mi a' fosgladh an dorais bhig anns an eirc-chòmhla de dh'iarann fuar, a' gnogadh ris an fhuamhaire 'na chabais 's mi a' dol tron bhalla, agus an uair sin a' leantainn na slighe sìos a' bhruthaich fon chaisteal.

A' gabhail tionndadh deiseil aig a' bhonn, tha mi a' falbh 'nam throtan a dh'ionnsaigh an togalaich bhig chruinn leis a' mhullach bhiorach a tha air a thughadh le crotal a tha aig astar beag on chaisteal. Mo cheàrdach-sa.

. . . . . . . . .

Tadhail air duilleag 199.

(O dhuilleag 198)

Tha mi a' dèanamh cinn-shléigh dhen fhuigheall fad an fheasgair, is 'gan cur air bataichean. Chan e brod m' obrach a th' anns na cinn-shléigh seo. Chan dèanadh iad a' chùis anns a' bhlàr. Ach bidh iad ceart gu leòr airson a leithid a dheuchainn a mhìnich Caiptean Clach Ghorm dhomh. Tha mi a' tadhal air fear a' phàipeir airson barrachd pàipeir leis gum bi agam clàr a chumail.

Fhad 's a tha mi ris a h-uile càil sin, tha rud a' bualadh orm an cùl m' inntinn. Tha tarrag iarainn agam 'nam phòcaid. Bhiodh e furasta gu leòr barrachd a dhèanamh de dh'iarann toinnte. Gun teagamh sam bith, b' urrainn dhomh cinn-shaighde umha a mhòlltachadh le tarragan iarainn 'nan cridhe. An dùil am biodh saighead mar sin nas èifeachdaiche an aghaidh sìthiche?

Feuchaidh mi seo. Carson nach fheuchainn? Cha dèan e cron sam bith, chan ann orm-sa co-dhiù. Agus dh'fhaoidte gum bi iad feumail nan tigeadh oirnn blàr a thoirt.

. . . . . . . . .

Tadhail air duilleag 200.

(O dhuilleag 199)

Tha mi ag obair air na cinn-shaighde fad dà latha. Lorg mi badan de mhòlltairean gainmhich leis an dèan mi cóig cinn-shaighde aig an aon àm ann an oisean seòmar-stòrais an iarainn fhuair. Tha deich mòlltairean ann. An déidh oidhirp no dhà, tha fios agam gum feum mi mu choinneal a thìde airson cóig cinn-shaighde a dhèanamh.

Ag obair 'nam aonar, nì mi leth-cheud dhiubh ann an deagh-latha. Nì mi grunn cheann-saighde le tarragan iarainn 'nan cridhe cuideachd. Feumaidh iadsan beagan nas fhaide, leis gu bheil agam ri tarragan a dhèanamh an toiseach. Chan eil fhios agam ciamar a chuireas mi na cinn-shaighde shònraichte seo fo dheuchainn. Ach tha mi cinnteach nach bi iad nas miosa na an fheadhainn anns nach eil ach umha.

Mar a tha na buidhnean de luchd-cogaidh a' tighinn dhan chaisteal, tha mi a' tòiseachadh air na deuchainnean leis na sleaghan air a bheil ceann stàilinn. Ann an ùine bheag, tha fios agam nach urrainn dhomh cinn-shaighde a dhèanamh agus na deuchainnean a chumail aig an aon àm.

Ma tha e am beachd do Dhearg-Sheud cogadh a dhèanamh, tha mi an dòchas nach eil i ann an dearg-chabhag. Air neo bi buidheann de chuidichean a dhìth orm. Feumaidh mi bruidhinn ri Clach Ghorm.

. . . . . . . . .

Tadhail air duilleag 201.

(O dhuilleag 200)

Chan eil tìde agam airson bracaist leis a' bhànrigh an-diugh, ach an déidh dhomh an treamsgal a sgioblachadh ás an teallach is mus las mi teine ùr an latha, ruithidh mi suas dhan chaisteal a bhruidhinn ri Clach Ghorm.

"Latha math dhuibh, a Chaiptein," tha mi ag ràdh. "Tha ceist agam oirbh. Ma tha sinn ag ullachadh airson cogadh air chor-eigin – dé 'n ùine 'bhios agam? Oir eadar na deuchainnean seo, agus na cinn-shaighde, chan eil tìde gu leòr agam airson a h-uile càil. Tha an gual a' fàs gann orm, agus connadh crotail, agus chan eil fhios agam có nì saighdean dhe na cinn-shaighde seo."

Chì mi mùig a' tighinn air aodann a' chaiptein. "Tha mi 'tuigsinn. Tha cuideachadh a dhìth ort, nach eil? Co mheud gillean a tha thu ag iarraidh, triùir? No ceathrar?"

"Bhiodh triùir gasta an toiseach. Turas a bhios fios agam dé 'n obair a bheir mi dhaibh, 's mathaid gun iarr mi aonan no dithis eile. An-dà… dé cho fad 's a thuirt sibh gu bheil againn?"

"Cha tuirt mi facal," tha e a' freagairt. "Nas lugha na trì mìosan. 'S dòcha fada nas lugha na sin."

………

Tadhail air duilleag 202.

(O dhuilleag 201)

"Tha aon rud eile ann." Mar a tha Caiptean Clach Ghorm ag éisteachd rium, tha mi a' cur mo làmh 'nam phòcaid. Tha e a' sìneadh a làmh thugam, 's mi ag innse dha gun do bhuail rud orm. "Rinn mi cinn-shaighde le iarann fuar 'nam meadhan. Saoilidh mi gum bi iad feumail, ach chan eil fhios agam ciamar a chuireas mi fo dheuchainn iad."

Tha e a' grad-tharraing a làimh air ais. "Murt!" Tha a shùilean làn-fhosgailte 's e ag ràdh, "Iarann fuar! Thoir dhomh rabhadh mus dèan thu rud mar sin, 'ille!"

Tha e a' stad tiotag agus fiamh ro-chnuasachail air aodann. "Cuir air ais 'nad phòcaid e. Tiugainn, bheir mi chun an fhleisteir thu. Cuiridh sinn an t-saighead fo dheuchainn le bhith 'ga thilgeil air cuid-eigin. An-dà, rud-eigin. Chan ann air cù, no each. Ach caora 's dòcha."

Lorg sinn an saor a tha a' càradh sèithear briste ann an ceàrdaichean a' chaisteil. Tha fhalt dorch-liath goirid is stobach. Mar a tha sinn a' dol a-steach dhan t-seòmar, tha Clach Ghorm a' moladh an latha dha.

"A Mhaighstir Sglèat, feumaidh mi cuid-eigin a chuireas itean air saighdean."

. . . . . . . . .

Tadhail air duilleag 203.

(O dhuilleag 202)

An déidh dhan t-saor calpa agus itean airson saighead a dhèanamh, agus an déidh dha sealltainn dhomh mar a chuireas mi an ceann-saighde ris, tha Caiptean Clach Ghorm 'gam stiùireadh sìos dhan arm-lainn is a' toirt bogha far ealchainn. Gu sùbailte, tha e a' lùbadh a' bhogha air cùlaibh a ghlùin agus a' cur na sreinge os cionn smeòirnean a' bhogha. "Tiugainn, a Mhadadhain. Cuireamaid do smuaint fo dheuchainn."

Tha sinn a' fàgail a' chaisteil agus tha e 'gam stiùireadh sìos chun a' chròtha, faisg air Talla nan Sealgair. A' cur dà chorrag ri bheul, tha e a' gearradh fead sgalanta. "A Chonain!" tha e a' raoic. "Cù nan caorach! Trobhad a-seo!"

Chì mi cù cas-ghoirid le bian buidhe a' leum thugainn a dh'aithghearr. An déidh comhart togarrach no dhà, tha an cù a' bruidhinn. "Dé rud?"

Tha an caiptean a' dol air glùn. "Feumaidh sinn arm a chur fo dheuchainn. Dé 'chaora 's lugha ort?"

"An iar-reithe. Tha 'borb agus a' maoidheadh air na caoraich."

"Seòl an rathad dhuinn."

. . . . . . . . .

Tadhail air duilleag 204.

(O dhuilleag 203)

Chan fhada gus am bi sinn mu cheud ceum o threud nan caorach-sìthe. 'S e creutairean neònach a th' annta, nas coltaiche ri nathraichean-sgiathach beaga seach na caoraich clòimheach a b' aithne dhomh ann an saoghal mac an duine. 'S ann 'gan ionnsaigh a tha Conan an cù a' ruith agus an uair sin, tha an dàrna reithe ag ìsleachadh adharcan is a' toirt ionnsaigh air, 's an cù a' sgiabadh air ais gu clis. Tha an cù a' tilleadh thugainn an uair sin. "Am fear ud," tha e ag ràdh ri Clach Ghorm.

Chì mi an Caiptean a' cumail a-mach a làimh, ag iarraidh na saighde. Tha mi 'ga toirt dha agus tha e 'ga chur ris an t-sreang. Tha e a' tarraing na sreinge air ais, 'ga cumail fad anail agus an uair sin a' leigeil na sreinge far bàrr a chorragan. Tha an t-saighead a' falbh ball dìreach agus a' bualadh meadhan an reithe – agus chì mi an creutair a' dol 'na charragh teine.

. . . . . . . . .

Tadhail air duilleag 205.

(O dhuilleag 204)

A' coimhead air an tòrr bheag de luath a bha 'na chaora-sìthe mòmaid air ais, tha Clach Ghorm a' crathadh a làmh is siabag de cheò a' dol seachad oirnn. "Tha e 'g obair. Cha seas ach aonan á ceud deuchainn na stàilinn fuaire leis a' bhata trì troighean. Cha chreid mi gun urrainn do ghin a tha nas buailtiche na sin saighead mar seo 'chleachdadh. Ach b' fhìor-thoil leam té dhe na saighdean seo a chur ann an Glainne Ifrinn…"

Tha e a' coimhead 'gam ionnsaigh. "Faigh greim air do shaighead, 'ille. Tha eagal orm a ghiùlan. Agus – feuch is dèan beagan dhusanan dhe na saighdean seo dhomh-sa. "

. . . . . . . . .

Tadhail air duilleag 206.

205

(O dhuilleag 205)

'S ann luath a dh'fhalbhas na làithean dhan fhear aig a bheil dà iarann deug anns an teallach aige. Tha mi a' dèanamh cinn-shaighde, agus a' càradh airm, armachdan 's innealan-cogaidh.

Agus tha mi a' cur iomadh fir-chogaidh is bana-chogaidh fo dheuchainn a thaobh stàilinn. An déidh dhomh ceud is àireamh dhiubh a chur fo dheuchainn, tha e gu math follaiseach nach urrainn ach do dh'aonan á deichnear an t-sleagh a tha seachd troighean a dh'fhaid a sheasamh fad cuairt na gloine-gainmhich. Cha robh gin agam gu ruige seo a sheas dad nas giorra na am bata a tha dà throigh a dh'fhaid.

Tha mi a' teagasg dha na cuidichean ùra agam mar a leaghas iad umha agus mar a thaomas iad e ann am mòlltairean airson cinn-shaighde a dhèanamh, agus tha mi a' fàgail na h-obrach aca-san gu tur an uair sin. Tha iadsan a' cladhach gual agus a' cruinneachadh nan stòrasan eile dhomh cuideachd. Tha aonan dhiubh, fireannach air a bheil coltas òg agus Clach-Mharbhail mar ainm, comasach air an t-sleagh a chumail a tha dà throigh a dh'fhaid. "Bidh sin feumail," tha mi ag ràdh ris. "Tha saighdean sònraichte agam, agus bu chòir dhut am feuchainn, uair-eigin." Tha e a' gnogadh a chinn, fhalt stiallach bàn-dearg is geal a' tuiteam os cionn a shùilean.

………

Tadhail air duilleag 207.

(O dhuilleag 206)

# CAIBIDEIL 15

Mu dheireadh thall, chan eil dad éiginneach agam feasgar air chor-eigin. Tha mi ag iarraidh air na cuidichean agam a dhol sìos dha na crùislean còmhla rium. Tha sinn a' togail bogsa fiodha mór air a bheil "Tailm" sgrìobhte.

Tha e mu shia troighean a dh'fhaid, troigh a dhoimhne agus dà throigh a leud. Agus 's ann mu 300 punnd a chudrom a tha e. Tha sinn a' faighinn greim air na cluasan ròpa aige, agus 'ga ghiùlan suas an staidhre agus a-mach chun a' mhiodar chrotail air beulaibh a' chaisteil.

Tha na cuidichean saighdeir agam 'nan seasamh mun cuairt is mi a' fosgladh a' bhogsa. Chì sinn gu bheil e loma-làn de dhéilean fiodha agus dà chutachan de ròpa trom. Tha grunn phìosan stàilinn aig nach eil feum follaiseach ann an ceàrn a' bhogsa cuideachd. Agus tha cnagan fiodha garbha ann. Pailteas dhiubh.

Tha mi a' coimhead ris a' bhuidhinn de shaighdearan-sìthe a tha air a bhith 'gam chuideachadh. "An do chuir gin dhiubh 'n rud seo ri chéile roimhe seo, saoil?"

Chan eil guth ri chluinntinn.

. . . . . . . . .

Tadhail air duilleag 208.

(O dhuilleag 207)

Tha mi a' fuireach tiotag, agus an uair sin ag ràdh, "Chunnaic mi dealbhan de thailmean cloiche.   Ann an leabhraichean. Chleachd na Ròmanaich iad seo, anns an t-seann-aimsir."

Mu dheireadh thall, tha aon dhe na saighdearan − 's e Clach-Mharbhail an t-ainm a th' air − a' bruidhinn.  Tha coltas òganaich air an fhireannach seo, agus stiallan bàn-dearg is geal 'na fhalt. "Saoil am faighnich sinn dhen Chaiptean?"

"Deagh-bheachd," tha mi a' freagairt.   "Ceart ma-thà. Gabhaibh sibhse fois tiotag.  Gheibh mise greim air."

Tha mi 'gam fàgail a' gabhail fois fhad 's a tha mise a' coiseachd dhan chaisteal.  Mar is àbhaist, tha Clach Ghorm anns a' chùirt-lios.

"A Chaiptein?  Tha ceist agam mun tailm chloiche a bh' anns na stòrasan…"

Tha Clach Ghorm 'gam stiùireadh a dh'ionnsaigh saor a' chaisteil. Tha an seann-saor a' cnuasachadh mo cheist deagh-ghreis an déidh dhomh faighneachd dheth mun tailm.

………

Tadhail air duilleag 209.

(O dhuilleag 208)

Tha làmhan an t-saoir a' gluasad gun stad; 's e saighead a tha e a' dèanamh. "Cha bu mhis' a rinn a mhalairt, ach fear dhen fheadhainn òga. 'S mathaid gu bheil eòlas aige-san air an inneal. Tha e san t-seòmar-chùil, a' snaidheadh gasan-saighde," is leis an fhacal sin, tha an saor a' leth-tionndadh air falbh uainn. "AILBHINN!" tha e ag éigheachd aig àirde a chlaiginn.

Aig cùlaibh an t-seòmair, chì mi fear-sìthe àrd tana le falt soilleir-liath air a' tighinn á doras. "Seadh, a Mhaighstir Sglèat?"

Tha an seann-saor a' tomhadh òrdag 'gam ionnsaigh. "Tha 'n gobha 'faighneachd mun inneal agad. An tailm cloiche."

Tha am fireannach tana bàn a' coimhead 'gam ionnsaigh is iongnadh air aodann. "An da-rìribh? An-dà, seadh, gu dearbh. Dé 'm fiosrachadh a tha 'dhìth ort?"

"Tha mi airson a chur ri chéile. Agus fiosrachadh mar a chleachdar e. An cuidich thu mi greis?"

Tha e a' coimhead a dh'ionnsaigh Maighstir Sglèat a tha a' gnogadh a chinn. "Chì mi 'màireach sibh, a shaoir."

"Seadh, bidh latha eil' ann a-màireach," tha an seann-saor ag aontachadh.

. . . . . . . . .

Tadhail air duilleag 210.

(O dhuilleag 209)

Tha Ailbhinn 'gam leantainn a-mach ás a' chaisteal agus sìos chun a' mhiodair chrotail. 'S e a' chiad rud a chanas e, "Feumaidh tu 'm bogsa eile. Chan eil agad a-seo ach an dàrna leth dhith…"

Mar a thachras, cha do chuir an saor àrd tana an tailm cloiche ri chéile e fhéin a-riamh, a chionn 's gu bheil buaidh na stàilinn glé mhór air. Ach chunnaic e mar a chuirear ri chéile e, turas – leis a' bhuidhinn de Ròmanaich a mhalairt an t-inneal seo dha. Airson, mar a chanas Ailbhinn – 's e a' cumail dreach stuama air – "Trì pònairean draoidheachd."

Cha chan mi dad mus can mi cus.

Tha sinn a' rùrachadh an t-seòmair-stòrais, agus chan fhada gus am faigh sinn lorg air a' bhogsa eile. Tha e fiù nas truime ach tha a h-uile duine a' faighinn greim air cluas ròpa, agus seo sinn suas an staidhre leis.

Eadar mi fhìn a' làimhseachadh nam pìosan stàilinn, Ailbhinn an Saor 'gam stiùireadh agus na cuidichean agam a' dèanamh na h-obrach cruaidhe, tha rud romhainn ann an ùine bheag a tha gu math coltach ris na h-innealan cogaidh a chunnaic mi anns na seann-leabhraichean.

………

Tadhail air duilleag 211.

(O dhuilleag 210)

Tha an latha a' crìonadh nuair a tha an tailm cloiche deiseil
againn airson a chur fo dheuchainn.    Tha sluagh air
cruinneachadh; chì mi Clach Ghorm agus dusan dhe na
saighdearan aige a' coimhead oirnn, is sinne a' toinneadh nan
ròpannan teannaidh agus a' tarraing a' chroinn air ais.  Tha mi a'
sgrùdadh meud na cuaiche aig deireadh a' chroinn agus a'
tionndadh ri Ailbhinn.  "Mu dheich punnd?"

"Seadh.  Ach feuchamaid cóig an toiseach."

. . . . . . . . .

Tadhail air duilleag 212.

(O dhuilleag 211)

Tha mi a’ togail clach a tha mu mheud dà dhùirn. “Math gu leòr?”

“Nì e ’n gnothach gun teagamh.” Tha cuidiche an t-saoir a’ toirt na cloiche ás mo làmhan agus ’ga leigeil dhan chuaich tilgeil. Tha e ag ràdh rium, “An tilg thusa ’chiad chlach, no ’n tilg mise?”

“Ò, tilgidh tu fhéin a’ chiad té, mar bu chòir.”

Tha Ailbhinn ag ràdh os àrd – “Seasaibh air ais! Nì ’n rud seo leum mar asal sgeunach!” An déidh dha dèanamh cinnteach gu bheil a h-uile duine air astar math, tha e a’ cur a làmh air an luamhan. “Deiseil – is TARRAING!”

Tha e a’ tarraing an luamhain air ais, agus tha an crann a’ leum air adhart. Tha a h-uile duine a’ leigeil iolach, ’s an crann a’ bualadh ris a’ phillean. Tha a’ chlach ag itealaich! Ach, tha e a’ bualadh san talamh mu dheich troighean ar fhichead air falbh, agus cluinnidh mi an iolach a’ stad gu grad cuideachd.

Tha Ailbhinn a’ tòiseachadh air gàire, ’s an Caiptean a’ casadh a shùilean. “Chan eil dad ceàrr ach gu bheil feum air barrachd teanntachd anns na ròpannan….”

………

Tadhail air duilleag 213.

(O dhuilleag 212)

Mar a tha a' ghrian-shìthe a' tòiseachadh air boillsgeadh, tha sinn a' cur cùl ri gnothach na tailme airson na h-oidhche. Cuiridh sinn teanntachd an ròpa air gleus a-màireach, airson 's gun tilg an t-inneal beag cruinn seo na clachan nas fhaide. Ge-tà, tha e nas fheàrr an t-inneal a stòradh gun teanntachd anns na ròpannan, a-réir Ailbhinn.

Tha mi a' dèanamh air a' cheàrdaich fhad 's a tha rud eile a' bualadh air m' inntinn. Tha e furasta gu leòr tarragan a dhèanamh, agus chunnaic mi rud inntinneach eile anns an leabhar ud mu na Ròmanaich o shean. Ma ghabhas tu trì tarragan, agus ma thàthas tu na cinn aca ri chéile gus am bi iad mar thrì-chasach beag, agus tàthaidh tu an uair sin tarrag eile riutha a tha a' stobadh dìreach an àirde….

'S e "tribulus" a bha aig na Ròmanaich orra, facal a tha a' ciallachadh rud mar "trioblaid." Bidh na gràin-chatha seo an-còmhnaidh a' laighe air an talamh le aon cheann a' stobadh an àirde, ge be ciamar a thilgeas tu e.

Agus tha dòigh agam a-nis na rudan trioblaideach seo a thilgeil astar math gu leòr….

………

Tadhail air duilleag 214.

(O dhuilleag 213)

'S ann gu luath a tha cola-deug a' dol seachad.  Tha mi ag obair gu cruaidh fad an latha.  Tha na cuidichean ùra agam a' dèanamh cuid mhath dhen obair ach feumaidh mi a bhith faiceallach mu na h-obraichean a bheir mi dhaibh.  Sìthichean 's iarann, tha fhios….

Chan eil mi a' cadal gu sèimh air an oidhche.  Agus aon oidhche, tha mi ag aisling air mo bhràithrean.  Tha sinn a' cluich anns a' choille Là na Sàbaid, le boghachan is saighdean agus a' ruith mun cuairt mar shluagh fiadhaich.  Gu h-obann, tha mi a' tuiteam ann an sloc agus tha mo bhràthair as òige ag ràdh, "Thoir an aire!  Na falbh!"

Tha mi a' dùsgadh le plosg.  Cluinnidh mi gnog gnog a' tighinn o dhoras na ceàrdaich.

Tha mi ag éirigh, 's mo cheann a' dol tuathal fhathast.  Tha mi a' mèananaich agus a' suathadh mo shùilean.

Gnog gnog.

Tha mi a' cur orm mo bhriogais is a' coiseachd chun an dorais.  Tha mi a' stad an-sin, mo làmh air an t-sneic… "Có th' ann?"

"Clach Ghorm a-seo.  Tha duilgheadas air éirigh."

……….

Tadhail air duilleag 215.

(O dhuilleag 214)

Tha mi a' grad-fhosgladh an dorais. "Dé seòrsa duilgheadais?"
Tha mo léine 'na crochadh faisg air ceann thall mo sheid, agus tha
mi a' grad-ghreim oirre. 'S ann dorcha a tha e fhathast, gun dad a
sholas ach solas airgid fann na gealaich-shìthe air feadh na tìre.
Tha mi a' cur orm mo léine 's mi a' coiseachd a-mach ás an doras.

Chì mi an caiptean a' cur roc 'na bheul mar gu bheil blas geur
air a theanga. "Leigidh mi leis a' Bhànrigh mìneachadh dhut mar a
tha cùisean. Chan eil annam madainn an-diugh ach gille-turais."
Tha e a' falbh 'na throtan. Tha mi a' cumail ceum ris gun
duilgheadas. Ach tha sinn a' dol ro luath airson còmhradh sam
bith. Aig a' chaisteal, tha mi a' faicinn gu bheil an cùirt-lios nas
trainge na 's àbhaist. Tha saighdearan 'nan seasamh ann an
sreathan 's iad fo làn-éideadh. Tha sàirdseantan 'gan sgrùdadh gu
geur. Chì mi grunn cheann-cogaidh mailisidh, ann an éideadh
maiseach agus clogaidean dosrach fo an gàirdeanan, 'nan seasamh
ann an oisean a' còmhradh os ìseal. Tha buidheann bheag de
luchd-cogaidh na mailisidh 'nan suidhe faisg air na ceannsalaich
aca.

'S e droch-fhaireachdainn a tha a' tighinn orm.

. . . . . . . . .

Tadhail air duilleag 216.

215

(O dhuilleag 215)

Chan fhada gus am bi mi anns an t-seòmar-suidhe aig Dearg-Sheud. Tha an Caiptean 'na sheasamh air mo chùlaibh, a dhruim ris an doras. Agus tha dà shìthiche eile ann, rud a tha a' cur iongnadh orm. 'S e boireannach òg a tha anns an dàrna té dhiubh, a falt cho buidhe ri feur an t-samhraidh. Tha fhios agam gur e Òmar an t-ainm a th' oirre, chunnaic mi i ann an companachd Dearg-Sheud o àm gu àm. Tha i ag òl leann. 'S e bodach a tha anns an t-sìthiche eile. Chan eil fhios agam dé an t-ainm a th' air ach chunnaic mi grunn thursan roimhe e, còmhla ris an aislingiche leis an fhalt phurpaidh, Corcar nan Creag. Tha falt liath airgid air. Tha e meadhanach àrd, beagan nas àirde na mi fhìn. Mar is àbhaist, tha briogais leathair dorch-liath air agus léine dhubh shlopach gun mhuinchillean a tha a' coimhead gu math cofhurtail. Tha diofar fiamhan de liath air a' chòrr dhen aodach aige. Tha e 'na shuidhe ann an oisean an t-seòmair, le botal uisge-beatha san dàrna làimh agus glainne bheag san làimh eile. Chan eil am botal làn.

Ach a dh'aindeoin sin, chan eil coltas céilidh air an t-seòmar.

. . . . . . . . .

Tadhail air duilleag 217.

(O dhuilleag 216)

Chì mi a' bhànrigh 'na suidhe aig a' bhòrd bheag chruinn ach chan eil bracaist air. Tha coltas gu bheil i a' leughadh litir, no sgrìobhainn air chor-eigin, a chuir i gu réidh air a' bhòrd.

Tha Bànrigh Dearg-Sheud a' cur a làmh air an sgrìobhainn 's i a' coimhead suas rium. "A Mhadadhain. Nach dèan thu suidhe?"

Tha mi a' suidhe. Chan eil guth ri chluinntinn.

An déidh anail fhada no dhà, tha i a' bruidhinn mu dheireadh thall. "Tha do bhràthair aig Glainne Ifrinn."

'S ann mar aisling a tha seo. Droch-aisling. Tha mi a' faireachdainn mar gu bheil mi a' tuiteam sìos sloc. "Dé nì sinn? Dé tha e 'g iarraidh?"

Tha i a' leigeil gàire dhubhach. "Tha mi seachd searbh sgìth dhen a bhith 'gabhail dragh mu na tha 'n duin' agam ag iarraidh. Tha e 'g iarraidh na bhios e 'g iarraidh an-còmhnaidh. Tha e 'g iarraidh an dearbh-rud nach eil aige."

Tha am bodach liath anns an oisean a' dòrtadh drama dhan ghlainne bheag aige, agus 'ga òl gu slaodach. Chì mi mar a tha e a' gabhail blas an uisge-bheatha 'na bheul. Chan eil e ag ràdh facal.

. . . . . . . . .

Tadhail air duilleag 218.

(O dhuilleag 217)

Tha i a' putadh na litreach a-nall. 'S e dòigh sgrìobhaidh sheann-fhasanta a th' ann a tha doirbh ri leughadh. Ach, mean air mhean, tha mi a' dèanamh ciall dhe na faclan.

Gu Dearg-Sheud, Bànrigh Dannsairean na Doimhne.

Chòrd an gobha òg agad rium gu mór, agus rinn mi rannsachadh is fhuair mi guth gu bheil bràithrean aige. Tha fear dhiubh agam a-nis. Bu toil leam malairt a thoirt fa-near dhut. Bheir mi am fear a th' agam-sa dhut mar pheata beag, agus gabhaidh mi am fear a tha air oileanachadh agad mu thràth. Tha fhios nach eil agam ach foighidinn bheag leis a' bhùrach a nì cuilean.

Air neo, rud nach biodh idir cho taitneach dhomh – cuir thugam am fear a th' agad ach an toir e oilean dhan fhear seo. Nuair a bhios gobha agam a tha oileanta a-réir mo thoil-sa, tillidh mi am fear agad-sa. Ach ma dh'fhaoidte gum bi e air a dhroch-chaitheamh an uair sin.

Is mise le meas an-còmhnaidh – Glainne Ifrinn, Rìgh Dannsairean na Doimhne.

. . . . . . . . .

Tadhail air duilleag 219.

(O dhuilleag 218)

Tha mi 'nam sheasamh an-sin, gu sàmhach.  An déidh anail
chritheach no dhà a ghabhail, tha mi a' dùnadh mo shùilean 's a'
faighinn smachd orm fhìn.  "Dé nì mi?"

Cluinnidh mi Clach Ghorm a' leigeil casad beag air mo
chùlaibh.  Tha mi a' gluasad gus am faic mi e, ach gun mo chùl a
chur ris a' Bhànrigh.

"Tha trì roghainnean againn.  An dà roghainn a tha san litir –
air neo, roghainn nan arm.  A' bruidhinn mar Chaiptean na
Mailisidh agus a' Gheàird – cha bu toil leam dad a thoirt do
Ghlainne Ifrinn, gu sònraichte rud prìseil a tha cho cudromach
dhan arm 's a tha gobha dubh daonna air a dheagh-oilean.  Ach
chan e ceist cath-innleachd a th' ann a-mhàin.  'S e ceist gnàthas
riaghlaidh a th' ann cuideachd – agus ceist phearsanta."  Tha e a'
coimhead a dh'ionnsaigh Dearg-Sheud.

"A' bruidhinn mar bhoireannach – agus mar bhànrigh.  Cha
doir mise dad dhan duine agam gu fialaidh ach ròp leis an croch e e
fhéin.  Bu toil leam fuasgladh air a' chùis seo a dh'fhàgas an dà
dhuine-cloinne sàbhailte agus chan ann fo làmh-san.  Ach tha
cunnart 'na lùib.  Cunnart mór."

. . . . . . . . .

Tadhail air duilleag 220.

(O dhuilleag 219)

Trì roghainnean. Tha mo bheatha-sa agus beatha mo bhràthar eadar dà cheann na meidhe. Tha coltas gu bheil an caiptean agus a' bhànrigh a' feitheamh ri facal bhuam-sa mus dèan iad co-dhùnadh.

Có bràthair? tha mi a' faighneachd dhìom fhìn gu h-obann. Ach cha dèan sin diofar a thaobh mo fhreagairt-sa. Is lom an druim gun bhràthair 'ga dhìonadh. 'S ann an-diugh a bhios mi 'ga dhìon.

. . . . . . . . .

Dé nì mi?

*An aontaich mi a dhol chun na Cùirte Neo-bheannaichte a thoirt oilean gobha do mo bhràthair?*

Tadhail air duilleag 221.


Air neo an dèan mi na leanas:

*An gabh mi àite mo bhràthar airson a bhith cinnteach gum bi co-dhiù esan slàn sàbhailte?*

Tadhail air duilleag 222.


Air neo an dèan mi na leanas:

*Am mol mi fuasgladh armailteach?*

Tadhail air duilleag 244.

(O dhuilleag 220)

Tha mi a' gabhail anail dhomhain. "Chan eil mi ag iarraidh ach gum mair a h-uile duine beò. Théid mi chun na Cùirte Neobheannaichte a thoirt oilean gobha do mo bhràthair."

Chan fhaod e a bhith cho dona.

Tha a' bhànrigh agus an caiptean sàmhach fad greis fhada. Mu dheireadh thall, tha i a' freagairt. "Chan urrainn dhomh cead a thoirt dhut sin a dhèanamh. Chan fhiach facal an duin' agam. Turas a bhios tusa agus do bhràthair fo smachd, cha leig e ás thusa no esan. 'S e na leanas an rud as coltaiche tachairt. Bheir e do bhràthair ás a chéile, pìos air phìos, gus smachd a chumail ort. Agus fhad 's a bhios tu aige-san, sparraidh e ort airm a dhèanamh a chleachdas e 'nam aghaidh. Chan eil fhios am mair thu fada gu leòr airson cron mór a dhèanamh oirnn gus nach mair. Bidh Glainne Ifrinn gu tric ag iarraidh an rud a mhiannaicheas a làmh an-diugh barrachd na 'n rud air am bi miann a chridhe a-màireach. Ach cha ghabh mi a leithid a chunnart."

. . . . . . . . .

Tadhail air duilleag 222.

(O dhuilleagan 220 is 221)

Tha mi a' cnuasachadh nan roghainnean. "Nì mi na dh'fheumas mi dèanamh gus mo bhràthair a shàbhaladh. Mas e malairt duin' an dòigh as fheàrr, théid mi gu Glainne Ifrinn. Tha teans gum mair mi beò. Ach ma bhios sibh dhen bheachd nach eil teans gum mair – saoil am faigh mi faisg gu leòr air airson a mharbhadh? Seasaidh mise iarann fuar. Feumaidh gu bheil sin 'na bhuannachd air chor-eigin."

Tha Bànrigh Dearg-Sheud a' dùnadh a sùilean fad tiotag. "Chan eil smachd aig Glainne Ifrinn air a chuid fhaireachdainnean. Cha mhair thu beò na chùirt. Ach mar fhoill-mhortair… Ma tha de dhànadas annad oidhirp mar seo a dhèanamh – cuiridh mi 'mhalairt air dòigh."

………

Dé nì mi?

*An aontaich mi a dhol gu Glainne Ifrinn gus a mharbhadh ma gheibh mi an cothrom?*

Tadhail air duilleag 223.


Air neo an dèan mi na leanas:

*Am faighnich mi mun fhuasgladh armailteach?*

Tadhail air duilleag 244.

(O dhuilleag 222)

Tha mi a' cur na ceist car teabadach, 's mi ann an imcheist am freagair iad mi. "Co mheud iarann a dh'fheumar airson sìthiche 'mharbhadh?"

Tha Caiptean Clach Ghorm a' freagairt. "Chan eil ach beagan. Cuiridh leòn o ball iarainn sam bith fraoch-theine ann am fuil creutairean tìr nan sìthichean. Adhbharaichidh stàilinn losgadh beagan nas slaodaich', ach marbhaidh e 'cheart cho cinnteach. Tha claidheamh feumail, oir bidh astar beag eadar am mortair agus – an teine. Ach 's e mór-lannair a th' ann an Glainne Ifrinn. Cha dèan thu 'chùis ann an còmhrag dithis. Obraichidh sgian 'na dhruim. No snàthad. Ach loisgidh an làmh a chumas an t-snàthad cuideachd."

Tha a' bhànrigh a' coimhead orm, agus fiamh annasach air a h-aodann. "A bheil thu cinnteach gu bheil thu airson seo 'dhèanamh, a Mhadadhain?"

. . . . . . . . .

Dé nì mi?

*An dearbh mi dhaibh gu bheil mi deònach am bàs fhaighinn gus mo bhràthair a shàbhaladh?*

Tadhail air duilleag 224.


Air neo an dèan mi na leanas:

*Am faighnich mi mun fhuasgladh armailteach?*

Tadhail air duilleag 244.

(O dhuilleag 223)

# CAIBIDEIL 16

"Tha mi 'tuigsinn dheth nach eil anns a' roghainn armailteach ach saighead fhada, co-dhiù, a thaobh mo bhràthair a thilleadh beò.  A bheil sin ceart?"

"Chan eil e buileach do-dhèanta."  Tha Clach Ghorm a' freagairt mo cheist.  "Ach mar a thuirt thu – saighead fhada, le bogha trom.  No, mar a th' aig an t-seanfhacal, urchair an doill ris an abhainn sa cheò."

Tha mi a' gnogadh mo chinn.  "Mas ann mar sin a tha cùisean, cuiribh air dòigh a' mhalairt.  A bhànrigh, cumaibh mo bhràthair sàbhailte agus nì mi mo dhìcheall fhaighinn cuidhteas dhen duine gun iarraidh agaibh."

Chì mi dréin a' tighinn air Dearg-Sheud.  "Cha toil leam seo," tha i ag ràdh.  "Cha toil leam e, idir idir.  'S e 'n diofar as motha eadar mi fhìn 's an duin' agam gun géill mise ri riatanasan an riaghlaidh.  Gu math tric, cha cho-ionann an rud a tha mise 'g iarraidh agus an rud a dh'fheumas an tìr.  Agus tha 'n tìr feumach air crìoch sgaradh an uilc seo."

Tha Dearg-Sheud a' stad diog no dhà.  "Cuiridh mi 'mhalairt air dòigh.  Marbh an duin' agam, mas urrainn dhut."

. . . . . . . . .

Tadhail air duilleag 225.

(O dhuilleag 224)

Tha a' bhànrigh a' leantainn oirre. "Bruidhinn ris na h-aislingichean is lean ris a' cheum as soirbheachaile." Chì mi i a' tomhadh ris a' bhoireannach òg leis an fhalt bhuidhe 's am muga de leann, agus am bodach a tha a' gabhail an drama. "Chan e Òmar, no Clach-Ghràin. Tha 'd trang a-seo, a' cumail aislingichean Glainne Ifrinn o bhith a' gorradaireachd oirnn. Bruidhinn ri Corcar nan Creag, an t-aislingiche leis an fhalt phurpaidh. Mur eil slighe shoirbheachail ann, dèan fàilligeadh gu catharra agus cha bhi 'n t-arm fada 'nad dhéidh."

"Mairidh mi beò. Air dòigh air chor-eigin."

Tha i a' coimhead orm, a sùilean a' glacadh mo shùilean-sa fad greis mhath. "Tha mi 'n dòchas gum mair. Siuthad a-nis, a Mhadadhain. Ullaich thu fhéin. Chan fhada gus an dig an latha, iarraidh mi trì làithean. Bidh do bhràthair 'nam làmhan mus leig mi leat a dhol thuca." Chì mi i a' seasamh, a' gabhail ceum 'gam ionnsaigh agus a' togail a ghàirdeanan gu mo ghuailnean. Chan eil coltas cho àrd oirre an-dràsta, seach mar a bha cho fada air ais. Chan eil dad 'na coltas a tha mar mo mhàthair. Ach air dòigh air chor-eigin, tha i a' cur mo mhàthar 'nam chuimhne. Aon turas eile, tha i a' gnogadh a cinn thugam. "Falbh a-nis."

. . . . . . . . .

Tadhail air duilleag 226.

(O dhuilleag 225)

’S ann air Talla nan Sealgair a tha mi a’ dèanamh, a dh’iarraidh comhairle aislingiche. Chan fhaca mi cus dhen chumhachd annasach aca ach nuair a ràinig mi Tìr nan Sìthichean, bha aislingiche, Corcar nan Creag, am measg nan ciad daoine ris an do bhruidhinn mi.

Nuair a tha mi a’ ruigsinn an talla, tha i ’na suidhe a-muigh. “Latha math dhuibh, baintighearna nan aisling. Tha ceist agam dhuibh…”

Tha i a’ coimhead orm o mo cheann gu mo chasan. “Is tusa cuilean a’ mhadaidh-allaidh. Bha mi ’bruadar ort turas – aon oidhche, no ma dh’fhaoidte fad mìle oidhche ’s a h-aon. Cuir do cheist is gabh balgam còmhla rium an uair sin.”

“Feumaidh mi fiosrachadh mar a mharbhas mi rìgh nan sìthichean.” Chì mi a sùilean a’ fàs leathann.

“Cha – cha b’ e sin a’ cheist a bha dùil agam ris. A bheil fios aig a’ bhànrigh gu bheil thu ’faighneachd seo?”

“Seadh. B’ ise a chur ’gur n-ionnsaigh mi.”

Tha am boireannach mór leis an fhalt phurpaidh a’ toirt sùil cholgarra orm. “Bheir mi sùil – ann an aisling.” Tha i a’ sméideadh orm, ’ga leantainn dhan togalach.

………

Tadhail air duilleag 227.

(O dhuilleag 226)

Tha Corcar nan Creag a' dol tro na cùirtearan aice agus a' tilleadh a-mach le botal de dh'fhìon purpaidh agus cuach 'na làmhan. Tha i a' suidhe cas air oiteig.

Tha i a' dòrtadh steallag mhath dheth, 's a' toirt dhith a h-usgar-bràghad an uair sin − clach phurpaidh air sèine airgid. "Clach m' ainm-sa," tha i ag ràdh. Chì mi i a' luasgadh na sèine, 's tha a' chlach a' dèanamh cearcall beag, agus an uair sin tha i a' tumadh na cloiche fon fhìon. Tha i a' cur na sèine 's na cloiche air ais mu a h-amhaich a-rithist.

"Òl còmhla rium," tha i ag ràdh a-rithist, agus a' toirt na cuaiche dhomh. "Na òl làn na cuaiche − dìreach an dàrna leth."

Tha mi a' togail na cuaiche gu mo bhilean agus a' gabhail balgam dhen fhìon. 'S ann gu math geur a tha am blas air 'nam bheachd-sa, ged nach do bhlais mi fìon ro thric roimhe seo. Balgam eile 's tha mi a' toirt na cuaiche air ais dhi.

Tha i 'ga thraoghadh ann an aon bhalgam. "Suidh ri m' thaobh." 'S ann leathann a tha a sùilean, 's i a' coimhead orm.

Théid mi air mo dhà ghlùn, caran cliobach, agus 'nam shuidhe cas air oiteig cho math 's urrainn dhomh. Chì mi i a' dùnadh a sùilean, agus nì mi an aon rud.

. . . . . . . . .

Tadhail air duilleag 228.

(O dhuilleag 227)

"Aisling còmhla rium."

Tha mi a' tarraing anail dhomhain agus tha ise a' dèanamh an aon rud. Agus a-rithist. Tha seo a' faireachdainn beagan neònach. Cha robh fhios agam gun cuireadh fìon … air fleod thu mar sin.

Gu h-obann, tha i a' bruidhinn. "A' sireadh na slighe. A' sireadh … an toiseach, Dearg-Sheud a' bruidhinn ri Madadhan." Aig an àm seo, tha atharrachadh a' tighinn air a guth agus a' fàs gu math coltach ri guth na bànrigh. "Cuiridh mi 'mhalairt air dòigh. Marbh an duin' agam, mas urrainn dhut."

Cluinnidh mi a guth àbhaisteach a' tilleadh – "Gu sealladh maitheas orm! Tha i 'dol a dhèanamh oidhirp air ann an da-rìribh. A' sireadh na slighe, a' sireadh na…

"Gum feuch sinn – Chan e. Chan e 'n té ud idir. Ro thràth airson… Sin e, siud.

"Feumaidh do bheul do shròn fhéin a bhriseadh. Sin an t-slighe as fheàrr. Bidh 'n gobha dubh bacach air a leth-chas, mar dhia nam meatailt – lean do nàdar fhéin, agus nuair a bhuaileas e thu a-rithist, sin do chothrom. Air priocadh tarraige, théid an rìoghachd air chall. Agus géillidh 'n dorchadas ris an t-solas."

………

Tadhail air duilleag 229.

(O dhuilleag 228)

Mar a tha am boireannach mór a' bruidhinn, chì mi dealbh
'nam inntinn − tarrag iarainn a' fàs teth 's a dath a' dol o dhearg gu
buidhe agus gu geal an uair sin.  Tha an léirsinn a' falbh ann am
fras de shradagan dealrach is mi a' priobadh mo shùilean.

Chì mi i a' fosgladh a sùilean.  "Tha mi air ais.  An robh dad
feumail anns an aisling?"

"Saoilidh mi gu bheil.  Tha mi 'n dòchas gu bheil.  'S mathaid
gun robh an fhreagairt 'nam phòcaid a-riamh roimhe."

Tha mi a' toirt taing dhi, 's a' tilleadh dhan cheàrdaich.

Nuair a thuiteas an oidhche, tha an cadal a' tighinn 's a' falbh.
Cha chuimhnich mi m' aislingean, mar is trice.  Ach tha aislingean
do-rannsaichte agam a-nochd.  Tha mi a' strì ri Glainne Ifrinn anns
an aisling.  Tha claidheamh aige.  Chan eil ach tarrag agam-sa.
Tha mi a' cur seachad a bheuman, ionnsaigh air ionnsaigh.  Air
éiginn…

………

Tadhail air duilleag 230.

(O dhuilleag 229)

Tha mi a' dèanamh cadal fada anns a' mhadainn. 'S ann soilleir is buidhe a tha a' ghrian-shìthe nuair a choisicheas mi mun cuairt air a' chaisteal a dh'ionnsaigh a' gheata mhóir. Gheibh mi aon naidheachd mhór 's mi a' gabhail bracaist leis a' bhànrigh.

"Chaidh a' mhalairt a chur air dòigh. Coinnichidh sinn aig a' chrìoch eadar m' fhearann-sa agus fearann an duin' agam. Togaidh sinn oirnn an làrna-mhàireach aig glasadh an latha."

Tha mi a' tilleadh dhan cheàrdaich an déidh na bracaist. An ceann greiseag, tha mi a' coimhead mun cuairt ann. Chan eil mi am beachd móran a thoirt leam. Ach paisgidh mi na plaideachan agam agus an còrr dhen aodach agam agus falaichidh mi an lann-shìthe 'na mheadhan. Chan eil mi airson cath nan lann a dhèanamh ris an rìgh dorcha, ach chan eil mi airson a' chiad lann a rinn mi fhìn a chall a bharrachd. An lann a theagaisg seann Aonghas dhomh mar a dhèanainn e, ceum air cheum.

. . . . . . . . .

Tadhail air duilleag 231.

(O dhuilleag 230)

Tha sinn a' togail oirnn tràth an làrna-mhàireach. 'S ann air cùlaibh Dearg-Sheud a tha mi a' marcachd. Tha mo chiomball-leapa, leis an sgian 'na bhroinn, ceangailte le ceirsle agus thar mo ghualann.

Cho fad 's a thuig mise a' chùis, tha uamh na Cùirte Beannaichte mu fhichead mìle a dh'fhaid agus mu chóig mìle a leud. 'S ann mu mhìle os ar cionn a tha am mullach, 's dòcha. Fhad 's a bha mi an-seo, thug mi seachad a' chuid as motha dhen ùine anns a' cheàrn mu mhìle mun cuairt air a' chaisteal.

Tha sinn a' falbh ás a' cheàrn ud a-nis, còmhla ri Caiptean Clach Ghorm agus sia dhe na saighdearan aige. Tha sinn a' marcachd air slighe nach do ghabh mi a-riamh, a dh'ionnsaigh balla creige àrd a tha co-dhiù na ceudan de throighean a dh'àirde. Tha a' bhuidheann a' marcachd gu grinn ann an sreath, dithis is dithis, agus tha sinn a' marcachd co-dhiù mìle mus stad sinn airson ar n-anail a ghabhail.

. . . . . . . . .

Tadhail air duilleag 232.

(O dhuilleag 231)

'S e garbhlach bagrach a tha sa cheann seo dhen uaimh. 'S ann creagach a tha e, agus nas tiorma na an sgìre mun cuairt air a' chaisteal.

Chì mi crotal ris na creagan, agus tha balgain-bhuachair is fungasan a' fàs an-siud 's an-seo ach chan ann cho pailt 's a chunnaic mi roimhe. Tha coltas gu bheil e nas blàithe an-seo cuideachd. Air an astar seo, tha solas na gréine-sìthe car fann.

. . . . . . . . .

Tadhail air duilleag 233.

(O dhuilleag 232)

Air ais air na h-eich, tha sinn a' marcachd a-rithist. Tha am balla creige àrd ag éirigh os ar cionn is sinne a' tighinn dlùth, dìreach mar am balla-crìche aig oir an t-saoghail.

Chì mi dearcan-luachrach beaga a' dùr-amharc oirnn, is sinne a' siubhal tro na ceàrnaidhean aca. Aon turas, tha rud-eigin a tha coltach ri nathair-sgiathach ag itealaich mun cuairt oirnn, agus a' falbh an uair sin. Tha e mar nach robh spéis aice dhinn idir.

Chan eil e ach greis bheag gus an ruig sinn trannsa chaol a tha a' dol a-steach dhan bhalla chreige drùidhteach seo. 'S gann gu bheil àite gu leòr an-seo airson triùir mharcaichean is an cuid each a' falbh ri taobh a chéile. Tha Caiptean Clach Ghorm a' marcachd anns an toiseach. Tha Bànrigh Dearg-Sheud, agus mise air a cùlaibh, aig meadhan a' chuilbh.

Tha an trannsa a' lùbadh an àirde, mar is trice a' dol suas ach a' dol sìos cuideachd uaireannan. An déidh ceud slat is dòcha, tha an toll a' fàs 'na chlais agus chì sinn mullach na h-uamha gu h-àrd os ar cionn. Tha sinn a' marcachd tron chlais dhomhain anns a' chreig fad ùine agus tha an slighe chumhang seo a' fàs nas leatha an uair sin.

. . . . . . . . .

Tadhail air duilleag 234.

(O dhuilleag 233)

Anns an àite leathann seo san trannsa, chì sinn Glainne Ifrinn agus leth-dhusan dhe na fireannaich aige. Tha an cuid each air taod air an cùlaibh. Agus tha cruth beag 'nam measg. 'S ann robach is salach a tha an t-aodach leapa air. Tha a làmhan ceangailte agus tha baga leathair air a cheann.

Tha mi a' togail mo ghuth. "Leigibh mu sgaoil e, na − na burraidhean móra 'th' annaibh!"

Tha Dearg-Sheud a' smeachadh a teanga ris a fiaclan. "Thoiribh dheth am baga anns a' bhad! Cha cheannaich mise muc ann am poca!"

Cluinnidh mi an rìgh dorcha a' dèanamh gàire. "Tha fhios nach ceannaich! Feumaidh mi 'm baga airson a' chuilein a tha thusa 'reic dhomh-sa!" Tha e a' tarraing a' bhaga far ceann a' bhalaich.

'S e Uilleam a th' ann. Am bràthair as òige agam. Tha glug a' chaoinidh ann ach tha e a' stad nuair a dh'éigheas mi ainm. "A bhràthair? A Mhadadhain?" Tha a ghuth fann agus sàmhach.

"Uilleim! Mis' a th' ann! Socair ort, 'ille, bidh tu sàbhailte ann an tiotag."

………

Tadhail air duilleag 235.

(O dhuilleag 234)

Cluinnidh mi Dearg-Sheud a' bruidhinn os ìseal, ag iarraidh orm a dhol far an eich. Tha i a' tighinn a-nuas 'nam dhéidh, a' toirt na sréine do shaighdear. Gu fàillidh, tha mi a' cur mo làmh 'nam phòcaid agus le casad, tha mi a' cur m' airm-rùin 'nam bheul.

Tha mi a' sìneadh mo làimhe a dh'ionnsaigh Dearg-Sheud agus tha i a' gabhail greim air mo chorragan fad diog. Agus tha sinn a' coiseachd a dh'ionnsaigh an rìgh dorcha agus nan sìthichean neo-bheannaichte aige.

Chì mi Glainne Ifrinn a' cur làmh air gualann Uilleim agus tha mi a' casadh m' fhiaclan is athadh a' tighinn air Uilleam. Tha blas na fala agus an iarainn 'nam bheul.

Tha iad a' coiseachd 'gar n-ionnsaigh agus a' stad troigh no dhà air falbh uainn. Tha mo bhràthair a' coimhead orm 's an t-eagal 'na shùilean. "A Mhadadhain?" tha e ag ràdh a-rithist, mar nach eil e a' creidsinn a shùilean-sa.

. . . . . . . . .

Tadhail air duilleag 236.

(O dhuilleag 235)

“Mis’ a th’ ann, Uilleim.” Tha mi a’ tomhadh ris a’ bhànrigh. “Sin mo charaid, Dearg-Sheud.  Dh’iarr mi oirre do chumail sàbhailt’, agus bheir i dhachaigh thu nuair a bhios cothrom aice.”

“Tha mi ’g iarraidh a dhol dhachaigh an-dràsta fhéin!  Bheir thusa dhachaigh mi!”

“Chan fhaodadh sin a bhith, Uilleim.  Falbh còmhla ri Dearg-Sheud agus géill rithe mar a ghéilleadh tu ri ’r màthair no athair.”

Tha coltas dùr a’ tighinn air a’ bhalach fad tiotag agus chì mi gu bheil e a’ fàs nas sàmhaiche a’ cuimhneachadh air ar pàrantan. Tha Dearg-Sheud a’ sìneadh a làmh a-mach dha agus ag ràdh, “’S e do bheatha, Uilleim.  Feumaidh tu tighinn còmhla rium.  Tha làn-fhios agam gu bheil do bhràthair cho tapaidh – am bi thu fhéin tapaidh cuideachd?”

Tha e a’ faighinn greim air a làimh is ’ga chrathadh.  “Seadh, a bhana-mhaighstir.  ’S ann tapaidh a tha gach mac aig Ìomhar.  ’S e Lochlannaich a bha ’nar sinnsearan.”

. . . . . . . . .

Tadhail air duilleag 237.

(O dhuilleag 236)

Chì mi Dearg-Sheud a' stiùireadh a' bhalaich air ais gu Clach Ghorm, a' bruidhinn ris fad an t-siubhail. Tha e a' coimhead air ais 'gam ionnsaigh ach chan fhaic mi e ach tiotag, is Glainne Ifrinn a' sparradh a' bhaga sìos air mo cheann.

Bha eagal mo bheatha orm nuair a chaidh mo ghoid leis na sìthichean. Ach tha dearg-eagal mo bheatha orm a-nis. Tha fhios agam an turas seo càit a bheil mi a' dol.

Ach mar a thuirt mo bhràthair – "'s ann tapaidh a tha gach mac aig Ìomhar." 'S e deagh-oilean a thug ar n-athair dhuinn. Faodaidh neach a bhith tapaidh fiù ma tha an t-eagal air. Ach, ma chumas neach a' dol a dh'aindeoin an eagail, sin fìor-thapachd.

Chan eil mi a' strì idir nuair a stiùireas Rìgh nan Sìthichean Dorcha mi air ais chun nam fireannach aige. Leis a' bhaga air mo cheann, tha iad a' ceangal mo làmhan 's mo chasan agus 'gam thilgeil air cùl eich. Tha mi a' faireachdainn mar phoca-bolla 'ga ghiùlan. Tha cuid-eigin a' faighinn greim air mo chiomball-leapa ré na h-ula-thruis seo. Tha mi an dòchas nach tilg iad air falbh e.

. . . . . . . . .

Tadhail air duilleag 238.

(O dhuilleag 237)

Air an dòigh chaim seo, tha iad ’gam ghiùlan do dh’uamh na Cùirte Neo-bheannaichte. Dhomh-sa, tha e mar gu bheil sinn a’ marcachd fad ùine mhór ach cha robh sinn air na h-eich ach mu leth na maidne an da-rìribh.

Mu dheireadh thall, tha an t-each a’ stad agus cluinnidh mi Glainne Ifrinn ag éigheachd, “Thoireadh cuid-eigin an gobhachan beag againn far an eich! Togaibh e, agus giùlainibh e do thalla an rìgh.”

Tha iad ’gam tharraing far an eich, agus tha mi a’ bualadh ris an talamh. Tha dà phaidhir de làmhan a’ faighinn greim orm an uair sin, gu math garbh. Tha iad ’gam ghiùlan ’s mi air mo cheangal fhathast, leis a’ bhaga air mo cheann ’s mi gun chomas. Suas grunn staidhrichean agus tha iad ’gam leigeil ás an uair sin, is tuitidh mi ’nam chlostar air an làr. Mu dheireadh thall, tha cuid-eigin a’ toirt a’ bhaga far mo chinn agus a’ gearradh nan ròpannan far mo làmhan is mo chasan. Tha mi a’ coimhead mun cuairt is mi ’nam shuidhe air déilean fiodha còmhnard, a’ suathadh caoil mo dhùirn.

“Ceud mìle fàilte gu Dùn nan Sgàil,” tha Glainne Ifrinn ag ràdh rium.

. . . . . . . . .

Tadhail air duilleag 239.

(O dhuilleag 238)

Tha mi ann an talla mór cruinn. 'S ann mu dhà fhichead troigh a leud a tha e. Nuair a thogas mi mo shùilean, chì mi ùrlar no dhà eile mar fhàinneachan a tha ag iadhadh mu thalla àrd anns a' mheadhan far a bheil an ceò ag éirigh suas gu mullach-tughaidh. Feumaidh gu bheil mullach an talla barrachd air leth-cheud troigh os ar cionn. Chan eil an talla far a bheil mi 'nam shuidhe buileach cho mór 's a tha an talla mór anns a' chaisteal aig Dearg-Sheud. Ach a dh'aindeoin sin, tha e drùidhteach agus eagalach.

'S e ùrlar fiodha a th' ann a chaidh a shuathadh mìn le ola, agus rinneadh na ballachan de bhlocaichean de ghlainne-ifrinn. Chì mi claignean dhaoine air stallachan eadar cuid dhe na blocaichean seo. Tha beagan solais a' tighinn far teine a tha a' losgadh ann an soitheach mór pràise. Tha barrachd solais a' tighinn far globaichean-sìthe a tha an-siud 's an-seo mu na ballachan agus air puist.

Tha na gaisgich aig Glainne Ifrinn 'nan seasamh ann an leth-chearcall sgaoilte air mo chùlaibh. Air mo bheulaibh, chì mi an rìgh dorcha 'na shuidhe air rìgh-chathair de dh'airgead dubhar. "Có ghiùlain pasgan beag a' bhalaich?" tha e ag ràdh. "Thugam-sa e."

.........

Tadhail air duilleag 240.

(O dhuilleag 239)

Tha aon dhe na sìthichean dorcha a' coiseachd 'ga ionnsaigh, a' dol air a ghlùinean agus a' toirt mo phasgain dhan rìgh. Chì mi Glainne Ifrinn 'ga ghabhail ás a làmhan is tha an gaisgeach a' tilleadh dha àite.

'S ann gu slaodach a tha an rìgh a' fuasgladh na ceirsle, agus a' fosgladh nam plaideachan is an aodaich an uair sin. Gu h-obann, tha e a' clisgeadh is ag éigheachd "Daingead!"

Chì mi deannag de cheò a' siabadh tron t-seòmar. Tha an rìgh a' togail a làmh gu bheul, a' sùghadh corrag. Tha e a' coimhead sìos orm. "D' obair-sa?" tha e a' faighneachd.

Chan eil mi a' toirt ach freagairt shìmplidh. "'S e."

"Glé bhrèagha." Tha e a' cur sìos mo sgian gu cùramach air bòrd beag ri taobh na rìgh-chathrach. Tha barrachd ceò a' siabadh seachad.

'Nam inntinn, tha mi a' cluinntinn an aislingiche leis an fhalt phurpaidh, Corcar nan Creag, 's i ag ràdh, "Feumaidh do bheul, do shròn fhéin a bhriseadh. Sin an t-slighe."

Tha mi a' coimhead an aodann an rìgh. "'S e mo bhioran-fhiaclan a th' ann. Nach feuch thusa e agus fuigheall do bhracaist eadar d' fhiaclan gu follaiseach."

. . . . . . . . .

Tadhail air duilleag 241.

(O dhuilleag 240)

Tha Rìgh Glainne Ifrinn a' coimhead orm 's mi a' dùr-amharc air, agus chì mi plìon mór a' tighinn air aodann. Tha e ag éirigh gu chasan agus a' tighinn thugam. Le sméideadh chun nan gaisgeach aige, tha e ag iarraidh orra, "Cumaibh e. Thoireamaid dha 'n fhàilte dhùthchasach do ghobha gobach."

Tha ceithir sgonnan de shìthichean a' faighinn greim orm gu luath. Tha mi a' strì ach dìreach beagan. 'S ann mór gu leòr a tha iad gus mo reubadh ás a chéile is mo ghiùlan air falbh ann an ceithir pìosan, nan togradh iad.

Chì mi an rìgh a' tighinn thugam is a' gabhail mo leth-adhbrann 'na làmhan. Tha e a' tòiseachadh air a dhinneadh agus tha am brùthadh cràidheil – ach air dòigh air chor-eigin, tha na tha a' tachairt am broinn m' adhbrainn nas miosa fhathast. Tha m' adhbrann a' siachadh, òrdag mo chois a' lùbadh a-staigh agus tha forca ann am fèithean mo chalpa mar nach do dh'fhairich mi a-riamh roimhe. Tha cnead a' tighinn asam agus cha mhór nach leig mi sgreuch a' chràidh asam.

………

Tadhail air duilleag 242.

(O dhuilleag 241)

"Leigibh ás e," tha an rìgh ag ràdh.  Tha na ceithir sìthichean 'gam leigeil ás, agus theab mi tuiteam air an ùrlar.  Théid agam air seasamh air leth-chas agus is gann gu bheil òrdag na coise eile a' beantainn ris an fhiodh chruaidh fodham.

"Nach tusa a chuir an diogailt annam," tha mi ag ràdh fo m' anail.

Chì mi an rìgh a' cromadh 'gam ionnsaigh.  "Gu dé?  Can sin a-rithist?"  Tha e a' cur làmh ri cluas, agus fiamh sgeigeach air aodann mar gun do thog mi a bheadachd.

Tha mi 'ga ràdh os àrd.  "Thug mi taing dhut!  Am faigh mi fear eile, saoil?"

Tha fiamh-ghàire a' tighinn air a bheul, is e a' bruiseadh m' fhuilt ás m' aodann.  "Shaoil mi gur e sin a thuirt thu."  Tha e a' tarraing a ghàirdean air ais, agus an uair sin 'ga shlàraigeadh 'nam stamag mar òrd.

Tha mi a' lùbadh ris an talamh, a' gòmadaich.  Tha mi a' cur mo làmhan air mo bheul is a' tuiteam air mo ghlùinean.  'S ann fada a tha na h-ùineachan a' dol seachad, is cha déid agam air anail a tharraing.

. . . . . . . . .

Tadhail air duilleag 243.

(O dhuilleag 242)

Tha an rìgh 'na sheasamh air mo bheulaibh, a' coimhead orm is
mi a' plosgadh mar iasg air iolla.  Mu dheireadh thall, cluinnidh mi
e ag ràdh, "Tarraing anail, amadan a th' annad!  Chan eil thu gu
feum sam bith dhomh marbh."

Chì mi e a' cromadh sìos, agus a' sìneadh thugam mar gu bheil
e airson mo tharraing gu mo chasan – agus tha mi a' sàthadh na
tarraige a bha falaichte 'nam bheul gu ruige seo dhan chois aige.

Bhàsaich an reithe anns an do chuir sinn an t-iarann nas luaithe.
Tha ùine gu leòr aig Glainne Ifrinn sgreuch a leigeil ás, agus tha e
a' dol car mu char air an ùrlar beagan mus tuit a chorp 'na chéile
ann am meall luathadh.  Ach tha mo làmh air a dhroch-losgadh.
Cluinnidh mi aonan dhe na sìthichean neo-bheannaichte 's e ag
éigheachd "Rìgh-murtair!"

Tha mi a' dèanamh air mo sgian ri taobh na rìgh-chathrach mu
thràth, ach tha na beagan troighean a tha e air falbh uam mar na
mìltean.

Theab mi a ruigsinn.

. . . . . . . . .

A' Chrìoch.

(O dhuilleagan 220, 222 is 223)

# Caibideil 17

Tha mi airson mo bhràthair a shàbhaladh, ach chan e gaisgeach nan seann sgeulachdan a th' annam. Chan eil dòigh air an dèan mi a' chùis air rìgh nan sìthichean dorcha ann an còmhrag dithis, 's mi a' tighinn ás is beò gu deireadh mo shaoghail-sa.

An roghainn armailteach. Bidh barrachd sunnd cogaidh orm ma bhios fhios agam nach ann eadar mi fhìn agus a' Chùirt Neo-bheannaichte air fad a bhios e.

"Dé seòrsa roghainn armailteach a tha fa-near dhuinn, ma-thà?"

Chì mi Dearg-Sheud a' tomhadh ri Caiptean Clach Ghorm a fhreagras mi.

"Tha beachd no dhà againn. Ach chan e co-dhùnadh triùir a th' ann. Feumaidh feadhainn eile a bhith ann. Cuiridh mi teachdaire 'gan ionnsaigh."

Tha Dearg-Sheud a' gnogadh a cinn. "Coinnichidh sinn aig àm biadh meadhain-latha. Nì sin a' chùis. Cuiridh mi biadh is deoch air dòigh."

'S ann dìreach 'nam shùilean a tha i a' coimhead. "A Mhadadhain, chan eil thu dìreach 'nad ghobha-dubh tuilleadh. Fàilte chun na comhairle cogaidh…"

………

Tadhail air duilleag 245.

(O dhuilleag 244)

Agus sin mar a thachair. Aig meadhan-latha, tha mi a' seirm a' chluig aig doras Dhearg-Sheud. Tha aon dhe na fireannaich aig Clach Ghorm a' fosgladh an dorais dhomh – chan eil fhios agam dé an t-ainm a th' air. Ach tha e ag ràdh rium, "Tha dùil aca riut. Thig a-steach, a ghobha."

Chan eil seòmar-suidhe na bànrigh air leth beag, ach tha coltas caol air an-diugh. Tha bòrd mór ceart-cheàrnach am meadhan an t-seòmair. Chaidh am bòrd beag cruinn a bhios an-sin a ghnàth a ghluasad gu oisean agus tha e làn de bhiadh is deoch.

Chì mi Clach Ghorm ann agus an t-iar-oifigear aige – fear àrd maol le tatù gorm a' snàigeadh air feadh a chinn. Aithne gun làn-chuimhne a th' agam air. "Gorm-seud. Chan e, Gorm-Leug. A bheil sin ceart?"

Tha am fireannach a' gnogadh a chinn agus a' bualadh a dhòrn deas ri bhroilleach, fàilte air nòs nan saighdearan-sìthe. "Tha, a ghobha."

'S e an aon fhàilte a tha mi a' cur air-san. Chan e saighdear na Cùirte Beannaichte a th' annam. Ach leis gu bheil mi 'nam bhall ùr-nodha dhen chomhairle chogaidh, tha e iomchaidh 'nam bheachd-sa.

. . . . . . . . .

Tadhail air duilleag 246.

(O dhuilleag 245)

Chì mi an t-aislingiche Corcar nan Creag an-sin, is gloine fìon 'na làimh.  Tha am boireannach mór 'na suidhe anns an oisean, leis an sgarfa a bhios air a falt a ghnàth agus a dreasa dhorcha liosach aice agus an sgiort de sgarfaichean dathach mu casan.

Tha am fear leis an fhalt airgid 'na sheasamh faisg oirre, Clach-Ghràin an t-ainm aige mar a chaidh innse dhomh.  Chan eil am botal uisge-beatha aige ach leth-làn a-nis.  Tha e fhathast a' lùbadh uileann.

'S ann air cluasag bheag a tha am Fachan 'na shuidhe car spàgach, a leth-chas 'na chuaichean foidhe.  Tha pìos de dh'isbean seac 'na làimh chrògaich.

Tha mu dhusan sìthiche eile san t-seòmar ach chan aithne dhomh iad.  Chan eil Òmar anns an t-seòmar aig an àm seo.

'S ann aig a' bhòrd mhór a tha a' bhànrigh 'na suidhe còmhla ris a' chaiptean 's iad ann an còmhradh dian.  An déidh tiotaige no dhà, tha i a' seasamh.  Tha i a' seirm clag beag.  "Fàilt' oirbh uile agus gun robh math agaibh airson tighinn.  Tha sinn a' feitheamh air aonan eile.  Gabhaibh ur leòr de bhiadh is deoch.  'S mathaid gum bi sinn an-seo fad greis."

. . . . . . . . .

Tadhail air duilleag 247.

(O dhuilleag 246)

Cluinnidh mi clag an dorais a-rithist ann an ceann greis. Tha mi a' tionndadh a dh'ionnsaigh an dorais, is saighdear a tha 'na dhorsair an-diugh a' fosgladh an dorais fhiodha thruim.

'S e Òmar a th' ann, agus caileag ghlas nach aithne dhomh le falt geal oirre. Tha caileag eile air an cùlaibh. Is ise an té òg a bha greim bàis agam oirre, 's mi air a cùlaibh air an each nuair a thàinig mi do Thìr nan Sìthichean. An sìthiche leis an fhalt dorcha. 'S e Gual Dubh a th' ann.

Chì mi Dearg-Sheud a' seasamh, is a' coiseachd 'ga h-ionnsaigh is ise a' tighinn a-steach. Tha i a' sìneadh a làimh a dh'ionnsaigh na té òige agus tha iad a' gabhail ruighean a chéile. Tha a' bhànrigh a' seasamh ri taobh an uair sin, is a' cur aghaidh air an t-seòmar. "'S ann cinnteach a tha mi gu bheil a' mhór-chuid dhiubh eòlach air Gual Dubh. Tha mi 'ga h-ainmeachadh mar m' oighre, co-arba 's tànaist' an-diugh. Ma dh'éireas dad rium, tha mi 'n dòchas gun nochd sibh an aon dìlseachd is taic rithe-se 's a thug sibh dhomh-sa 'riamh."

Tha móran a' toirt meal a naidheachd os ìseal dhi air feadh an t-seòmair, agus muinntir an airm a' bualadh am broillichean mar fhàilte. Tha an còrr dhinn a' dèanamh bas-mholadh.

. . . . . . . . .

Tadhail air duilleag 248.

(O dhuilleag 247)

Gual Dubh, oighre na rìgh-chathrach! Nuair a gheibh mi cothrom facail oirre, tha mi ag ràdh "Meal do naidheachd!" rithe. "Abair iongantas!"

Tha i a' cromadh dlùth orm is chì mi fiamh-ghàire oirre. "Chan e buileach. Is ise mo mhàthair, an déidh sin 's na dhéidh."

Tha mi 'nam sheasamh ann, 's mo bheul cho mór ri trosg a chaidh a thilgeadh a-steach do bhàta. "A bheil thu cinnteach? Ach shaoil mi gun duirt thu gum b' e Aonghas…"

"Tomhas có 'n t-athair. Cinnt có 'mhàthair. Tha mi cinnteach." Tha i a' dèanamh sùil bheag rium.

'S ann thar mo ghualainn a tha mi a' toirt sùil air Dearg-Sheud. Tha i, a-réir na thuirt i fhéin, barrachd air mìle bliadhna a dh'aois – ach abair gu bheil coltas brèagha oirre fhathast a dh'aindeoin sin. Aonghais, an trustaran a th' annad! Mar chù far lomhainn.

Chì mi Dearg-Sheud a' togail a' chluig bhig aice, agus 'ga sheirm turas no dhà. "A chàirdean – aislingichean – a shaighdearan is a chomhairlichean. Nach dèan sibh suidhe? Tha a' comhairle cogaidh cruinn a-nis…"

………

Tadhail air duilleag 249.

(O dhuilleag 248)

Tha a' choinneamh a' cumail a' dol an còrr dhen latha. Mar a thachras, tha e doirbh feachd ionnsaigh mhór fheumail a ghluasad eadar an tìr aig Dearg-Sheud agus an tìr aig Glainne Ifrinn. Nam biodh e furasta, bhiodh aon seach aon dhiubh air a dhèanamh o chionn fhada.

Tha an dà thìr ann an dà uaimh a tha cha mhór gu tur fa leth, ach a-mhàin aon cheangal eatarra. Tha a' ghrian-shìthe fhéin aig gach aon dhiubh. 'S ann nas ìsle, nas fhionnaire agus nas fhliche, a tha an tìr aig Dearg-Sheud. Chan fhaca mi fhathast e, ach tha iad ag ràdh gu bheil loch gu math mór aig ceann ìseal na h-uamha aice-se. A-réir aithrise, tha an tìr aig Glainne Ifrinn nas àirde, nas blàithe agus nas tiorma. Thathar ag innse gu bheil loch fada nas lugha aig ceann thall na tìre ud.

Tha Glainne Ifrinn a' fuireach ann am brugh dhen t-seann-nòs; 's e "Dùn nan Sgàil" a th' aige air. Tha iad ag ràdh gun deach am brugh a thogail dhe na clachan a thug ainm dhan rìgh dorcha – clach ghlainneach dhubh a gheibhear faisg air luidhearan na h-ifrinne, anns na h-àitichean far a bheil teine a' tighinn ás an talamh.

. . . . . . . . .

Tadhail air duilleag 250.

(O dhuilleag 249)

Cho fad 's fhios dhomh-sa, tha dà shlighe eadar an dà thìr air a bheil móran eòlach, agus tha slighe rùin eile.  Chan eil ach Fachan fhéin eòlach air an t-slighe rùin, a-réir coltais, agus thachair esan air nuair a bha e a' teicheadh ás an dùn aig Glainne Ifrinn.  Thachair sin beagan bhliadhnaichean air ais.

………

Tadhail air duilleag 251.

(O dhuilleag 250)

'S e a' chiad "trannsa" an toll aig bàrr a' bhearraidh far a bheil an dà uaimh a' beantainn ri chéile.  Tha am bearradh na ceudan de throighean a dh'àirde agus tha mothal de chreagan móra a thuit thairis air na linntean aig a' bhonn.  Tha toll mór gu leòr aig a' bhàrr a tha a' leigeil adhar is uisge troimhe gun duilgheadas.  Ach cha choisich airm talamh d' a leithid idir.

Nam biodh pailteas ùine againn, agus le uidheamachd shònraichte air chor-eigin airson sreap a' bhearraidh, dh'fhaoidte gun gabhadh arm a chur leis a' bhearradh no fiù ris a' bhearradh.  Ach chan e obair latha a bhiodh ann, agus chan e cùis rùin a bhiodh ann idir.

………

Tadhail air duilleag 252.

(O dhuilleag 251)

'S e an dàrna trannsa am fear air an coisichear as trice.  'S e
beàrn anns a' bhearradh eadar an dà thìr a th' ann.  "An toll sa
chreig," sin an t-ainm a bhios aig a' mhuinntir air a ghnàth.  Tha e
a' tòiseachadh aig bonn a' bhearraidh, agus 's e toll a th' ann gu
dearbh, fad nan ceudan de throighean as ìsle aig a thoiseach.  Ás a
dhéidh sin, tha e nas coltaiche ri clais a thig a-nuas on gharbhlach
os a chionn.  Thathar 'ga ghléidheadh gu ìre, agus siubhlaidh
muinntir air math gu leòr.  Ach 's gann gum faigh cairt-each
troimhe.  'S e ceum cumhang is lùbach a th' ann.  Cha mharcaich
barrachd air dithis no triùir an guaillibh a chéile suas an t-slighe seo.

Bhiodh e mar thocasaid a stiùireadh do sgòrnan meanbh-
chuileige,  a' gluasad feachd cheudan air an t-slighe seo.  Gabhaidh
a dhèanamh, ach dh'fheumadh e ùine.  Dh'fheumadh tu a bhith
cho dall ri dallaig agus cho bodhar ri cloich gun a bhith a' toirt feart
air.  Tha freiceadan beag aig gach riaghladair aig ceann na slighe
aca fhéin.

. . . . . . . . .

Tadhail air duilleag 253.

(O dhuilleag 252)

Agus mu dheireadh thall….

An t-slighe rùin.  Chan eil fhios againn ach gun do shiubhail fear air a leth-chois agus air a leth-ghàirdean air an t-slighe seo leis fhéin, 's e ann an droch-shlàinte.  Mar a dh'innis e, b' urrainn do dh'fheachd-ionnsaigh beag a leantainn tro shreath de dh'uamhan ri taobh aibhne fon talamh.  No bu chòir dhomh a ràdh, gu bheil e fiù nas doimhne fon talamh.

Am bad-eigin thall an-siud, tha an abhainn seo a' dol seachad air bonn bearraidh bhig a tha mu fhichead troigh a dh'àirde, agus far an tilg na sìthichean neo-bheannaichte an sgudal aca.  Na tha anns na poitean-mùin, cibheagan 's mothal, cuirp mharbha agus uaireannan fheadhainn nach eil buileach marbh.  Sin mar a thachair Fachan air an t-slighe; thilg cuid-eigin a-mach e an cois an sgudail nuair a dh'fhàs iad sgìth dheth.

Seo rud a tha inntinneach.  Tha am bearradh agus an abhainn foidhe 'nam pàirt dhen na h-uamhan a tha a' dol o thìr Dhearg-Sheud a dh'ionnsaigh na h-ìre as ìsle ann am brugh aig Glainne Ifrinn fhéin.


………

Tadhail air duilleag 254.

(O dhuilleag 253)

Tha an caiptean a' toirt geàrr-chunntas air. "Mar a tha fhios
againn uile, chuir sinn gu taobh ionnsaigh chalg-dhìreach o chionn
fhada, leis gu bheil e do-dhèanta. O thaobh seach taobh − cha déid
aig cùirt sam bith a' mhailisidh aca 'chur tron toll sa chreig, agus
suas no sìos am bearradh luath gu leòr airson 's gum biodh e gu
feum sam bith. Ge be dé 'm feachd a ghabhas an t-slighe ud, cha
seasadh e am feachd nas motha a bheireadh aghaidh air gu luath
air an taobh thall. Ach…"

Tha Clach Ghorm a' bualadh a làmhan ri chéile le brag. Tha
a' ghrad-fhuaim a' cur clisgeadh orm, agus cha mhise an aon duine.

"Ach tha 'n t-slighe rùin ri taobh na h-aibhne a' cur car eil' ann
an adharc an daimh. Gu sònraichte leis gu bheil an abhainn ud a'
dol tro ìoslach an rìgh dorcha, mar gum biodh. B' urrainn do
dh'fheachd beag a dhol a-steach gu fàilidh air an t-slighe seo air
nach robh sinn eòlach roimhe. Bhiodh iadsan mar cheann sléigh
aig feachd nas moth' a thig air an t-slighe eil' a thoirt na buaidhe
buileach. Tha seo, saoilidh mi, 'toirt cothrom dhuinn an sgiath-
chùil a thoirt far Ghlainne Ifrinn."

. . . . . . . . .

Tadhail air duilleag 255.

(O dhuilleag 254)

Tha Caiptean Clach Ghorm a' stad tiotag. "Seo cothrom, nach bi againn ach aon turas. Mur an dèan sinn a' chùis air, cha bhi 'n t-sligh' ud 'na rùn tuilleadh. Agus nuair a bhios fios aig Glainne Ifrinn gu bheil toll 'na bhriogais agus sleagh a' maoidheadh air a thòin, cuiridh e tuthag air anns a' bhad.

"Ma bheir sinn ionnsaigh, 's e tur-ionnsaigh a bheir sinn ma-thà. Togaidh sinn na mailisidhean agus nì sinn ullachadh a thoirt ionnsaigh orra tron toll sa chreig. 'S e ionnsaigh bréige a bhios ann, ach té gu math rasanta.

"Cuiridh sinn a' chuid as motha dhe na saighdearan, agus gu leòr de bhàtaichean beag' a dh'ionnsaigh na h-aibhne rùin. Bidh aon fhear de phaidhir de labhraichean aig gach feachd a ghléidheas an conaltradh eadar an dà cheannard. Théid ar caisteal a ghlasadh gu daingeann, ach chan fhàg sinn ach am feachd as lugha a dh'fheumas sinn airson na ballachan is geataichean a dhìon."

. . . . . . . . .

Tadhail air duilleag 256.

(O dhuilleag 255)

'S ann ris a' bhànrigh a tha Clach Ghorm a' tomhadh aig an ìre-sa. "Sin agad e. Seo 'n roghainn armailteach ann."

Tha Dearg-Sheud a' seasamh leis a seo. "Seo againn e. 'S ann agam-sa 'bhios an co-dhùnadh deireannach-sa. Ach mus cuir mi romham dad, bu toil leam beachdan na comhairle cogaidh a chluinntinn. Có tha dhen bheachd gur e iomairt ro chunnartach a tha seo aig an àm seo? Neach sam bith a tha 'na aghaidh, togadh esan no ise guth an-dràsta."

Tha i a' stad, agus 's ann sàmhach a tha an seòmar a' fantainn. Tha i a' fuireach fad anail no dhà, agus a' togail a guth a-rithist an uair sin.

"Glé mhath ma-thà. Tàirneamaid am breab san tòin dhan duin' agam, 's e cho làn-airidh air. Bidh cogadh eatarainn."

Le gluasad a làimhe, tha i a' tilleadh rian na coinneimh air ais gu Clach Ghorm. Tha e a' cromadh a chinn fad greis agus cha mhór gu bheil fhalt gorm a' deàrrsadh ann an solas na gréine-sìthe a tha a' tighinn tro na h-uinneagan.

. . . . . . . . .

Tadhail air duilleag 257.

(O dhuilleag 256)

Tha an caiptean a' seasamh agus a' bhànrigh a' suidhe. "Nis, an ath-cheist a tha romhainn. Có bhios an ceann na sléigh? Togadh neach sam bith nach eil deònach guth an-dràsta."

Tha an seòmar, a-rithist, sàmhach.

"Math gu leòr," tha e a' co-dhùnadh. "Bidh grunnan dhiubh a tha san t-seòmar seo 'n-dràsta anns an fheachd a bheir ionnsaigh rùin. Fuirichibh anns a' chaisteal a-nochd, agus gheibh sibh òrduighean sa mhadainn. Agus, cha leigear a leas a ràdh, na canaibh facal mu dhéidhinn seo taobh a-muigh an t-seòmair seo. Nuair a bhios na h-aislingichean 'nan cuachan, bidh cluas anns gach balla."

Tha Clach Ghorm a' suathadh ri mo ghualann 's na sìthichean a' teannadh ri falbh ás an t-seòmar. "A ghobha – saoil am fuirich thu tiotag an-seo?"

. . . . . . . . .

Tadhail air duilleag 258.

(O dhuilleag 257)

Tha grunnan eile a' fuireach air ais an déidh na coinneimh cuideachd. A' bhànrigh 's an caiptean, air chinnt. An t-aislingiche leis an fhalt phurpaidh, Corcar nan Creag agus an t-aislingiche leis an fhalt airgid, Clach-Ghràin. Agus Òmar, cuidiche na bànrigh le falt air dath connlaich bhàn.

Tha Clach Ghorm a' bruidhinn rium an toiseach. "A ghobha – tha fhios a'm gun do dh'fhan thu sàmhach gu ruige seo, 's gun do leig thu ris gu bheil thu deònach. Tha fhios agam cuideachd gu bheil gnothach pearsant' agad sa chùis seo. Tha mi ag iarraidh ort dà rud a dhèanamh, agus chan eil mi cinnteach có dhiubh as cudromaiche. Cho-dhùin mi ma-thà, faighneachd dé do bheachd fhéin."

Tha mi a' gnogadh mo chinn 's ag éisteachd gu dùr, 's an caiptean a' stad tiotag. "Bidh mis' an ceann an fheachd a leanas an abhainn rùin," tha e ag ràdh mu dheireadh thall.

"Ma théid thu còmhla rium-sa … cha bhi thu san rangachd-àithne, ach nì thu mar a dh'àithneas mise. Cuideachd, cuiridh tu air dòigh grunn dhe na saighdean sònraichte ud dhomh-sa…

"Turas a dh'éireas cothrom do bhràthair a shàbhaladh, 's e sin am prìomh-mhisean a bhios agad."

. . . . . . . . .

Tadhail air duilleag 259.

(O dhuilleag 258)

"Seo an roghainn eile: Bidh Gorm-Leug ann an ceann nam mailisidh a théid tron toll sa chreig," tha an caiptean a' leantainn air adhart. "'S e ionnsaigh bréige rasanta a bhios seo – ach mur an déid againn ri cuid mhath dhen fheachd aig Glainne Ifrinn a thàladh air falbh, tha teans mór gum fairtlich oirnn leis a' phrìomh-mhisean. Ma leanas tu 'n leas-oifigear agus na mailisidhean, bidh thu ann mar einnseanair agus fear-armachd.

"Tha mi air a bhith a' meòrachadh na tailme cloiche a lorg thu. A chionn 's gu bheil pìosan de dh'iarann 'na bhroinn, cha do chuir sinn ri chéile e 'riamh roimhe. Ag innse na fìrinn, dhìochuimhnich mi mu dhéidhinn buileach. Shaoil leam nach robh duin' agam a dh'fhiosraicheadh mar a dh'obraicheas e. Ach sheall thus' agus cuidich' an t-saoir dhomh gun robh mi ceàrr. Ma ruigeas an ionnsaigh bréige ballachan a' chaisteil aig Glainne Ifrinn, 's mathaid gum bi 'n t-inneal ud gu feum.

"Dé 'n obair as fheàrr leat fhéin?"

. . . . . . . . .

Dé nì mi?

*Leanaidh mi an abhainn rùin còmhla ris a' Chaiptean.*

Tadhail air duilleag 260.


Air neo an dèan mi na leanas:

*Cuiridh mi an tailm cloiche gu obair air blàr a' chogaidh.*

Tadhail air duilleag 271.

(O dhuilleagan 259 is 366)

# CAIBIDEIL 18

(Madadhan na h-Ionnsaighe Dìomhaire)

"Leanaidh mi sibhse, a Chaiptein."

Chì mi an caiptean a' gnogadh a chinn rium, a' gabhail ri mo cho-dhùnadh. "Togaidh sinn rithe aig beul glas an latha. Thalla 's innis do Ghorm-Leug gum bi thu a' falbh còmhla rium-sa agus ullaich barrachd dhe na saighdean sònraichte ud. Corcar nan Creag, fanaidh tusa ri taobh Mhadadhain. Na tog dhen òl, chan eil sinn airson 's gun cluinn Glainne Ifrinn guth air seo." Chan eil am boireannach leis an sgarfa phurpaidh ach a' gnogadh a' cinn is coltas sgìth oirre.

Gheibh mi lorg air Gorm-Leug anns na crùislean. Tha mi a' toirt dha teachdaireachd a' chaiptein mar a dh'iarr e orm. 'S gann gu bheil an t-iar-oifigear ag ràdh barrachd 'na dhreuchd oifigeach ach tha e a' gnogadh a chinn rium. 'S ann gleansach leis an fhallas a tha a cheann maol leis an tatù.

Tha na dusanan de shaighdearan is luchd-cogaidh a' togail is a' giùlan trusganan de shaighdean, boghachan goirid is taifeidean agus measgachadh de dh'airm is armachdan eile. Tha sruth de ghoireasan a' sìor-dhol a-mach ás na stòrasan agus suas an staidhre dhan chùirt-lios far a bheil e 'ga roinn am measg feachdan na tìre.

. . . . . . . . .

Tadhail air duilleag 261.

(O dhuilleag 260)

Aig oir na drip is na h-othaile seo, tha Corcar nan Creag 'na eilean beag de shàmhchair ann an lochan fiona; o àm gu àm, suidhidh i ri taobh an aislingiche eile, fireannach nas òige air a bheil falt donn.

Ach tha mi a' toirt amhail gu bheil an t-aislingiche leis an sgarfa-chinn phurpaidh a' fuireach faisg ri mo thaobh is mi a' gluasad mun cuairt.  Chì mi cuideachd nach eil an t-iar-oifigear a' falbh ro fhada on fhireannach eile ud a bharrachd.  Chan fhada gus am bi fios agam gur e Clach-Ghainmhich an t-ainm a th' air an aislingiche leis an fhalt donn 's e ag òl fada cus de leann dorcha á crogan trom.

Tha mi a' faighneachd de Ghorm-Leug carson a tha na h-aislingichean ag òl uiread, agus a' fantainn cho faisg oirnn.  Tha an t-oifigear maol leis na tatùthan a' freagairt, "Tha muinntir Ghlainne Ifrinn a' cumail sùil oirnn.  Ach chan fhaic aislingichean, aislingichean eile 's iad air mhisg.  Tha sinn a' cumail faisg orra agus tha 'n ceò 'tha 'gan iadhadh 'gar falach.  Chan eil sinn airson 's gum faic an rìgh dorcha dad."

. . . . . . . . .

Tadhail air duilleag 262.

(O dhuilleag 261)

Tha mi a’ faighinn greim aig cóig trusganan de shaighdean, is
’gan giùlan gu bòrd beag ann an oisean an t-seòmair.  Tha Corcar
nan Creag a’ tighinn còmhla rium, is tha mi a’ slaodadh sèithear
a-nall dhi.  Tha i a’ leigeil osna ’s i a’ suidhe le faochadh.  Tha
dualan dhe falt purpaidh a’ teicheadh on sgarfa phurpaidh a bhios
oirre an-còmhnaidh.

Tha na saighdean ann am pocannan leathair le iallan-guailne
orra, airson ’s gum bi e furasta an giùlan.  Anns gach trusgan, tha
fichead saighdean, agus tha clibeag agus claspa umha ’ga dhùnadh.
’S ann furasta gu leòr a tha e grunn thrusganan fhosgladh, agus na
cinn-shaighde shònraichte agam leis na tarragan iarainn a chur an
àite nan ceann-saighde umha.

Tha mi a’ dubhadh gasan is itean nan saighdean sònraichte seo
le  measgachadh  de  dhubhach  is  geir  caorach.   An  déidh
cnuasachadh fad diog no dhà, tha mi a’ sgrìobhadh “Gobha-dubh”
air gach aon dhe na trusganan seo.  Chì mi Gorm-Leug ’gam
choimhead o thaobh thall an t-seòmair, is e eadar beò-ghlacadh is
oillt.  Tha a cheann maol gleansach leis an fhallas.

. . . . . . . . .

Tadhail air duilleag 263.

(O dhuilleag 262)

An déidh dhomh crìoch a chur air na cóig trusganan de shaighdean leis na cinn iarainn, tha Gorm-Leug a' tighinn a-nall 's an t-aislingiche aige 'ga leantainn gu dlùth. "A ghobha – feumaidh sinn na h-armachdan sònraichte a sgaoileadh. An gairm mi 'n luchd-cogaidh 'nis?"

"Seadh, siuthad. Na h-armachdan sònraichte?"

Tha am fear maol a' togail leth-làmh 'gam ionnsaigh. Tha preasan a' snàigeadh air feadh a bhathais fo na tatùthan is e ag éigheach, "Sgaoilidh 'n gobha-dubh na h-armachdan sònraichte! Sgaoilibh am facal! An fheadhainn a rinn a' chùis air maide dà throigh no nas fheàrr a-mhàin! Thigibh cruinn aig stòras a' ghobha cho luath 's a ghabhas!" Tha an t-iar-oifigear a' tionndadh air ais thugam. "Na h-armachdan sònraichte. Na claidheamhan de stàilinn-shìthe. Feumaidh tu 'n sgaoileadh dhan luchd-chogaidh a tha comasach air an altachadh. Sin a b' adhbhar dha na deuchainnean."

"Ceart ma-thà," tha mi ag ràdh. "Càit a bheil na h-armachdan sònraichte seo?"

Tha am fear àrd maol leis na tatùthan a' druiteadh a ghuailnean. "'Nad sheòmar-stòrais, is dòcha?"

'S e oidhche fhada a tha gu bhith romhainn.

. . . . . . . . .

Tadhail air duilleag 264.

(O dhuilleag 263)

Chan eil e a' toirt cho fada na h-armachdan sònraichte a thoirt seachad. 'S gann a tha sìthichean a nì a' chùis air deuchainn bata dà throigh. Tha mo chuidiche leis an fhalt bhàn-dearg is gheal 'nam measg. Tha e a' tadhal air an stòras agam a dh'fhaighinn a chlaidheimh ùir de stàilinn-shìthe, agus tha mi a' guidhe deagh-fhortan dha is mi 'ga shìneadh dha 'na thruaill. Tha e ag innse dhomh gum bi e a' sabaid còmhla ri feachdan na tìre a-màireach.

Faisg air meadhan-oidhche, tha Gorm-Leug ag iarraidh orm leigeil le luchd-cogaidh nam feachdan crìoch a chur air an obair. "Togaidh sinn rithe aig beul glas an latha. Faigh norrag cadail, cha bhi thu gu feum sam bith dhan chaiptean a-màireach 's tu claoidhte air do chasan."

"An dèan mi cadal sa cheàrdaich? Gheibh mi cadal nas fheàrr 'nam leabaidh fhìn."

Tha an t-iar-oifigear a' cnuasachadh seo. "Bidh mise 'cadal anns na taighean-feachd le grunn aislingichean an làthair. Nì 'n caiptean cadal sna taighean-feachd a-nochd cuideachd. Ach nì Glainne Ifrinn a dhìcheall plathadh fhaighinn ort-sa, gu sònraichte, leis na h-aislingichean aige-san. Feumaidh Corcar nan Creag fuireach faisg ort."

. . . . . . . . .

Tadhail air duilleag 265.

(O dhuilleag 264)

Tha an t-iar-oifigear a' tionndadh ri Corcar nan Creag. "Ma tha thusa coma ged a nì sibh cadal sa cheàrdaich, chan eil dad agam 'na aghaidh. Bidh na taighean-feachd làn de dhaoine co-dhiù, leis a h-uile càil a tha 'dol."

Chì mi am boireannach mór a' priobadh a sùilean, is tha coltas claoidhte oirre. "Chan fheum mise dad ach bobhstair air an laigh mi, agus plaide no dhà. Tha 'n cadal a cheart cho math 's a tha 'n deoch airson sealladh nan aisling a bhacadh. Cumaidh mi botal fiona faisg airson na maidne. 'S e latha glé fhada 'tha gu bhith romhainn a-màireach."

Tha mi ag innse dhi nach bi feum air bobhstair. "Tha leabaidh an t-seann-saoir air a bhith falamh on a..., an-dà, on a chaidh a thìodhlacadh."

"Nì sin an gnothach."

Tha mi a' faighinn greim air bogha goirid a chuir mi air an dàrna taobh airson a thoirt leam a-màireach agus tha mi a' sealltainn nan cóig trusganan de shaighdean sònraichte dhan t-iar-oifigear. "Feumaidh sibh iad seo a thoirt leibh an cois acainnean a' chaiptein." Chì mi Gorm-Leug a' gnogadh a chinn, agus tha sinn a' fàgail na mailisidh fo dhìon an aislingiche leis an fhalt donn, Clach-Ghainmhich.

. . . . . . . . .

Tadhail air duilleag 266.

(O dhuilleag 265)

Tha Corcar nan Creag 'gam leantainn a-mach ás na crùislean agus suas an staidhre, a' faighinn greim air botal làn fiona anns a' chidsin 'nar dol seachad. Chì mi an sgarfa phurpaidh claon air a cinn, agus tha dualan fanna de dh'fhalt purpaidh a' cromadh sìos.

Tha mi a' stiùireadh a' bhoireannaich sgìth 's mhisgich ás a' chaisteal agus a dh'ionnsaigh na ceàrdaich. Chan eil cus conaltradh eadarainn agus an déidh dhomh an leabaidh a shealltainn dhi air an robh seann Aonghas a' cadal, chan fhada gus an dùin i an doras air a cùlaibh agus i a' tòiseachadh air srann. 'S ann mar thàirneanach fad air falbh a tha e. Ag innse na fìrinn, tha an torrann a' cur Aonghas 'nam chuimhne agus tha e 'na chofhurt dhomh 's mi a' laighe air an t-seid agam fhìn. Tha mi a' tuiteam ann an cadal domhain nas luaithe na rinn mi a-riamh on a chaochail an seann-ghobha.

. . . . . . . . .

Tadhail air duilleag 267.

(O dhuilleag 266)

'S e cadal domhain gun aisling sam bith a nì mi. Ach 's ann goirid gu leòr a tha e. Tha coltas gur gann a dhùin mi mo shùilean nuair a chluinneas mi "brag brag brag" a' sìor-bhualadh ris an doras.

Tha mi ag éirigh on t-seid agam agus a' cur léine orm, 's mi a' coiseachd chun an dorais. Chì mi neach-cogaidh na mailisidh aig an doras. Air neo, ban-chogaidh. Tha i ag ràdh, "A ghobha? Tha 'n uair agad éirigh. Théid mi chun a' chùirt-liosa còmhla riut."

Chan eil solas ann, ach deàrrsadh na gealaich-sìthe. "Fuirich ort tiotag. Feumaidh mi 'n t-aislingiche a dhùsgadh." Chì mi am boireannach òg a' gnogadh a cinn, 's mi a' leth-dhùnadh an dorais. Tha mi a' dol chun an t-seòmair a-staigh a thug beagan prìobhaideachd do sheann Aonghas, agus tha mi a' gnogadh air an doras.

Sgath. Chan eil bìog ri chluinntinn. Tha mi a' gnogadh a-rithist, nas treasa.

. . . . . . . . .

Tadhail air duilleag 268.

(O dhuilleag 267)

Chan eil Corcar nan Creag a' gluasad idir. Tha mi a' feitheamh tiotag bheag agus a' gnogadh a-rithist, fiù nas treasa.

"Thod! Gu dé? Cha bu mhis'!"

"Aislingiche? Gabh balgam dhen fhìon, feumaidh sinn togail oirnn."

Tha mi a' cluinntinn Corcar nan Creag a' leigeil mòthar. "Fìon! An cuidich sin?"

Chan urrainn dhomh gun a bhith a leigeil gàire. "Chan eil ach beagan. Feumaidh sinn falbh. Tha ban-chogaidh a' feitheamh oirnn."

Fhad 's a tha mi a' feitheamh air an aislingiche leis an fhalt phurpaidh, tha mi a' criosadh orm na sgéine-sìthe agam. Rinn mi obair-umha do bhoireannach an leathair, beagan sheachdainean air ais, agus thug i truaill glé shnog dhomh a rachadh leis an sgian. Rinn i fiù pòcaid bheag a chumadh na tarraige iarainn a thug mi leam o mo dhachaigh bho chionn fhada a dh'aimsir. 'S ann toilichte a tha mi gu bheil an lann seo agam, tha e mar gu bheil Aonghas a' cumail faire orm.

Tha mi cuideachd a' faighinn greim air a' bhogha, trusgan de shaighdean sònraichte dhomh fhìn agus tha mi 'ga cheangal ri mo dhruim leis na h-iallan.

. . . . . . . . .

Tadhail air duilleag 269.

(O dhuilleag 268)

Tha an t-aislingiche a' toirt nas fhaide na mise, ach chan eil cus
nas fhaide. Nuair a dh'fhosglas sinn an doras, tha a' bhan-chogaidh
òg a' leigeil osna faochaidh. Chan eil coltas ro chatharra air, ach
tha coltas gun dàinig e on chridhe.

"Fuirich diog no dhà," tha Corcar nan Creag ag ràdh. "Tha mi
gus spreadhadh leis a' mhùn."

Tha a' bhan-chogaidh òg a' mùchadh gàire, fhad 's a tha mi a'
sealltainn an taighe-bhig air cùlaibh na ceàrdaich do Chorcar nan
Creag. Tha mi fhìn a' stad an-sin airson an aon rud, is tha sinn a'
falbh ann an trotan an uair sin, ged a tha an t-aislingiche a' cur
maille oirnn beagan. "Na ruithibh ro luath!" tha i ag ràdh. "Chan
urrainn dhomh ruith agus òl aig an aon àm!"

Chan fhada gus an ruig sinn am feachd rùin anns a' chùirt-lios.

. . . . . . . . .

Tadhail air duilleag 270.

(O dhuilleag 269)

Tha na daoine a leanas anns a' bhuidhinn seo:  An caiptean is an t-aislingiche aige, am bodach leis an fhalt liath-bhàn – 's e Clach-Ghràin an t-ainm a th' air.  Aon dhe na labhraichean leis an fhalt bhàn air a bheil Ciad Trabhartain.  Falbhaidh a bhràthair le Gorm-Leug agus feachdan na tìre, agus bheir iad comas conaltraidh dhan dà thaobh a bheir ionnsaigh.  Mi fhìn agus an t-aislingiche agam-sa, Corcar nan Creag.  Gual Dubh mar "neach ùghdarrais rìoghail" agus … canamaid nàdar de dh'each-marcachd dhan Fhachan.  An t-aislingiche aig Gual Dubh, am boireannach tana leis an fhalt gheal.  'S e Cailc an t-ainm a th' oirre-se.  Bidh an dà bhoireannach a' giùlan an Fhachain a bhios 'na shuidhe ann am pocan leathair gu h-àrd air guailnean a' ghiùlanair.  Tha am Fachan a' tighinn còmhla rinn oir, cho fad is aithne dhuinn, is esan an aon neach a chuir cas air a' cheum seo a-riamh.

Mar neart sabaid, tha trì buidhnean de shaighdearan againn, dusan anns gach sgioba dhiubh agus sàirdseant fa leth.  Tha carbad agus carbadair aig gach aon dhiubh cuideachd, airson na h-acainnean a ghiùlan.  Agus gach dìleas gu deireadh, tha leth-dhusan de luchd-bàta ann a bheir suas an abhainn sinn.

. . . . . . . . .

Tadhail air duilleag 285.

(O dhuilleagan 259 is 371)

# CAIBIDEIL 19

### (Madadhan na Tailme)

Seo an rud as cudromaiche a dh'ionnsaich mi aig m' athair mun chogadh: An neach as fheàrr a nì obair, dhèanadh esan no ise an obair. Buailidh mi saighead air coineanach o àm gu àm le bogha. Ach chan e saighdear a th' annam. Ma bhios aig Clach Ghorm sùil a chumail orm am meadhan na h-ionnsaighe, bidh e nas dorra dha mo bhràthair a shàbhaladh.

"A Chaiptein – cha bhithinn ach san rathad nuair a bheir sibh ionnsaigh air a' chaisteal on abhainn rùin. Ach nan rachadh agam an tailm a chur gu obair faisg gu leòr airson a bhualadh air na ballachan a tha ceithir-thimcheall air Glainne Ifrinn, dh'fhaoidte gun cùm sinn an rìgh dorcha 'coimhead suas seach sìos. Falbhaidh mise leis a' mhailisidh agus an dàrna oifigear, Gorm-Leug – ma gheibh mi 'n aon sgioba a chuidich mi nuair a chuir sinn an tailm fo dheuchainn."

Tha an caiptean a' gnogadh a chinn gu grad. "Glé mhath ma-thà. Bidh na saighdearan a bha ag obair còmhla riut fo do stiùireadh. Feumaidh tu faighneachd de chuidich' an t-saoir a bheil e deònach pàirt a ghabhail. Chan ann fodham-s' a th' esan."

. . . . . . . . .

Tadhail air duilleag 272.

(O dhuilleag 271)

Tha an caiptean a' tionndadh ri Corcar nan Creag. "Fuirich faisg air, aislingiche. Agus fan thusa anns a' cheò. Tha sinn airson Glainne Ifrinn a chumail dall is bodhar. Saoil an dig sinn air mar chlach ás an adhar? − b' fheàrr leam a ghlacadh anns an amar-ionnlaid. Ma nì sinn a' chùis air, bidh botal agad orm."

Tha am boireannach mór leis an sgarfa air a cuaileanan purpaidh a' togail a cuaiche gu bilean, is a' gabhail balgam math. "Nuair a bhios seo seachad, tha teans nach gabh mi deoch eile gu deireadh mo làithean."

Cluinnidh mi Clach Ghorm a' leigeil lachan gàire socair. "Nuair a bhios seo seachad, tha teans gur e tòiseachadh air an deoch a nì mise, gu deireadh mo làithean-sa."

Tha Caiptean Clach Ghorm a' tionndadh air ais thugam.

"Can ri Gorm-Leug gu bheil thu air an sgiob' aige-san, mar fhear-armachd is einnseanair. Innis dha gu bheil cairt a dhìth ort airson an tailm cloiche a ghiùlan agus each a thàirngeas a' chairt."

. . . . . . . . .

Tadhail air duilleag 273.

(O dhuilleag 272)

Tha an caiptean a' dian-coimhead orm. "Tadhail an uair sin air cuidich' an t-saoir. Innis dha gu bheil feum againn air a sgil leis an inneal. Na thoir cus fiosrachaidh dha, ach feumaidh fios a bhith aige gur ann air blàr a' chogaidh a bhios an obair seo. Faighnich dheth a bheil e deònach do chuideachadh agus innis dha mhaighstir, an saor, gur mis' a dh'iarr seo."

"Nì, a Chaiptein! A bheil sin a' ciallachadh gu bheil mi fhìn anns a' mhailisidh a-nis?" Tha mi a' dèanamh gàire bheag, 's mi ann an imcheist an e fealla-dhà a rinn mi, no nach do rinn.

Tha an caiptean a' dian-choimhead orm fad tiotan fada. "A ghobha − nuair a ghairmeas a' Bhànrigh Dearg-Sheud, 's e gach aon dhinn a bhios sa mhailisidh. Na leig le cuidich' an t-saoir a chur 'nad aghaidh cus."

Tha mi a' toirt fàilte freiceadan nan sìthichean, a' bualadh mo dhòrn ri mo bhroilleach. Chì mi e a' toirt an aon fhàilte, ach e a' tionndadh ri saighdear eile aige mu thràth.

Tha mi a' fàgail an t-seòmair-shuidhe aig Dearg-Sheud is an t-aislingiche Corcar nan Creag 'gam dhlùth-leantainn. Tha sinn a' coiseachd sìos an trannsa agus a-mach dhan chùirt-lios.

. . . . . . . . .

Tadhail air duilleag 274.

(O dhuilleag 273)

Tha mi a' sméideadh air a' chiad fhear-cogaidh on mhailisidh a chì mi a' ruith seachad, agus a' faighneachd dheth càit am faigh mi lorg air an iar-oifigear.

"Tha e shìos sna crùislean, a' stiùireadh sgaoileadh nan goireasan. Bidh mi air an t-slighe a dh'fhaighinn luchd eile, thig còmh' rium." Tha am fear-cogaidh 'gam stiùireadh air ais tron trannsa a dh'ionnsaigh na cìpe a-staigh agus sìos an staidhre dha na crùislean.

Chì mi Gorm-Leug faisg air bonn na staidhre. 'S ann gleansach leis an fhallas a tha a cheann maol leis an tatù. Tha saighdearan is luchd-cogaidh a' togail is a' giùlan boghachan goirid is taifeidean, trusganan de shaighdean, agus tomadan móra de dh'airm is armachdan. Tha sruth de ghoireasan a' sìor-dhol a-mach ás na stòrasan agus suas an staidhre airson a sgaoileadh ann.

Chì mi e a' gnogadh a chinn rium nuair a tha e 'gam fhaicinn. Tha e ag éigheach an uair sin, "'S ann a-seo 'tha 'n gobha-dubh a-nise! Théid na h-armachdan sònraicht' an sgaoileadh ann an coinneal a thìde! Sgaoilibh am facal! Dà throigh no nas giorra, thigibh cruinn ann an coinneal a thìde!"

. . . . . . . . .

Tadhail air duilleag 275.

(O dhuilleag 274)

Tha mi a' cur sùil imcheisteach air an fhear mhaol àrd. "Armachdan sònraichte?"

Tha e a' tionndadh rium. "Na claidheamhan de stàilinn-shìthe. Feumaidh sinn an toirt dhan luchd-chogaidh a tha comasach air an altachadh. Sin a b' adhbhar dha na deuchainnean."

"Glé mhath ma-thà. Càit a bheil na h-armachdan sònraichte ud an-dràsta?"

"Ar leam gu bheil iad anns na stòrasan agad. Tha mi làn dòchas co-dhiù gu bheil iad ann!" Tha e a' leigeil drannd is e a' tomhadh ri geata nam bàraichean de dh'iarann fuar aig cùlaibh na crùisle.

"Bheir mi sùil. Ach feumaidh mi rud no dhà 'n toiseach − Ò, agus thuirt an caiptean rium innse dhuibh gu bheil mi air ur sgioba-se. Tha cairt a dhìth orm, agus each airson na tailm cloiche a ghiùlan, am faigh cuid-eigin sin dhomh? Agus feumaidh mi bruidhinn ris na saoir. Bidh mi air ais ann an greiseag bheag."

Chì mi Gorm-Leug a' gnogadh a chinn, 's e a' tionndadh ri fear-cogaidh aige.

. . . . . . . . .

Tadhail air duilleag 276.

(O dhuilleag 275)

Tha mi a' coiseachd a-steach do sheòmar-obrach nan saor, an t-aislingiche agam 'gam dhlùth-leantainn fhathast.  Tha Corcar nan Creag a' fàs slaodach; tha mi an dòchas gum bi cothrom againn ar fois a ghabhail uair-eigin a-nochd.  Chan eil fhios agam dé cho aosta 's a tha an té leis an fhalt phurpaidh ach tha i fada seachad air làithean a h-òige.

Chì mi an seann-saor an-sin, a' cur cinn-shaighde umha do ghasan-saighde.  Tha e a' togail a chinn nuair a thig mi a-steach. "A ghobha," tha e ag ràdh, am bad-eigin eadar fàilte is cnead.  Tha e a' slìobadh fhalt dubh-liath greannach air ais le a làmh.

"A Mhaighstir Sglèat," tha mi a' freagairt.  "Am faigh mi facal air a' chuidiche agaibh – Ailbhinn an t-ainm a th' air, saoilidh mi? Feumaidh mi 'ghoid air falbh oirbh, air iarrtas Caiptein Clach Ghorm."

Tha Maighstir Sglèat a' tomhadh ris an t-seòmar-chùil.  "'S ann thall an-siud a tha e.  Feuch is till an-seo e beò fhathast.  Thug mi fada gu leòr 'ga theagasg."

. . . . . . . . .

Tadhail air duilleag 277.

(O dhuilleag 276)

Tha mi a' coiseachd dhan t-seòmar bheag far a bheil Ailbhinn ag obair. Tha e a' togail a chinn nuair a théid mi a-steach dhan t-seòmar, is chì mi fiamh toilichte a' tighinn air aodann. "A ghobha! A bheil thu deiseil an tailm cloiche a chur fo dheuchainn mhór?"

Tha mi a' leigeil triutan gàire. "Abair turchartas! — tha gu dearbh, tha sinn deiseil airson deuchainn mhór! Bha mi 'n dòchas gun tigeadh tu còmhla rinn 'gar cuideachadh. Ach bu chòir fios a bhith agad — dh'fhaoidte gum bi feadhainn ann a nì 'n dìcheall ar marbhadh. Ach, thug Gorm-Leug fhacal nach leigeadh e leotha."

Chì mi an saor tana àrd a' sgròbadh a chinn, is tha dlòth dhen fhalt fhiadhaich liath-shoilleir aige a' tuiteam air beulaibh a shùilean.

"Tha coltas éibhinn air an iomairt seo! 'S toigh leam gun a bhith marbh. Sin a' phàirt as fheàrr de dhàna-thuras sam bith."

"Nì sinn ar dìcheall a' chraic a chumail anns an iomairt chraicte seo."

. . . . . . . . .

Tadhail air duilleag 278.

(O dhuilleag 277)

Tha mi ag innse do dh'Ailbhinn fuireach aig an tailm chloiche a tha ann an oisean a' chùirt-liosa a-nis, le tòrr de bhagaichean is bogsaichean mun cuairt air. Tha cuidiche an t-saoir a' suidhe air bogsa fiodha, 's chì mi am falt liath-shoilleir aige a' deàrrsadh ann an solas na gealaich-sìthe.

Nise, feumaidh mi an còrr dhen sgioba agam – na saighdearan aig Clach Ghorm a bha 'gam chuideachadh anns a' cheàrdaich. Tha mi a' faighneachd de ghrunnan saighdearan a bhuineas dhan chaisteal mas math mo chuimhne. "Tha mi a' lorg Clach-Mharbhail! Am fear òg leis an fhalt stiallach, bhàn-dearg is gheal! Am faca duine sam bith na cuidichean agam? Clach-Mharbhail is a chompanaich?"

Mu dheireadh thall, tha saighdear ag innse dhomh gu bheil iad ma dh'fhaoidte a-muigh air a' mhiodar chrotail, a' sgaoileadh armachdan is goireasan am measg feachdan na tìre.

Chì mi am fuamhaire 'na chùil, 's mi a' coiseachd a-mach ás a chaisteal. Tha coltas gu bheil dréin air. Uiread a dhaoine a' tighinn 's a' falbh, gun dùbhlan no freagairt…

………

Tadhail air duilleag 279.

(O dhuilleag 278)

Seo a' chiad turas on dàinig mi an-seo 's a tha an eirc-chòmhla an àirde agus na geataichean fosgailte. Tha mi an dòchas nach dèan Glainne Ifrinn rud suarach oirnn, is sinne ag ullachadh céilidh gun fhiosta dha.

Tha an t-aislingiche leis an sgarfa phurpaidh 'gam leantainn sìos an ceum air beulaibh a' chaisteil, am botal 'na làimh. 'S ann mar sheangan ann an sreath a tha mi a' faireachdainn. Chan eil ach mise a' coiseachd sìos an cnoc gun ultach 'nam làmhan.

Tha am miodar crotail fo dhorchadas. Cha robh adhbhar agam a bhith a-muigh ann an Tìr nan Sìthichean air an oidhche ro thric. Chuala mi iomadh adhbhar a chumadh a-staigh duine. Bruic an diabhail 's nathraichean-sgiathach. Trobhaichean dearg-fhionnach. Am Barghast, biast a tha car coltach ri madadh-allaidh, cho dubh ris an Donas, le adharcan is tosgan air agus sùilean mar an teine. Teine-sionnachain.

Ach cha dùraig gin dhiubh a thighinn am fagas a-nochd. 'S ann dùmhail a tha am miodar crotail, le fir is mnathan-cogaidh a' feitheamh ann an sreath airson acainn, no a' sgrùdadh cor acainn a fhuair iad mu thràth.

. . . . . . . . .

Tadhail air duilleag 280.

(O dhuilleag 279)

Chì mi an cuidiche agam mu dheireadh thall aig sorchan, am falt bàn-dearg is geal aige a' deàrrsadh fon ghealaich-shìthe.  Tha e a' toirt seachad clogaidean is sgiathan.

"A Chlach-Mharbhail!" Tha mi 'ga ghairm, 's e a' tionndadh rium.

"A ghobha!" tha e a' freagairt.  "Abair ùpraid, nach e?  An e acainn a tha 'dhìth ort?  No –" a' toirt sùil air Corcar nan Creag, agus botal fiona aice a tha dìreach leth-làn aig an ìre-sa.  "No an ann an tòir féisteis a tha thu?"

"Sin an t-aislingiche agam.  Chan e daorach mhór a tha i a' dèanamh, ach euchd cogaidh.  Bha mi 'gad lorg, agus an còrr de sgioba na tailm cloiche.  Feumaidh sinn an t-inneal a chur air cairt, agus deiseil airson falbh."

"Ò!", tha e a' freagairt.  "Cha tuirt duine rium gun robh sinn a' dol a chur gu feum e.  Ach ma thug an caiptean cead do chuideachadh…"

"Thuirt e rud mar, "Nì iadsan mar a dh'àithneas tusa."

Tha mi a' fàgail an còrr dhen ghnothach ann an làmhan an t-sìthiche gheanail leis an fhalt stiallach bhàn-dearg is gheal.

………

Tadhail air duilleag 281.

(O dhuilleag 280)

Bheir Clach-Mharbhail àite aig sorchan nan acainnean do chuid-eigin eile, agus tha e a' toirt fhacal dhomh gun cruinnich e an còrr dhen sgioba agus gun cuir iad an t-inneal air a' chairt. Tha mi ag iarraidh air cuideachd dà bhogsa umha a tha ri taobh an innein fhaighinn. Agus, ri an taobh, trusgan nan saighdean sònraichte 'nam poca leathair.

An déidh dhomh innse dha gum faigh e greim air Ailbhinn faisg air an tailm chloiche, tha mi a' toirt aghaidh air a' chaisteal a-rithist. Tha mi a' cluinntinn Corcan nan Creag a' leigeil osna throm 's i a' trialladh air mo chùlaibh air éiginn. "A bheil thu ceart gu leòr?" tha mi a' faighneachd dhith. Cha chluinn mi ach sàmhchair fad greis mhath. Agus, osna eile.

"Nan còrdadh e rium coiseachd mun cuairt a latha 's a dh'oidhche, nach bithinn cho tana ri taghan?" tha am boireannach mór ag ràdh, 's i a' trusadh a fuilt 'na sgarfa phurpaidh. Leis gur e ceist do nach eil freagairt a tha seo, cha chan mi dad. "Agus cha mhór gu bheil am fìon air tràghadh."

Mu dheireadh thall, ruigidh sinn na crùislean far a bheil Gorm-Leug. Tha an sìthiche àrd maol leis na tatùthan a' leigeil osna cuideachd, fiù nas truime na am boireannach mór leis an sgarfa phurpaidh.

. . . . . . . . .

Tadhail air duilleag 282.

(O dhuilleag 281)

"Mu dheireadh is mu dhiù!" tha Gorm-Leug ag ràdh. "Seo 'n gobha-dubh," tha e ag éigheach aig àirde a chlaiginn. "An fheadhainn a rinn a' chùis air dà bhata, ann an sreath aig a' gheata iarainn! Bheir an gobha dhuibh claidheamh de stàilinn-shìthe!"

Chì mi Corcar nan Creag a' dol a-null chun an aislingiche leis an fhalt donn, Clach-Ghainmhich. Tha i a' glugraich am botal a tha cha mhór falamh air a bheulaibh, agus a' tomhadh rium. Chì mi e a' gnogadh a chinn is a' toirt am muga beòir aige dhi. Mar a dh'fhalbhas ise a-mach ás an t-seòmar, tha an sìthiche leis an fhalt donn a' tighinn 'gam ionnsaigh. "Tha 'n t-aislingiche agad feumach air barrachd dighe, fuirichidh mise faisg ort gus an till i," tha e ag ràdh. Tha mi a' gnogadh mo chinn 's a' fosgladh seòmar stoc a' ghobha.

Nise, càite fon ghréin-shìthe 's a tha na claidheamhan de stàilinn-shìthe? An déidh dhomh an t-àite a rùrachadh tiotan, tha mi a' lorg bogsa dhiubh fo bhòrd. Tha mi a' tarraing a-mach a' bhùird, a' cur a' bhogsa air agus a' gairm os àrd, "Stàilinn-shìthe! Dà bhata no nas fhaide na sin!" 'S e oidhche fhada a tha gu bhith romhainn.

. . . . . . . . .

Tadhail air duilleag 283.

(O dhuilleag 282)

Uair-eigin an déidh meadhain-oidhche, tha Gorm-Leug ag innse dhomh an leabaidh a thoirt orm. "Thalla 's faigh norrag cadail, cha bhi thu gu feum dhuinn a-màireach 's tu claoidhte air do chasan. Faigh greim air an aislingiche agad is till gu na taighean-feachd. Togaidh sinn rithe aig beul gorm an latha."

"An dèan mi cadal anns a' cheàrdaich? Gheibh mi cadal nas fheàrr 'nam leabaidh fhìn."

Tha an t-iar-oifigear maol a' dian-choimhead air Corcar nan Creag. "Bhiodh e na b' fheàrr dhut cadal anns na taighean-feachd. Feumaidh tu fuireach faisg air an aislingiche. Bidh ise feumach air fois cuideachd. An dithis agaibh, dèanaibh cadal anns na taighean-feachd agus bithibh taingeil nach bi agaibh cadal a dhèanamh fo phlaide air a' mhiodar chrotail, mar an còrr dhinn. Tha sibh sa mhailisidh a-nis."

Tha mi a' togail a' bhaga agam; tha bogha goirid ann a chuir mi gu taobh dhomh fhìn agus claidheamh de stàilinn-shìthe do Chlach-Mharbhail. 'S ann araidh a tha e air an arm seo; rinn an cuidiche agam a' chùis air deuchainn an dà bhata.

Tha mi a' dol a-null chun an aislingiche leis an fhalt phurpaidh a tha a' dèanamh norrag 'na chathair. Chì mi am botal a tha làn a-nis 'na gàirdean.

. . . . . . . . .

Tadhail air duilleag 284.

(O dhuilleag 283)

'S ann gu socair a tha mi a' breith air gualann Corcar nan Creag gus am bi i 'na leth-dhùisg, 'gam leantainn chun nan taighean-feachd far a bheil i a' tuiteam air seid 'na làn-aodach.

Tha mi a' cuireadh mo bhrògan fo sheid eile, 's mo bhaga air an ùrlar ri an taobh. Tha mi a' laighe air, a' tarraing na plaide orm agus a' cnapadh na cluasaige tana gus am bi i co-dhiù caran cofhurtail.

Cluinnidh mi Corcar nan Creag a' srannadh. Mar a tha a h-uile duine eile anns an t-seòmar. Ach tuitidh mi 'nam chadal gun dàil co-dhiù, air dòigh air chor-eigin.

. . . . . . . . .

Tadhail air duilleag 301.

(O dhuilleag 270)

# CAIBIDEIL 20

(Madadhan na h-Ionnsaighe Dìomhaire)

Tha Caiptean Clach Ghorm 'na sheasamh air ar beulaibh 'na làn-éideadh. 'S e clogaid air nòs nan Ròmanach a th' air, le cìr de ròin-eich bàn a' seasamh an àirde gu pròiseil. Chì mi a' chlogaid a' dealrachadh ann an solas na gealaich-sìthe, is an umha cho gleansach ris an òr. Tha a chlaidheamh dhuilleag-chruthach air a dhèanamh dhen stàilinn-shìthe as fheàrr. Tha fhios a'm gur e sin a th' ann a chionn 's gun do dh'iarr e orm faobhar geur a chur air beagan làithean air ais.

"A chàirdean. Falbhaidh sinn aig glasadh an latha. Falbhaidh feachdan na tìre beagan 'nar déidh. Tha mi 'n dòchas gun d'fhuair sibh deagh-norrag; rinn mi fhìn cadal fad co-dhiù leth-cheud anail. An fheadhainn a bhios a' sabaid, cuiribh oirbh ur n-armachd an-dràsta fhéin. Gheibh sibh biadh na maidne air na sorchain aig oir a' mhiodair chrotail. Gabhaibh ur leòr; gabhaidh a' mhailisidh rud sam bith a dh'fhàgas sinne.

"Tha beagan ùine againn, ach fàsaidh solas an t-saoghail soilleir a dh'aithghearr. Dèanaibh deifir."

. . . . . . . . .

Tadhail air duilleag 286.

(O dhuilleag 285)

Tha mise a' dèanamh air a' chaiptean, fhad 's a chuireas a' chuid as motha dhe na saighdearan an cuid armachd leathair is umha orra. "A Chaiptein – tha mi am beachd bogha 'thoirt leam. Dé 'n seòrsa armachd a chuireas mi orm?"

Chì mi Clach Ghorm a' coimhead orm fad tiotag. Tha mi a' mothachadh do phìob-chiùil a th' aige air adhbhar air chor-eigin. Tha e a' tionndadh ri aon dhe na sàirdseantan aige. "Feumaidh ar gobha armachd a fhreagras air boghadair. Cuidich e le bhith 'cur armachd air."

Tha an sàirdseant 'na làn-éideadh mu thràth. Tha e a' cur fàilte nan sìthichean air a' chaiptean, a' bualadh leth-dhòrn ri a bhroilleach. "Seadh, a Chaiptein! Cuidichidh mi e."

Cha mhór 's gu bheil sùilean an t-sàirdseint a' laighe orm 's e a' tionndadh agus a' falbh 'na throtan sìos am prìomh-thrannsa air an t-slighe dha na crùislean. Tha mi 'ga leantainn làrach nam bonn 's Corcar nan Creag dlùth air ar cùlaibh.

. . . . . . . . .

Tadhail air duilleag 287.

(O dhuilleag 286)

Anns na crùislean, tha an sàirdseant a' coimhead tro na sgeilpichean a tha cha mhór falamh a-nis. "Bhiodh e math, an ath-thuras a bhios tu 'm beachd cogadh a dhèanamh, d' acainn a bhith deiseil agad an oidhche roimhe."

"Seadh. Deagh-chomhairle, a shàirdseint. Nì mi 'n dearbh-rud an ath-thuras."

Chì mi an sàirdseant a' faighinn lorg air armachd leathair dhomh, pìos uachdarach is pìos ìochdarach. "Tha lann umha no dhà a dhìth air, ach nì e 'chùis math dha-rìribh. 'S ann do bhan-chogaidh a tha seo, ach tha thu beag. Théid e ort ceart gu leòr."

Tha e 'gam chuideachadh le bhith a' ceangal iallan na h-armachd agus tha e an uair sin a' faighinn paidhir de dhìon-ruighe le lannan umha orra a dhìonas ruighean fir-bhogha. Tha paidhir de bhòtannan agus clogaid-bhonaide a' coileanadh m' armachd.

Turas a bhios an armachd orm, chì mi an sàirdseant a' dùr-choimhead orm. "An robh thu 'riamh ann an sabaid, 'ille?"

"Sabaid-dhòrn. Agus gleacadh."

Tha am fear-sìthe mór a' priobadh. "Ach tha fhios agad mar a chleachdas tu bogha?"

"Ò tha. A' tilgeil air coineanaich."

. . . . . . . . .

Tadhail air duilleag 288.

(O dhuilleag 287)

"Ma tha thu comasach air coineanach a mharbhadh, nì thu 'chùis air duine. Amais air meadhan a' bhroillich. Gu tric, nì thu 'chùis air nàmhaid, eadhon ged nach buail thu e dìreach sa mheadhan. Agus cuimhnich − dh'fhaoidte gum marbh iad sinn, ach chan ith iad sinn. A' mhór-chuid dhiubh, co-dhiù. Nise, tiugainn is gheibh sinn balgam ri ith' aig bonn a' chnuic."

. . . . . . . . .

Tadhail air duilleag 289.

(O dhuilleag 288)

Air a' mhiodar chrotail fon chaisteal, tha biadh maidne sìmplidh air na sorchain. Chì mi eadar cóig deug ar fhichead is dà fhichead sìthiche mun cuairt air na bùird, is iad ann an làn-armachd mu thràth. Tha solas na gealaich-sìthe os ar cionn a' fàs nas soilleire is glasadh an latha a' tighinn dlùth.

Cha leig sinn a leas feitheamh ann an sreath aig na bùird agus chan fhada gus am bi mi air mo bhrù a lìonadh le pìos de sgona, clàr càise agus boiseag dhe na measan air an tug mi "dearcan-sìthe." Tha an t-aislingiche Corcar nan Creag a' cur a botail agus ubhal-sìthe dhan bhaga-ghuailne aice. Chì mi i a' togail cuibhreann mór de dh'aran is càise 's a' tionndadh ri ithe.

An déidh dhuinn crìoch a chur air biadh na maidne, tha sinn uile 'nar seasamh ann an òrdugh. Chan eil duine sam bith ag ràdh facal, 's tha sinn uile a' coimhead suas ris a' ghealaich-shìthe.

. . . . . . . . .

Tadhail air duilleag 290.

(O dhuilleag 289)

Gu h-obann, tha solas an t-saoghail a' boillsgeadh os ar cionn. Tha an uamh a' fàs nas soilleire gu mór nuair a tha an oidhche a' dol 'na madainn agus a' ghealach 'na grian.

Chì mi Clach Ghorm a' togail a chlaidheimh ris a' ghrian-shìthe. "A shaighdeara! Imicheamaid!" Tha an caiptean a' dèanamh coiseachd bheò. Chì mi cuideachd an t-aislingiche Clach-Ghràin a' coiseachd ri thaobh, 's e a' luasgan beagan 's am botal uisge-beatha 'na làimh.

Tha na saighdearan a' coiseachd ann an colbh thriùirean ann an dusan sreath. An armachd ghleansach, na sgiathan a' boillsgeadh ann an dearg is dath an òir, na clogaidean a' tilleadh solas na gréine-sìthe. Abair sealladh.

Tha mi a' faireachdainn car robach an coimeas riutha. 'S ann ri m' thaobh a tha Gual Dubh a' coiseachd, a' giùlan an Fhachain air a druim. Tha na h-aislingichean Corcar nan Creag agus Cailc air ar cùlaibh.

Agus aig a' cheann thall, na carbadairean air an carbadan, leis na goireasan is luchd nam bàta. Chan fhaic mi bàtaichean air na carbadan, feumaidh gun do ghluais cuid-eigin chun na h-aibhne iad an-dé.

. . . . . . . . .

Tadhail air duilleag 291.

(O dhuilleag 290)

An déidh mìle no dhà de choiseachd, tha sinn a' ruigsinn beul na h-aibhne dìomhaire. Turas a chì mi e, tha mi a' tuigsinn carson nach robh fhios aig duine mu dhéidhinn gu ruige seo.

'S ann gu slaodach a tha an t-uisge a' sruthadh á glòm creagach. Tha meallan móra de dh'fhungasan cho tiugh ri craobhan a' còmhdachadh a dhà thaobh. Chan eil dad idir tarraingeach mu dhéidhinn. Taobh a-muigh a' ghlòim, tha an abhainn a' fàs fiù nas marbhanta, 's e a' sgaoileadh 'na boglach bhreun.

Tha leth-dhusan bàta ceangailte ri bruach na h-aibhne aig oir na boglaich. Chì mi na saighdearan a' sgaoileadh is a' tòiseachadh air na goireasan a chur air na bàtaichean. Tha Clach Ghorm agus Clach-Ghràin a' coiseachd air ais 'gar n-ionnsaigh. Tha an caiptean a' coimhead ann an sùilean Ghual Dubh. "Cha chuir duine sam bith dìmeas oirbh. Ma tha thu airson seo fhàgail ann an làmhan nan seann-eòlach."

Chì mi dréin a' tighinn air a' bhana-phrionnsa leis an fhalt dorcha. "Saoil am fàg mo mhàthair a' chùis seo ann an làmhan nan seann-eòlach?"

.........

Tadhail air duilleag 292.

(O dhuilleag 291)

Cluinnidh mi an caiptean a’ dèanamh gàire.

“Tha fhios a’m nach fhàg.  ’S ann ri taobh an iar-oifigeir agam a tha i ’marcachd an-dràsta fhéin.”

“Agus chan fhàg na mise.”

Chì mi an caiptean a’ cur fàilte oirre, a’ bualadh leth-dhòrn ri a bhroilleach.  “Cuir umad d’ armachd ma-thà, a bhana-phrionnsa.”

Tha Gual Dubh a’ tionndadh ris an aislingiche aice.  “A Chailc, an cuidich thu mi a’ toirt ar caraid far mo dhroma?” ’S ann gu socair a tha a’ bhana-phrionnsa a’ dol air a glùinean.

Tha am boireannach tana bàn leis an fhalt gheal a’ cuir a gàirdeanan mun cuairt air an fhear annasach.  Tha i a’ cur còmhla a làmhan fo leth-ghàirdean aig meadhan a bhroillich agus ’ga thogail suas ás a’ bhaga-droma.  Le gnùst, tha i ’ga chur sìos agus a’ cumail taic ris,  is e a’ cur a leth-chas air an talamh.

Cluinnidh mi am Fachan a’ leigeil cnead ás.  “Abair spòrs!” Tha e a’ dèanamh sìntean no dhà, a’ sìneadh amhaich o thaobh gu taobh.  “Bidh mi air ais ann an tiotag.  Annas orm dé th’ air cùlaibh nam balgan-buachair seo.”

. . . . . . . . .

Tadhail air duilleag 293.

(O dhuilleag 292)

Tha Gual Dubh a' tionndadh rium-sa. "Ma tha thu airson taic a chumail, feumaidh mi làmh-chuideachaidh a' cur orm m' armachd. Air neo cuiridh an caiptean cùramach againn dhachaigh mi leis na carbadan. Cuidichidh Cailc mi gun teagamh, ach 's fheàrr dithist."

Tha mi a' leantainn Gual Dubh agus an aislingiche aice air ais gu aon dhe na carbadan. Tha a' bhana-phrionnsa leis an fhalt dorcha a' slaodadh baga acainne ás a' chùil. Tha i 'ga leigeil air an talamh is 'ga fhosgladh.

An toiseach, tha i a' toirt dhith na brògan cofhurtail agus a' cur oirre bòtannan troma le lannan pràise orra. An uair sin, tha i a' tarraing a-mach nàdar de sheacaid le iallan is bucaill a' crochadh ris. Tha sinn 'ga iallachadh a-steach dhan t-seacaid armachd seo, agus a' bucallachadh dìon nan gàirdean is nan cas ris. 'S ann de leathair a tha an armachd coise, air a cheangal le iallan leathair taobh a-staigh na sliasaid. Cuidichidh Cailc i leis na h-iallain.

Seach mar an armachd agam-sa, tha clàran glùine agus dìonan-lurgainn aice.

. . . . . . . . .

Tadhail air duilleag 294.

(O dhuilleag 293)

Agus a bharrachd air sin, tha làn-armachd air a gàirdeanan – clàran umha calpaichte ri leathar air an ruighean agus gàirdeanan uachdarach agus eatarra, fàinne uilne glé shnasail a tha a' dol mun cuairt air an alt air fad.  Tha mi a' tomhadh riutha 's a' faighneachd, "Am b' e Aonghas a rinn iad seo?"

"Na coudières?" tha i ag ràdh, 's i a' gluasad a gàirdean ach am faic mi mar a tha armachd na h-uilne ag obair.  "Rinn.  'S ann àlainn a tha iad, nach eil?"

. . . . . . . . .

Tadhail air duilleag 295.

(O dhuilleag 294)

Tha sinn a' cuideachadh Gual Dubh le pìos uachdarach na
h-armachd leathair, 'ga togail thar a cinn is a guailnean agus a-nuas
an uair sin, is 'ga iallachadh air a dà thaobh.

Tha a' bhana-shìthiche leis an fhalt dorcha a' sìneadh, a'
gluasad mun cuairt is ag iarraidh orm na h-iallan air a' chois chlì a
theannadh beagan. Agus mu dheireadh thall, tha clogaid-bhonaide
umha a' dol air a ceann. Tha dìon-sròine agus lannan gruaidhe aig
a clogaid-se.

Air dòigh air chor-eigin, chan eil e 'na iongnadh dhomh 's i a'
cur oirre lann de stàilinn-shìthe. Tha i 'ga tarraing ás an truaill agus
a' gairm "An aire, iarann fuar!" Tha i 'ga h-altachadh, 'ga stobadh
an-siud agus 'ga sàthadh an-seo, a' làn-lùbadh a glùn 's i a' sìneadh
fad a ruighe. Tha an claidheamh aice beagan nas fhaide agus nas
taine na na claidheamhan duilleagach 's a th' aig càch.

"Snog," tha mi ag ràdh. "Rinn Aonghas glé mhath."

"Rinn. Tha mi 'ga ionndrainn."

"Tha 's mise."

.........

Tadhail air duilleag 296.

(O dhuilleag 295)

Cluinnidh mi an caiptean a' gairm air a' chuideachd a dhol air bòrd nam bàtaichean. An déidh gnùst no trì agus beagan plubadaich, 's na fireannaich is boireannaich a' putadh nam bàtaichean far a' bhruaich agus a' sreap a-steach annta air dòigh car cugallach, tha luchd nam bàta a' tòiseachadh air an iomradh ris an t-sruth slaodach.

Tha am Fachan 'na shuidhe ri taobh Chlach Ghorm anns a' chiad bhàta gus ar stiùireadh suas an abhainn. Tha Clach-Ghràin, an t-aislingiche, 'na shuidhe air an cùlaibh, leis an labhradair Ciad Trabhartain ri thaobh. Ceithir saighdearan eile, luchd a' bhàta agus sin e làn.

Tha Corcar nan Creag 'na suidhe ri m' thaobh anns an dàrna bàta. Chan eil am botal fiona aice ach leth-làn aig an ìre-sa. Tha Gual Dubh agus Cailc san aon bhàta còmhla rinn, agus barrachd shaighdearan.

'S ann ìseal os ar cionn a tha mullach creagach na h-aibhne. Feumaidh sinn crùbadh an-dràsta 's a-rithist ach a bharrachd air sin, chan eil dad a' tachairt is sinne a' dol suas an abhainn. Tha easan 'nar rathad, turas. 'Nan seasamh san uisge fhuar, tha fireannaich is boireannaich fo làn-armachd a' sìneadh suas bagaichean is bogsaichean o làmh gu làmh.

. . . . . . . . .

Tadhail air duilleag 297.

(O dhuilleag 296)

Tha sinn a' cumail taic ris na h-aislingichean is iad a' sreap suas air casan cugallach. An uair sin, tha grunn shaighdearan a' sreap suas nan ulpagan, is a' tarraing nam bàtaichean a tha falamh a-nis thairis air na creagan beaga, mu chóig troigh a dh'astar, le ròpannan.

Mu dheireadh thall, tha mullach na h-uamha a' dol an àirde agus tha an t-uisge fuar is dubh a' fàs leathann is balbh; ràinig sinn loch fon talamh. Nuair a ruigeas sinn meadhan an locha, tha am bàta anns a bheil mise a' turraban, mar gun do bhuail rud-eigin ris fon uisge. Ach ged a tha dealbhan de bhiastan-mara a' bualadh air m' inntinn, chan eil dad eile a' tachairt.

Cluinnidh mi fead os ìseal, mar anail air an uisge. Tha fear a' bhàta againne a' sgur dhen iomradh agus an déidh diog no dhà, tha sinn a' suathadh ris a' bhàta air ar beulaibh a tha 'na stad ann.

. . . . . . . . .

Tadhail air duilleag 298.

(O dhuilleag 297)

Aig oir an locha fon talamh seo, tha bearradh beag ag éirigh os ar cionn. "Seo e," tha am Fachan ag ràdh os ìseal anns a' bhàta eile.

"A bheil thu cinnteach?" tha Clach Ghorm a' freagairt.

"Gun teagamh sam bith," tha am fear beag annasach ag ràdh. "Gabh fàileadh dheth."

Tha mi a' dèanamh sin, agus gheibh mi fàileadh a' bhàis is an òtrachais dheth. Tha mi a' cur sùil nas géire agus chì mi cladach beag creagach aig bonn a' bhearraidh.

Chì mi cnàmhan is rudan eile a tha a' grodadh air feadh a' chladaich. Agus grunn chlaignean air a bheil coltas daonna. "Sin far an tilg iad an cuid sgudail," tha an caiptean ag ràdh. "A labhradair, faighnich dhe do bhràthair mar a tha ar companaich a' dèanamh far a bheil esan."

Tha an sìthiche leis an fhalt bhàn ag ràdh rud-eigin nach cluinn mi buileach far a bheil mi. An uair sin, tha e ag ràdh, "Seo 'n Dàrna Trabhartain, a' bruidhinn ás leth Ghorm-Leug. Tha gach rud mar bu chòir, tha sinn 'nar suidhe aig bàrr an tuill san trannsa tron chreig. Tha sinn deiseil airson ionnsaigh a thoirt nuair a gheibh sinn comharra."

. . . . . . . . .

Tadhail air duilleag 299.

(O dhuilleag 298)

Cluinnidh mi an caiptean ag ràdh, "A labhradair, innis dhaibh gu bheil sinne 'nar n-ionad a-bhos an-seo. Àithn orra ionnsaigh 'thoirt. Agus cuir 'nan cuimhne leigeil le cuid-eigin teicheadh. Cha bhiodh seo gu feum sam bith mur an gabh iad a' bhoiteag."

Agus beagan nas àirde an uair sin: "A shreapadairean! Suas am bearradh seo, cho sàmhach 's a ghabhas. Turas a bhios sibh gu h-àrd, ceanglaibh na ròpannan ri rud-eigin agus ìslichibh a-nuas thugainn iad. Cuiridh mi suas na fàraidhean ròpa, agus stéidhichidh sinn bunait an uair sin. Ma chì duine sam bith sibh – marbhaibh iad. No nas fheàrr buileach, nar fhaicear sibh anns a' chiad dol a-mach."

On a tha ìre de dhragh a' tighinn orm, tha mi a' togail mo ghuth. "An-dà, a Chaiptein – a bheil fhios aca gum bu chòir dhaibh sùil a chumail airson mo bhràthar? Chan eil beachd againn càit am bi e, san daingeann ud."

Tha Clach Ghorm a' stad tiotag. "Deagh-cheist."

. . . . . . . . .

Tadhail air duilleag 300.

(O dhuilleag 299)

Tha am Fachan ag ràdh, "Tha cèidse umha aig Glainne Ifrinn shìos an-seo, a chleachdas e mar tholl-dubh. Ceanglaidh e ròpa ri prìosanach uaireannan is leigidh e sìos dhan uisge iad. Iasgach, sin na chanas esan ris."

Tha mùig a' tighinn air aodann a' chaiptein. "Iasgach." Tha e a' bruidhinn ris na sreapadairean a-rithist an uair sin. "Ma chì sibh duine sam bith ach an duine-cloinne, marbhaibh iad. Ach air na h-uile cor, na marbhaibh an duine-cloinne."

Tha na ceithir saighdearan o bhàta a' chaiptein a' plubadaich chun a' chladaich agus a' tòiseachaidh suas am bearradh beag.

. . . . . . . . .

Tadhail air duilleag 310.

(O dhuilleag 284)

# CAIBIDEIL 21

(Madadhan na Tailme)

Tha mi a' faireachdainn mar nach d'fhuair mi ach priobadh a chadal nuair a tha fuaim dhrumaichean is phìoban 'gam reubadh ás mo chadal. Chì mi an t-iar-oifigear Gorm-Leug a' cluich druma agus tlachd craicte air aodann. Tha a cheann maol a' bogadaich ris a' cheòl. Agus tha Caiptein Clach Ghorm a' seinn na pìoba. Tha am falt aige a tha cho gorm ris an fheur a' stobadh an àirde agus 'ga fhàgail co-dhiù sia òirlich nas àirde. Agus cha bhunach e as aonais.

Mun cuairt an t-seòmair a tha iad a' dol is daoine ag éirigh á plaideachan is seidean. Tha cuid dhinn a' grad-éirigh ach tha feadhainn eile ag éirigh mar gun robh na mairbh ri aiseirigh. Tha an t-aislingiche agam, Corcar nan Creag, 'nam measg sin. Seo a' chiad turas a chunnaic mi i as aonais na sgarfa purpaidh aice, agus tha a falt 'na muing de chùrlagan flosgaidh purpaidh. Ach sin an aon rud a tha flosgaidh mu déidhinn sa mhadainn an-diugh.

Ann an ùine bheag is an dà oifigear 'gar fàgail, 's ann air ar casan a tha feachdan armaichte na Cùirte Beannaichte agus sinne a' gluasad tron chùirt-lios.

. . . . . . . . .

Tadhail air duilleag 302.

(O dhuilleag 301)

Air a' mhiodar chrotail fon chaisteal, tha biadh maidne sìmplidh air na sorchain.  Chì mi na ceudan de shìthichean, boireann is fireann, 'nan seasamh ann an sreath is a' ghrian-shìthe os ar cionn a' boillsgeadh is a' fàs nas soilleire.

Cluinnidh mi fireannach le guth àrd a' dol o àite gu àite agus ag éigheachd fios. "Éistibh! Éistibh! Thig crìoch air biadh na maidne ann an leth-choinneal! Cuiribh crìoch air ur biadh is cuiribh oirbh ur n-éideadh catha! Bidh sinn a' siubhal fo armachd; dèanaibh cinnteach nach ruig sibh caisteal an rìgh dhorcha agus a' cuimhneachadh air ur clogaid an uair sin! Falbhaidh 'n còmhlan ann an coinneal! Na cuiribh dàil air an fheachd a's a' bheil sibh! Luchd-cogaidh, tha àithne caisimeachd agaibh! Falbhaidh sibh còmhla ri carbadan nan goireasan a tha 'n ceannard agaibh a' draibheadh!" Tha am fear-gairm a' coiseachd a-null chun nan sorchan 's a' gabhail cròglach de rud agus a' toirt balgam ás eadar éigheachd nam brathan.

. . . . . . . . .

Tadhail air duilleag 303.

(O dhuilleag 302)

Tha an sreath aig na sorchain gu math luath agus cha leig mi a leas feitheamh a dhèanamh aig na bùird. Chan fhada gus am bi mi air mo bhrù a lìonadh le pìos de sgona, clàr càise agus boiseag dhe na measan air an dug mi "ùbhlan-sìthe." Tha an t-aislingiche Corcar nan Creag a' cur a botal dhan bhaga-ghuailne aice agus a' gabhail cuibhreann math de dh'aran is càise.

Nì sinn air a' charbad air a bheil an tailm cloiche. Tha bagaichean is bogsaichean anns a bheil stuthan eile air a' charbad cuideachd. Chì mi Clach-Mharbhail agus Ailbhinn an-sin mu thràth, an dithis aca le armachd na mailisidh orra agus clogaidean-bonaide umha air an cinn. 'S ann ri beartachadh eich-shìthe ris a' charbad a tha Ailbhinn aig an àm seo. Tha mi a' gabhail air làmh Chorcar nan Creag agus a' cumail làmh-chuideachaidh rithe 's ise a' sreap ri suidheachan a' charbaid.

Tha fiamh-ghàire bhrèagha a' tighinn oirre 's i a' toirt a botail ás a' bhaga-ghuailne aice. "Mòran taing, a fhleasgaich!" Chì mi a fiaclan gheala 's i a' gabhail greim á sgona.

Tha mi a' tionndadh air ais chun nan cuidichean agam. "Madainn mhath, 'illean! Tha mi 'n dòchas gun d'fhuair cuid-eigin agaibh greim air aon dhe na clogaidean dhomh-sa."

. . . . . . . . .

Tadhail air duilleag 304.

(O dhuilleag 303)

Mar a thachras, chuir Clach-Mharbhail armachd gu taobh dha Ailbhinn agus dhomh-sa. Tha mi a' toirt taing dha agus a' fosgladh mo bhaga an uair sin. "Ceum air ais, a shaoir – stàilinn-shìth' a tha seo." Tha mi a' toirt a-mach a' chlaidheimh a ghléidh mi dhan t-saighdear-sìthe leis an fhalt stiallach bhàn-dearg is gheal.

"M' fhacal, tha sin snog!" tha Clach-Mharbhail ag ràdh 's e a' tarraing pìos math dhen lann ás an truaill. Chì mi beagan toit a' snàmh tron adhar.

Tha an còrr dhe na cuidichean saighdeir agam fo armachd cuideachd ach chan eil sin a' cur bacadh orra, 's iad a' sgiabadh mun cuairt agus a' luchdadh a' chòrr dhen acainn agus ag ullachadh gu falbh.

Cluinnidh mi an t-aislingiche agam, am boireannach mór leis na cùrlagan purpaidh, a' leigeil sgiamh bheag gu h-obann. "Ìoc! Mo sgarfa-chinn!" Tha i a' cur leth-làmh air a falt.

"Chan eil tìd' againn!" tha Clach-Mharbhail ag ràdh. "Bidh 'n carbad seo sìos an rathad ann am mìle anail."

Tha sgraing air Corcar nan Creag fad greis, agus tha i a' gabhail balgam dhen fhìon an uair sin. "An-dà, tha m' fhalt 'na chròic," tha i ag ràdh.

. . . . . . . . .

Tadhail air duilleag 305.

(O dhuilleag 304)

"'S e cròic àlainn a th' ann," tha Ailbhinn ag éigheachd. Tha am falt liath aig cuidiche an t-saoir ann an dul stireagach air cùl a chinn.

Théid agam air m' armachd a chur orm, le beagan taic agus pailteas gàire o Chlach-Mharbhail agus dithis dhe na gillean aige. Tha mi a' gluasad mun cuairt ach an dig mi thuige agus a' cur sreang ris a' bhogha agam, agus a' tilgeil saighead no dhà air bogsa fiodha falamh. Dìreach na saighdean àbhaisteach leis na cinn umha. Chan e na saighdean sònraichte anns a bheil iarann. Cha stà dhomh càch a chur an cunnart.

Nuair a thig fuaim nan drumaichean is pìoban á àite air chor-eigin romhainn, tha sinn deiseil ri falbh. Beagan an déidh sin, tha an gairmear a' coiseachd seachad oirnn 's e ag éigheachd "Togaibh oirbh! Air adhart leis an t-sreath!" Tha an carbad againne, air a bheil an tailm, faisg air deireadh an t-sreatha. Tha Ailbhinn an Saor a' smeacadh na sréine agus tha an t-each-sìthe a' strì ris an acainn. Tha an t-aislingiche 'na suidhe ri thaobh air suidheachan a' charbad is am botal 'na làmh. 'S ann a' coiseachd a tha an còrr dhinn.

. . . . . . . . .

Tadhail air duilleag 306.

(O dhuilleag 305)

Tha an sreath a' gluasad ann an ceò de dhuslach a chuir casan nan saighdearan is nan each an àirde, agus cuibhlichean nan carbadan. Tha sinn air imrich a-nis. Cluinnidh mi guthan air ar beulaibh, a' togail fonn is sinne a' siubhal. Dìreach guth no dhà an toiseach, ach tha barrachd is barrachd a' dol an sàs ann an uair sin.

"Deich mìle bliadhna, saoghal a' ghealtair

'S deich mìle uair a chuireadh bàs air.

A làmh a' crathadh, a chridhe 'bualadh,

'S truime anam na beinn mhór.


Ma gheibh mi bàs an-diugh ri euchd

'S coingeis leam mo leòn 's m' eug.

Mo làmhan stòlda, mo chridhe calma,

Cho aotrom ri iteig m' anam-sa."


Tha am balla creige mar gun robh e mìle troigh a dh'àirde, 's sinne a' tighinn dlùth air. Chì mi ceann an t-sreatha a' dol á sealladh anns a' chlais dhuibh mu thràth far a bheil an toll a' dol a-steach dhan chreig.

. . . . . . . . .

Tadhail air duilleag 307.

(O dhuilleag 306)

Aig toiseach an t-sreatha tha Dearg-Sheud agus carbad nan ceannard, an t-iar-oifigear Gorm-Leug. An uair sin, tha dà dhusan dhen luchd-chogaidh as fheàrr aige. Còmhla riutha cuideachd tha labhradair, aonan de dhithis sìthiche a chluinneas smuaintean a chéile aig astar. 'S e Ciad Trabhartain no Dàrna Trabhartain an labhradair a th' againne. Chan eil mi ro eòlach orra agus chan aithnich mi aonan seach a chéile. Cumaidh an labhradair againn conaltradh eadar a' mhailisidh, agus Caiptean Clach Ghorm 's a chuid shaighdearan. Tha bràthair an labhradair an cois na cuideachd a bheir ionnsaigh rùin.

Tha badan de shìthichean anns a' chuideachd tòiseachail aig Gorm-Leug, a rinn a' chùis air an deuchainn dà throigh leis an stàilinn-shìthe. 'S e a' chiad obair a bhios aca, freiceadan na crìche aig Glainne Ifrinn a sgriosadh.

Thig ar n-obair fhìn, sgioba na tailm cloiche, ás a dhéidh sin. Bidh a' chiad chòmhrag seachad turas a théid sinne a-steach dhan toll anns a' chreig. Théid sinn suas an t-slighe chreagach a dh'ionnsaigh na machrach creagaiche far a bheil am freiceadan aig Glainne Ifrinn ri geàrd, 's iad air a sgriosadh mu thràth. Sin na tha 'nar dùil, co-dhiù.

. . . . . . . . .

Tadhail air duilleag 308.

(O dhuilleag 307)

Mar a tha an carbad a' dol tron trannsa, tha cuibhlichean a' charbaid sgrìobadh ris na ballachan cloiche garbha an-dràsta 's a-rithist.

Aon turas, tha mi an ìmpis an gàirdean-tilgeil a thoirt ás a chéile. Tha creag ro mhór an sàs os ar cionn anns a' mhullach. Chan eil e 'na dhuilgheadas do mharcaichean no coisichean, no fiù dhan chòrr dhe na carbadan. Ach cha mhór gu bheil gàirdean-tilgeil na tailme againn a' stobadh dìreach an àirde nuair a bhios an t-arm 'na thàmh. Tha a' chreag ud ag aomadh a-null uiread, 's gu bheil eagal orm gun sgrios e an tailm is sinne a' dol foidhpe.

Ach le taic chùramach an sgioba, théid againn air an gàirdean a lùbadh sìos, ìseal gu leòr airson a dhol seachad air.

Gu h-annasach, 's ann mar a bha sinn an dùil a tha a' chiad chòmhrag a' dol. Turas a ruigeas sgioba na tailm cloiche agam a' mhachair réidh chreagach aig bàrr a' bhearraidh, tha an daingeann crìche aig Glainne Ifrinn air a léir-sgriosadh. Bhàsaich móran gaisgich na Cùirte Neo-bheannaichte anns an t-sabaid.

. . . . . . . . .

Tadhail air duilleag 309.

(O dhuilleag 308)

A réir fathainn, leig Gorm-Leug le cuid nan gaisgeach teicheadh ás, ach an doireadh iad an naidheachd do Dhùn nan Sgàil. Tha sinn an dùil cuid dhe na feachdan aig Glainne Ifrinn a thàladh ás; fiù an rìgh dorcha e fhéin is dòcha.

Gu ruige seo, bhreugnaich na rinn sinn cóig ceud bliadhna de theòirig cogadh nan sìthichean. Tha sinn 'nar seasamh air an talamh aig Glainne Ifrinn le feachd armailteach mór. Agus chan eil sgeul air feachdan ath-neartachaidh na Cùirte Neo-bheannaichte. Saoil càit a bheil iad?

. . . . . . . . .

Tadhail air duilleag 322.

(O dhuilleag 300)

# CAIBIDEIL 22

(Madadhan na h-Ionnsaighe Dìomhaire)

An déidh greiseige bige gun chrìoch, tha ceithir fàraidhean ròpa ri aghaidh a' bhearraidh bhig. Tha Clach Ghorm a' fàgail a bhàta bhig agus a' dèanamh air a' mhol bheag. An uair sin, tha e a' tionndadh 'gar n-ionnsaigh. "Aislingichean, Fhachain. Chan urrainn dhuinn fuireach fon cheò seo nas fhaide. Ma thogras sibh, faodaidh sibh falbh leis an abhainn an-dràsta. A Chlach-Ghràin, mo thaing shònraichte dhut ach b' fheàrr leam nam falbhadh tu. Tha sabaid chruaidh romhainn agus chan eil thu cho sgiobalta 's a bha thu nuair a bhiodh brògan fir òig ort."

Chì mi dréin a' tighinn air a' bhodach-sìthe leis an fhalt liath 's an aodach nas léithe. 'S ann mar gu bheil ceannairc a' tighinn air fad diog. Ach tha e a' gnogadh a chinn an ceann greis. "Cha mhór gu bheil an t-uisge-beatha air teireachdainn orm co-dhiù."

Cluinnidh mi am Fachan ag ràdh, "B' fheàrr leam fuireach, ma tha mo charaid Cailc deònach mo ghiùlan air a druim. Tha mi eòlach air gach toll is fròg anns an tùr seo. Agus bhithinn coma ged am faicinn Glainne Ifrinn marbh, gu dearbha fhéin."

………

Tadhail air duilleag 311.

(O dhuilleag 310)

Neo-ar-thaing, nach eil aon seach aon dhe na h-aislingichean boireann airson falbh an déidh nam faclan ud. "'S urrainn dhomh-sa 'm baga-droma a ghiùlan cuideachd," cluinnidh mi Corcar nan Creag ag ràdh.

Tha mi cha mhór cinnteach, fad mòmaid bheag, gu bheil an caiptean a' dol a dh'àithneadh dhaibh falbh. Ach tha e a' casadh a shùilean an uair sin, is a' leigeil osna. Cha mhór gu bheil mi a' cluinntinn na tha 'na cheann... *Dà bhoireannach air am misg, cripleach agus balachan. Agus bana-phrionnsa. Ach tha am bodach a' tilleadh, air a' char as lugha.*

Tha Clach Ghorm ag ràdh an uair sin, "A ghobha − leig leis na saighdearan sa bhàta agad a dhol suas còmhla rium. Sreapaidh thusa ris a' bhearradh cho luath 's a bhios sinne aig a' bhàrr. Agus an còrr dhibh − thig gach neach aig nach bi làmh a's a' bhlàr suas mu dheireadh. 'S bidh tusa 'nam measg, a bhana-phrionnsa. An déidh dhan a h-uile saighdear a bhith shuas aig bàrr a' bhearraidh agus an acainn aca, sreapaidh tusa suas. AIG AN DEIREADH."

Cluinnidh mi Gual Dubh a' dèanamh snòitean. "Aig nach bi làmh sa bhlàr, mo thòin...."

. . . . . . . . .

Tadhail air duilleag 312.

(O dhuilleag 311)

Tha an caiptean a' sìneadh a làmh air ais dhan bhàta is a' toirt bogha goirid agus badan dhe na saighdean sònraichte ás. 'S ann gu bonn a' bhearraidh a tha e 'gan giùlan, agus 'gan ceangal ri ceann ròpa a tha crochte ri taobh nam fàraidhean ròpa.

Chì mi an sìthiche àrd leis a' chìr bhàin de ròin each air a chlogaid a' fàgail acainn an-sin is gu sàmhach cùramach a' tòiseachadh suas an fhàraidh ròpa.

Tha na ceithir saighdearan anns a' bhàta agam-sa a' dèanamh air a' mhol. Tha aonan dhiubh a' cur a chas ann am butarrais bhreun air chor-eigin 's ag ràdh, "Ìoc, abair fàileadh!" Ach 's ann fo ghuth a chanas e sin, agus chan eil duine 'ga fhreagairt. Chan fhada gus am bi iad uile aig ceann shuas nam fàraidhean, agus leis nach eil ùpraid sam bith a' dol gu h-àrd, tha mi a' dèanamh dheth gu bheil an ro-innleachd againn ag obair gu ruige seo.

. . . . . . . . .

Tadhail air duilleag 313.

(O dhuilleag 312)

Aig an àm seo, tha mi a' dèanamh air a' mhol bheag. Nuair a tha mi 'nam sheasamh air tìr, tha mi a' cur sreang ris a' bhogha ghoirid agam, a' cur mo choise troimhe agus a' cur m' adhbrainn ris a' cheann shìos dheth agus 'ga lùbadh gus an déid lùb na sreinge os cionn ceann eile a' bhogha. Tha mi a' coimhead air an ròpa ri taobh an fhàraidh fad diog. Ach tha mi a' cur mo phasgan dhe na saighdean sònraichte air mo dhruim, 's a' cur mo ghàirdeanan tro na h-iallan aige gus am bi e a' crochadh ri mo ghuailnean. Tha mi a' cur mo cheann eadar sreang is lurgann a' bhogha gus an laigh e ri m' amhaich air an dàrna taobh agus air mo leth-ghualann air an taobh eile.

'S ann air falbh a tha a' chiad bhàta leis an t-seann-aislingiche a-nis. Agus tha an dàrna bàta a' falbh astar on mhol agus a' leigeil acair, air eagal 's gum bi againn ratreut a ghabhail – ach tha mi an dòchas nach bi feum againn air sin! Chì mi dà bhàta eile a' tràghadh air a' mhol bheag. Tha barrachd shaighdearan a' tighinn air tìr, 's mi a' tòiseachadh suas am fàradh ròpa. Thathar a' tarraing acainn Chaiptean Clach Ghorm suas am bearradh leis an ròpa.

. . . . . . . . .

Tadhail air duilleag 314.

(O dhuilleag 313)

Nuair a ruigeas mi an rong as àirde aig an fhàradh, tha mi a' faighinn plathadh dhe na tha aig bàrr a' bhearraidh. Chan fhaic mi cus ach tònan shaighdearan. Tha an claidheamhan rùisgte agus an sgiathan ris an taobh thall uam. Feumaidh gur e seo na tha e a' ciallachadh a bhith "a' daingneachadh àite."

'S ann 'gam fhàgail car spàgach a tha am bogha agus an trusgan air mo dhruim. Ach gheibh mi seachad air oir a' bhearraidh le beagan fuaim. Tha mi a' cluinntinn cuid-eigin fodham a' leigeil séidean agus tha guth ìseal ag ràdh, "Fan sàmhach!"

Turas a bhios mi 'nam sheasamh aig bàrr a' bhearraidh, tha na saighdearan a' sreap suas nan trì ròpannan eile gu luath mar-thà. Chì mi ban-saighdear òg air mo chùlaibh. Fiù fo làn-armachd, chan eil i ach tiotan air dheireadh a' sreap suas an fhàraidh ròpa 'nam dhéidh. Tha e follaiseach gun d'fhuair na saighdearan aig Caiptean Clach Ghorm cothrom eòlas air sreap ionnsachadh roimhe.

Tha mi a' leantainn oir a' bhearraidh, a' lorg àite far am faic mi na tha taobh thall nan saighdearan.

. . . . . . . . .

Tadhail air duilleag 315.

(O dhuilleag 314)

Mu dheireadh thall, tha mi a' ruigsinn àite far am faic mi seachad air na saighdearan. Tha mi ag iarraidh sealladh clìor air duine sam bith a bhios am beachd tadhal air an ìoslach aig droch-àm.

Tha coltas uamha nàdarra air a' chuid as motha dhen àite seo, cho mór ri cathair-eaglais. Gu follaiseach, chaidh a' chlach a shnaidheadh 's a réidheadh ann an iomadh àite ach tha grunn chaiseanan-suidhe 'nan seasamh fhathast.

Mar a tha barrachd fhireannach is bhoireannach a' sreap suas nam fàraidhean, tha an sreath de shaighdearan a' dol 'na fhoirm catha gu luath. Tha iad uile a' coimhead a dh'ionnsaigh cheuman garbha a tha a' dol an àirde. Tha coltas seòmair a chaidh a shnaidheadh ás a' chreig fhéin le innealan a th' air an àite mun cuairt air na ceuman. Ar leam gun do thòisich cuid-eigin air ìoslach a chladhach agus gun do bhuail iad air an amar-snàmh a tha seo le tuiteamas.

A' sìneadh làmh thairis air mo ghualann, tha mi a' faireachdainn an claspa air trusgan nan saighdean. Théid agam air fhosgladh, agus greim fhaighinn air aon dhe na saighdean sònraichte agam fon chòmhdachadh.

. . . . . . . . .

Tadhail air duilleag 316.

(O dhuilleag 315)

'S ann aig oir thall nan saighdearan a tha an caiptean àrd leis a' chlogaid umha 's a' chìr de ròin each air. Chì mi Clach Ghorm 'na sheasamh ann gu fàth faiceallach. Tha a bhogha 'na làimh agus aon dhe na saighdean sònraichte deas ris. Tha miotag thana air a làimh chlì, agus tha coltas gu bheil sin a' toirt dìon gu leòr dha o bhuaidh na saighde leis an iarann 'na cheann-saighde.

Tha cèidse umha air a chùlaibh. Chì mi corp a' grodadh ann, agus tha mo chridhe a' stad tiotan. Ach aithnichidh mi air a mheud gur e inbheach a bh' ann, 's chan e mo bhràthair beag.

'S ann gu luath a tha barrachd shaighdearan-sìthe a' sreap suas, agus tha saighdear ri taobh gach fàraidh a' tarraing suas trusganan de shaighdean is acainn eile air ròpannan. Tha iad a' cur nan rudan seo ann an oisean thall na h-uamha, faisg air oir a' bhearraidh.

Mu dheireadh thall, tha an fheadhainn aig nach bi làmh anns a' bhlàr a' tighinn suas.

Chì mi am Fachan 'na bhaga-droma, 's e a' toinneamh gu socair aig ceann ròpa. Tha an labhradair, Ciad Trabhartain, a' sreap suas an fhàraidh ri thaobh.

. . . . . . . . .

Tadhail air duilleag 317.

(O dhuilleag 316)

Tha coltas gu bheil an dà bhan-aislingiche, Cailc agus an té leis
an sgarfa phurpaidh, Corcar nan Creag, a' fuarachadh á deoch. 'S
ann gu cùramach a tha iad a' sreap suas fàradh ròpa eile. 'S i Gual
Dubh a thig suas aig an fhìor-dheireadh; fiù fo làn-armachd tha i a'
sreap suas cho ealanta 's a rinn gin dhe na saighdearan.

Tha na bàtaichean uile air acair a-nis agus chan eil annta ach
luchd nam bàta a tha a' feitheamh oirnn. A dh'aindeoin cho mór 's
a tha ìoslach Dùn nan Sgàil, tha e a' fàs  dòmhail.

Chì mi am boireannach àrd leis a' mhuing de dh'fhalt cùrlach
purpaidh a' cur air gleus nan iallan ach am bi am baga-droma air a
druim gu cofhurtail.  "Nì sin an gnothach, càit a bheil an
siùbhlachan agam?" Tha i a' cromadh air a glùinean agus tha Cailc
a' togail an Fhachain 's 'ga chur dhan bhaga.

Tha Corcar nan Creag a' seasamh gu cùramach. "Chan eil thu
cho trom 's a bha dùil agam ris," tha i ag ràdh ris an duineachan.

Tha am Fachan a' freagairt ann an guth glé shàmhach. "'S ann
trom a tha casan is gàirdeanan. Tha fada cus dhiubh agad-sa."

. . . . . . . . .

Tadhail air duilleag 318.

(O dhuilleag 317)

Gu h-obann, cluinnidh sinn guthan on staidhre. "Cuiridh mi cóig làithean a dh'obair nam poitean-mùin an geall dhut nach mair an duine-cloinne seachdain eile…"

Tha foirm nan saighdearan againn a' fuireach gu tur sàmhach. Tha dà sgalaig leibideach a' tighinn am follais agus a' stad bog-balbh an-sin, tiotan ro fhada dhaibh-san. "Dìreach mar a bhith 'tilgeil air… coineanach," tha mi ag ràdh rium fhìn os ìseal, is a' leigeil sreang a' bhogha ás mo chorragan.

Tha mo shaighead a' bualadh air gualann a' chreutair bhochd seach a chridhe. Ach leis an iarann a tha am broinn ceann na saighde, chan eil e gu diofar sam bith. Cluinnidh mi an sìthiche a' leigeil sgreuch ás, is an lasraich a' sgaoileadh on leòn agus chan fhada gus nach eil dad air fhàgail dheth ach cuairteag de luath.

Tha an caiptean a' tilgeil saighead diog 'nam dhéidh, ach tha cuimse nas fheàrr aige. Tha a shaighead a' bualadh na sgalaige eile am meadhan a broillich agus tha e a' dol 'na charragh lasrach gun fhuaim.

Air an cùlaibh, tha an treas sgalag a' leigeil sgreuch ás, a' tionndadh mun cuairt is a' ruith suas an staidhre cho luath 's a th' aige.

………

Tadhail air duilleag 319.

(O dhuilleag 318)

"Fhuair iad lorg oirnn!" tha an caiptean ag éigheachd.  "A'
chiad bhuidheann, leanaibh mise, làrach nam bonn!  An dàrna 's
an treas buidheann, leanaibh ann an deagh-òrdugh."

Chì mi an sìthiche àrd leis a' chìr de ròin each bhàn air a
chlogaid a' dèanamh air an staidhre mu thràth.  Tha e a' tarraing
saighead eile ás agus 'ga gleusadh ris a' bhogha, 's e a' coiseachd.
Tha dusan saighdear 'ga leantainn ann an colbh thriùirean.  Tha
na claidheamhan a-mach 's na sgiathan an àirde aig gach aon
dhiubh.

Mus cuir e a' chas air a' chiad cheum, tha Clach Ghorm a'
tionndadh mun cuairt gu grad.  "A ghobha, a bhana-phrionnsa –
cumaibh aig a' chùlaibh, an fheadhainn nach gabh pàirt anns a'
bhlàir."

Leis na saighdearan uile 'ga leantainn gu dlùth, 's e beag an
cothrom air dad ach fuireach air an cùlaibh co-dhiù.

. . . . . . . . .

Tadhail air duilleag 320.

(O dhuilleag 319)

Turas nach eil saighdear sam bith air an staidhre tuilleadh, tha innleachd aig Gual Dubh 's mi fhìn. Falbhaidh ise air mo bheulaibh leis a claidheamh a-mach agus a sgiath an àirde. Bidh mise dìreach air a cùlaibh le mo bhogha 'nam làimh agus saighead shònraichte deiseil. Air an dòigh seo, dìonaidh a sgiath an dithis againn, agus is urrainn dhomh saighead a thilgeil thar a gualann ma bhios feum air seo.

Feumaidh mi a bhith glé fhaiceallach nach cuir mi saighead ann an cùl mo bhana-phrionnsa air mhearachd. Cuideachd, saoilidh mi gu bheil nàdar de nòisean agam rithe…

Tha sinn a' cur ceum air an staidhre, 's na daoine nach gabh pàirt anns a' bhlàr idir air ar cùlaibh. An déidh dusan ceum, tha sinn a' ruigsinn trannsa chumhang. 'S ann mu dheich ar fhichead troigh a dh'fhaid a tha e, agus tha staidhre eile aig a' cheann thall.

A' dol suas an trannsa, tha Gual Dubh a' bruidhinn rium thar a gualann. "Cuiridh mi geall gun deach sinn fo bhonn a' bhalla aig tùr Ghlainne Ifrinn an-dràsta fhéin."

"Ar leam gu bheil thu ceart," tha mi a' freagairt.

………

Tadhail air duilleag 321.

(O dhuilleag 320)

Tha sinn an ìmpis cas a chur air an dàrna staidhre, nuair a thòisicheas Corcar nan Creag air bruidhinn. "Tha mi a' faicinn – dàrna sealladh," tha i ag ràdh. "A' coimhead air Glainne Ifrinn… Tha fios aige gu bheil sinn an-seo. Bidh e a' dol a-steach do Dhùn nan Sgàil. Chì mi claignean, glainne dhubh agus teine." Tha atharrachadh a' tighinn air cruthachd a h-aodainn, 's a guth a' fàs nas doimhne. "Tha iad san ìoslach! A' cur ás dha na gillean agam!" – 's le a guth àbhaisteach – "Bàinidh, 's cuthach oillteil… Daingead! Chaill mi e. Tha mi anns a' cheò."

Cluinnidh mi Gual Dubh ag ràdh, "Dh'fhaoidte gu bheil sruth na h-aislinge sin tiotan air thoiseach no air dheireadh oirnn. Ach bidh an rìgh dorcha an-seo ann an ùine bheag."

"Chan eil sin gu diofar," freagraidh mi. "Ma thig e an-seo, cuiridh mi saighead ann. Mur am buail mo shaighead air, taomaidh an stàilinn-shìthe agad a lasair. Tiugainneamaid, suas an staidhre."

Aig cùl na buidhne bige againn, tha mi a' cluinntinn an labhradair leis an fhalt bhàn a' bruidhinn os ìseal. "Ciad Trabhartain, a' bruidhinn ás a leth fhéin. A bhràthair, fhuair an t-aislingiche againn sealladh air Glainne Ifrinn a' dol a-steach dhan tùr. Cuiribh stad air, ma théid agaibh air cothrom."

………

Tadhail air duilleag 335.

(O dhuilleag 309)

# CAIBIDEIL 23

(Madadhan na Tailme)

Chì mi na carbadan a' dol sìos an t-slighe le rumail, 's feachd na tìre a' mèarrsadh ri an taobh. Tha coltas gu bheil am magh creagach seo nas tiorma agus nas blàithe na an t-àite far a bheil an caisteal aig Dearg-Sheud agus tha coltas gu bheil a' ghrian-shìthe os ar cionn beagan nas deirge na an té a chì mise a ghnàth.

Mar a tha an colbh a' leantainn an droma chreagaich a-steach do thìr Ghlainne Ifrinn, 's ann as ìsle agus as fhliche a tha an ceàrn a' fàs. Chì mi badain de dh'fhungasan is balgain-bhuachair a' nochdadh agus chan eil an tìr coltach ri fàsach lom tuilleadh.

'S ann am priobadh na sùla a tha mi a' faicinn sgàil a' dol seachad, agus tha mi a' togail mo shùilean. Rud-eigin fada air a bheil coltas nathrach a' dol seachad air sgéith. Tha e a' dol cuairt os ar cionn aon turas agus a' sgiathalaich air falbh a dh'ionnsaigh druim creagach binneanach na tìre seo. Tha Clach-Mharbhail a' faicinn gu bheil mi a' coimhead air. "'S e nathair-sgiathach a th' ann," tha e ag ràdh. "Tha iad a' neadachadh air bearraidhean, gu sònraichte air stallachan no ann an uamhan beaga."

. . . . . . . . .

Tadhail air duilleag 323.

(O dhuilleag 322)

Tha a' mhailisidh a' coiseachd air rathad nach deach a chàradh o chionn fhada. Tha e a' lùbadh a-null 's a-nall is sinne a' dol seachad air fuarain theth is sluic de dh'eabar goil. Tha na carbadan a' leum 's a' luasganaich eadar claisean is tuill anns an rathad.

Fad air falbh uainn, tha spùt de thoit is uisge ag éirigh dhan adhar, le fuaim mar choire a' goil thairis. Tha fàileadh a' phronnaisg anns an adhar. Chì sinn ceò neònach a' laighe air an rathad o àm gu àm agus cluinnidh mi barrachd air aon neach-cogaidh a' casad anns an fhàileadh bhreun. Tha neul eile de cheò a' siabadh seachad oirnn 's a' cur deòir 'nam shùilean. Tha Ailbhinn, an saor, ag éigheachd rinn on charbad air a bheil e, "Tha mi 'smaointinn gur e brù làn de dhroch-fhàileadh a th' anns an dùthaich seo."

Chì sinn Corcar nan Creag, an t-aislingiche leis an fhalt phurpaidh chùrlach, a' togail a sròn. Tha i a' plapadh a làmh air beulaibh a h-aodann 's i a' tionndadh ris an fhear àrd a tha 'na shuidhe ri taobh air a' charbad. "Shaoil leam gur tus' a bha sin."

. . . . . . . . .

Tadhail air duilleag 324.

(O dhuilleag 323)

Tha an saor àrd a' tarraing saighead ás a chridhe, mas fhìor, 's a h-uile duine a' gàireachdainn. Tha am boireannach a' toirt tarraing bheag dhen fhalt chléigeach liath aige. "Chan eil mi 'tarraing asad, ach a chionn 's gu bheil nòisean agam dhìot," tha i ag ràdh. Chì mi Ailbhinn a' coimhead oirre. "Can sin a-rithist uair-eigin turas nach bi 'n deoch ort."

Tha i a' togail a' bhotail aice 's 'ga chrathadh, am balgam mu dheireadh dhen fhìon a' glugraich ann. A' togail an àirde a' bhotail, tha i 'ga thraoghadh. "Cuireamaid crìoch air a' chogadh seo 'n toiseach."

. . . . . . . . .

Tadhail air duilleag 325.

(O dhuilleag 324)

Mu dheireadh thall, chì sinn an tùr dubh air fàire. Tha an caisteal aig Glainne Ifrinn, Dùn nan Sgàil, 'na bhrugh anns an nòs àrsaidh. Chuala mi gun can cuid a dhaoine dùn Cruithneach ris a leithid a thùr. Air neo, brugh shìthichean aig amannan.

Tha Dùn nan Sgàil air meall creagach àrd. Tha an tùr fhéin mu cheud troigh a dh'àirde agus mu thrì fichead troigh 's a deich a leud. 'S ann dhen aon chreag 's a tha an tùr a chaidh an rìgh dorcha ainmeachadh air. Tha mullach-tughaidh biorach air. Agus tha clàr-amhairc aig bàrr an tùir. Chì mi creutairean beag bìodach 'nan seasamh air.

Tha Corcar nan Creag a' bruidhinn gu h-obann. "Tha mi a' faicinn… dà shealladh. A' coimhead airson Glainne Ifrinn… Tha fios aig na labhradairean aige gu bheil sinn an-seo. Tha e a' dol a-steach do Dhùn nan Sgàil. Chì mi claignean, glainne dhubh agus teine." Tha sgraing a' tighinn air a h-aodann 's tha a guth a' fàs nas doimhne. "Tha iad san ìoslach agam! A' cur ás dha na gillean!" Agus a' bruidhinn le a guth àbhaisteach an uair sin − "Cuthach, 's bàinidh dho-chreidsinneach. Daingead! Chaill mi e. Tha mi anns a' cheò a-rithist."

. . . . . . . . .

Tadhail air duilleag 326.

(O dhuilleag 325)

Cluinnidh mi Chlach-Mharbhail ri m' thaobh, 's guth riaraichte aige. "Seo 'nis, sin agad iad."

Tha mi a' tionndadh 's a' coimhead far a bheil esan a' tomhadh. Tha iad an-sin, gun teagamh sam bith. Tha na feachdan neo-bheannaichte aig Rìgh Glainne Ifrinn 'nan dian 'gar n-ionnsaigh.

Tha iad a' tighinn thugainn seachad air dà thaobh de mheall beag, an cuid airm gu h-àrd 's a' sgaladh aig àird an claignean. Tha mu mhìle slat eadarainn. Chì mi cuid air eich ach tha a' mhór-chuid dhiubh 'nan saighdearan coise.

. . . . . . . . .

Tadhail air duilleag 327.

(O dhuilleag 326)

Tha Gorm-Leug ag éigheachd àitheantan, ach 's gann gun cluinn mi e on cheann seo dhen t-sreath. Tha a' mhailisidh a' dol 'nan ceàrnagan agus a' rùsgadh an cuid claidheamhan air dòigh gu math snasail luath, 's tha sin a' toirt brosnachadh dhomh.

'S ann ris an aislingiche a tha mi a' bruidhinn an toiseach. "Corcar nan Creag. Chan eil dad ri chumail am falach againn aig an ìre-sa. Thoir leat an t-each, is marcaich air ais dhan toll sa chreig."

"Clach-Mharbhail; thoir an acainn far an eich. Nise, a chàirdean…"

"Daingead, fuirich ort!" Chì mi an t-aislingiche a' coimhead orm, gu math feargach.

Tha Clach-Mharbhail ri taobh an eich mu thràth, a' toirt dheth na h-acainn agus a' cur srian air a cheann. Tha e a' lùbadh an ròpa mu phìos creige.

………

Tadhail air duilleag 328.

(O dhuilleag 327)

Tha mi a' cumail mo làmh an àirde ron bhoireannach, 's chì mi i a' coimhead orm fo na mùigean.  "A chàirdean, feumaidh sinn an t-inneal seo ullachadh.  Tha rud no dhà againn dhan fheadhainn a tha 'tighinn 'gar n-ionnsaigh nach bi dùil aca ris.  Ach feumaidh sinn tilgeil mus bi iad ro fhaisg air ar sluagh fhéin."

"Nach duirt mi riut fuireach tiotag, daing ort?"  Tha guth gu math mór aig Corcar nan Creag 's an fhearg oirre.  "Cha dàinig mi rathad cho fada airson tionndadh mun cuairt 's tilleadh dhachaigh aig ciad phlathadh batail!"

Chì mi sgioba na tailm cloiche ag obair air an inneal mu thràth, a' tarraing a' ghàirdein air ais is a' tomhadh a' charbaid a tha gun each a-nis a dh'ionnsaigh 'nan saighdearan neo-bheannaichte a tha a' tighinn 'gar n-ionnsaigh.

"Chan eil armachd ort.  Chan eil claidheamh agad.  Agus tha 'n smùid ort fhathast."

"Chan eil orm ach smùideag bheag!  Agus 's e misgear a th' annam air a bheil fearg mhór.  Seo ma-thà!  Thoir dhomh bogha.  Tha mi cinnteach gu bheil mi nas dìrich' air mo shùil 's deagh-smùid orm na thu fhéin gun deoch sam bith.  A bharrachd air sin, ciamar a ghluaiseas tu a' chairt gun each agad?"

. . . . . . . . .

Tadhail air duilleag 329.

(O dhuilleag 328)

Chan eil tìde agam airson deasbad mar seo.

Tha mi a' toirt dhi mo bhogha fhéin. "An dèan thu 'chùis air deuchainn nan trì troighean?"

"'S mi 'nì!  – Ma dh'fhaoidte." Chan eil i buileach cho cinnteach aiste fhéin, gu h-obann.

"Ma bheir thu d' fhacal dhomh gun leum thu air d' each 's gum falbh thu cho luath 's a bhios an nàmhaid aig astar timcheall air cheud troigh, leigidh mi leat cuid dhe na saighdean sònraichte agam a thilgeil orra."

Tha mi a' sìneadh a-steach do thoiseach a' charbaid agus a' faighinn greim air trusgan de shaighdean, an fheadhainn shònraichte leis na cinn-shaighde anns a bheil iarann.  Tha mi a' cur nan trusgan air an talamh agus a' fosgladh a' ghlas.

"Gabh greim air saighead seo – agus air na chunna tu 'riamh, na bean an ceann-saighde ri pàirt sam bith dhe do bhodhaig. Iarann fuar, bi air d' aire!  Gum faic sinn dé cho fad 's a chumas tu greim air an t-saighead mus bi d' fhalt 'na theine."

Tha i a' togail saighead agus a' coimhead orm car sgeigeil. "Chan eil ann ach faoin-sgeul.  Cha chreid mi gun… ÌOC!"

. . . . . . . . .

Tadhail air duilleag 330.

(O dhuilleag 329)

Tha a sùilean a' fàs mór, 's riobhag de thoit ag éirigh ás a dòrn dùinte. Ach chan eil i a' leigeil ás na saighde.

"'S ann deiseil a tha 'n tailm cloiche!" cluinnidh mi Clach-Mharbhail ag éigheachd.

Tha mi a' sreap suas an carbad. "Bidh mi 'cur cóig punnd de ghràinean-catha dhan chuaich! An aire, a chàirdean, iarann fuar!"

Chì mi gach sìthiche a' leum far a' charbaid is a' seasamh gu taobh.

Tha mi a' fosgladh aon dhe na bogsaichean de ghràinean-catha agam, trì tarragan 's na cinn aca air an tàthadh ri chéile gus am bi iad mar thrì-chasach beag, agus tarrag eile a tha a' stobadh dìreach an àirde. Tha mi a' lìonadh na cuaiche tilgeil leis na rionnagan ceithir-rinneach seo a nì sgrios air ar nàimhdean.

"Tha 'chuach làn! Thoiribh sùil a bheil sibh ag amas air an àite cheart!" 'S ann nas fhaisge a tha an sluagh neo-bheannaichte a' tighinn, agus tha mi a-nis a' faicinn gaisgich fa leth seach meall maistreach.

. . . . . . . . .

Tadhail air duilleag 331.

(O dhuilleag 330)

Tha na gillean a' cuir an carbad air gleus beagan, a' togail cuibhlichean deiridh a' charbaid 's a' gabhail ceum no dhà dhan taobh deas. "Tha 'n t-amas math gu leòr a-nis, chanainn!" tha Ailbhinn, an saor, ag éigheachd.

"Rinn sinn astar 500 troigh le 5 punnd, nach do rinn?"

Cluinnidh mi giorag bheag a' tighinn air Clach-Mharbhail. "Rinn! Ach 's e creag a bha sin, chan eil fhios a'm dé cho fad 's a théid na rudan seo!"

"Deagh-phuing. Saoilidh mi gu bheil iad mu 600 troigh air falbh. Tha mi 'dol a tharraing an luamhain a-nis."

Cha mhór mar á beul a chéile, tha an criutha agam ag ràdh "Tarraing an luamhan!" Tha cuid-eigin, chan eil fhios agam có, ag ràdh "dèan sgoinn, mar-tha!" os ìseal.

Tha mi a' tarraing an luamhain agus tha an tailm cloiche a' bocadh beagan 's a ghàirdean a' sadadh air adhart. Chan urrainn dhomh gun a bhith ag athadh ach tha an t-inneal daingeann ris a' charbad. Tha e a' gluasad nas lugha na bha e nuair a sheas e air an talamh aig àm na ciad deuchainne.

. . . . . . . . .

Tadhail air duilleag 332.

(O dhuilleag 331)

Tha mi a' dol air beulaibh a' charbaid fhad 's a tha an sgioba a' tionndadh ri gnìomh 's ag ullachadh an tailm cloiche airson tilgeil eile. A' cur mo shùilean ann an dubhar le mo làmh, tha mi a' cumail sùil air na gràinean-catha 's iad ag itealaich tron adhar mar sgaoth de speachan móra.

'S ann beagan geàrr orra a tha sinn. Ach tha co-dhiù an dàrna leth dhe na gràinean-catha a' bualadh air an t-sluagh a tha a' tighinn 'gar n-ionnsaigh. Chì mi iomadh carragh lasrach ag éirigh dha na speuran agus tha sòradh a' tighinn air an ionnsaigh neo-bheannaichte.

Agus tha na h-airm bheaga de dh'iarann fuar 'gan sìor mharbhadh fiù an déidh dhaibh tuiteam air an talamh. Gach turas a chuireas sìtheach no fiù each-sìthe cas air aon dhe na tarragan iarainn agam, tha nàmhaid eile a' dol á bith ann an lasair. Tha buaidh aig an fheadhainn a thuit geàrr orra a-nis cuideachd, is an nàmhaid a' brùthadh air adhart tron raon far an do thuit iad an-siud 's an-seo.

Cluinnidh mi Clach-Mharbhail ag éigheachd "Deiseil leis an tailm chloiche!" 's an sgioba a' leum far a' charbaid ás ùr.

. . . . . . . . .

Tadhail air duilleag 333.

(O dhuilleag 332)

"Feumaidh sinn an t-amas ìsleachadh beagan. Chan eil tìde againn a ghleusadh, sleamhnaichibh leacag no dhà fo na cuibhlichean deiridh."

Chì mi na gillean a' togail cùl a' charbaid òirleach no dhà, fhad 's a tha an saighdear-sìthe leis an fhalt bhàn-dearg is gheal a' sleamhnachadh leacag no dhà foidhe. Tha mi a' fosgladh an dàrna bogsa de ghràinean-catha agam, agus 'gan cur anns a' chuaich fhad 's a tha an sgioba a' seasamh air ais beagan.

"Aislingiche – tilg an t-saighead ud nuair a lùigeas tu. Na buail air na daoine againn fhìn, mas urrainn dhut. Bidh mi 'tarraing an luamhain – a-nis!"

Tha Corcar nan Creag a' leigeil ás an t-saighead aice a dh'ionnsaigh nan gaisgich a tha a' tighinn 'gar n-ionnsaigh 'nan dian, agus tha an t-inneal a' bocadh a-rithist 's a ghàirdean a' sadadh air adhart.

"Sin na th' againn," tha mi ag éigheachd ris an sgioba. "Corcar nan Creag, am faigh mi mo bhogha air ais? Ailbhinn – Saoil an iarr thu air do bhràmair meadhan a' bhlàir fhàgail? A shaighdeara – rùisgibh na claidheamhan!"

. . . . . . . . .

Tadhail air duilleag 334.

(O duilleag 333)

Tha an t-aislingiche a' toirt dhomh mo bhogha 's tha mi a' tarraing an còrr dhe na saighdean sònraichte ás an trusgan agus a' stobadh na cinn aca anns an ùir.

Crùb thu fhéin, faigh greim air saighead, cuir ris an t-sreang e, tarraing an t-sreang is leig ás e. Agus an aon rud a-rithist. Tha e nas fhasa na a bhith a' sealg choineanach, oir cha bhi coineanaich a' tighinn thugad 'nam meall mar a tha na targaidean seo air mo bheulaibh. Tha e mar gum biodh e doirbh gun a bhith a' bualadh air targaid. Leis na carraighean lasrach a dh'éireas dha na speuran, chì mi gach targaid a bhuaileas mi air.

Chì mi an saor agus an t-aislingiche a' dìreadh air an each, 's tha an creutair ro-dheònach teicheadh on ùpraid seo. Tha iad a' marcachd ceud no dà cheud slat, agus a' tionndadh an uair sin 's a' coimhead air a' bhlàr.

Mus teirig na saighdean orm, tha an ionnsaigh neo-bheannaichte a' stad agus a' tionndadh ri teicheadh. A-rithist tha carraighean lasrach ag éirigh dha na speuran, 's iad ri ratreut gun òrdugh thairis air an aon raon far an do thuit na gràinean-catha agam.

………

Tadhail air duilleag 343.

(O dhuilleag 321)

# CAIBIDEIL 24

## (Madadhan na h-Ionnsaighe Dìomhaire)

Nuair a ruigeas sinn am bun-ùrlar, chan eil sgeul air a' Chaiptean agus na saighdearan aige. 'S e nàdar de sheòmar-stòrais a th' ann a-réir coltais, loma làn de phocannan is bogsaichean is mill de ghutramaid.

Tha mullach an t-seòmair seo air a dhèanamh de chroinn is déilean fiodha agus tha e a' cur iongnadh orm fad diog có ás a thàinig am fiodh seo. Chan fhaca mi fìor-chraobh on a thàinig mi a Thìr nan Sìthichean. Tha doras fiodha air an dàrna taobh dhen t-seòmar-stòrais chruinn seo cuideachd. Clòsaid is dòcha. Chì mi staidhre fiodha a' dol suas air taobh thall an t-seòmair.

Tha mi a' tionndadh air ais ris an Fhachan. "Dé tha os ar cionn?"

Tha e a' priobadh a leth-shùil agus a' tomhadh a leth-làmh ris an staidhre fhiodha aig oir an t-seòmair-stòrais.

. . . . . . . . .

Tadhail air duilleag 336.

(O dhuilleag 335)

(Madadhan na h-Ionnsaighe Dìomhaire)

Chì mi Corcar nan Creag 'ga carachadh fhéin beagan, 's am fear beag ag aomadh air adhart anns a' mhàla-droma. "Ma théid sinn suas an staidhre ud, bidh sinn aig cùl an talla mhóir aig Glainne Ifrinn. 'S ann air taobh thall an talla ud a tha 'm prìomh-dhoras a-steach. Tha e 'g iadhadh sìos tron bheàrn eadar am balla a-staigh agus am balla a-muigh, agus gu ruige a' gheata a-muigh aig a' cheann thall."

"Talla na rìgh-chathrach 's prìomh-dhoras. Tha mi agad. Agus dé tha os a chionn sin?"

. . . . . . . . .

Tadhail air duilleag 337.

(O dhuilleag 336)

(Madadhan na h-Ionnsaighe Dìomhaire)

Tha an duineachan a' coimhead an àirde, mar gun urrainn dha coimhead tro bhallachan is làran an dùin. "Tha staidhre fiodha eile aig taobh thall an talla mhóir, mar an staidhre seo. Tha e 'dol suas chun an treas làir – taighean-feachd nan gaisgeach, agus na seòmraichean aig Glainne Ifrinn. Agus tha taigh nan eun os cionn sin. Chan eil eòin ann idir, ach sin an t-ainm a th' air. Chanainn gur ann a-sin a bhios a' chèidse sa bheil do bhràthair, o nach fhaca sinn e anns an ìoslach. Chan eil dad os cionn taigh nan eun, ach tha fàradh a' dol suas chun a' chlàir-fhaire. 'S ann air a' mhullach a tha sin."

"Agus an doras beag seo, chan eil ann ach clòsaid, an e? A bheil mi ceart?"

Chì mi am Fachan a' coimhead a dh'ionnsaigh an dorais fhiodha air taobh thall an t-seòmair-stòrais seo. "An-dà. Chan e, sin doras nan searbhantan. Tha e 'dol am broinn a' bhalla chun a' chidsin, 's nan seòmraichean-obrach nach eil am broinn a' bhuirgh, ach ann an togalach a tha ri thaobh. Tha cròithean is gàrraidhean is rudan mar sin air an cùlaibh."

. . . . . . . . .

Tadhail air duilleag 338.

(O dhuilleag 337)

(Madadhan na h-Ionnsaighe Dìomhaire)

Tha mi a' coimhead air ais dhan duine bheag, a' cnuasachadh fhaclan. "A bheil thu 'g innse dhomh gu bheil an doras beag seo 'dol dìreach tron bhalla dhan taobh a-muigh? Gu bheil teans gun coisich Glainne Ifrinn tron doras seo uair sam bith? Agus cha do rinn an t-arm air fad againn, ach ruith seachad air?"

"An-dà, ma dh'fhaoidte gun cleachd e am prìomh-dhoras. Sin na nì e mar is trice; saoilidh mi gu bheil e dhen bheachd gu bheil doras nan searbhantan ro iriosal dha."

"Ò mo chreach 's a thàinig!"

Cluinnidh mi Ciad Trabhartain a' tòiseachadh air bruidhinn anns a' bhad sin fhéin. Tha an labhradair leis an fhalt bhuidhe ag ràdh, "Dàrna Trabhartain, a' bruidhinn ás leth Gorm-Leug. Ruith Glainne Ifrinn agus buidheann de ghaisgich a-staigh do thogalach beag air taobh clì a' bhuirgh an-dràsta fhéin. Cha deach iad tron phrìomh-dhoras idir. Cùm sùil, a Chaiptein!"

. . . . . . . . .

Tadhail air duilleag 339.

(O dhuilleag 338)

(Madadhan na h-Ionnsaighe Dìomhaire)

Cluinnidh mi Gual Dubh a' togail a guth gu h-obann. "Tha seo
dona," tha i ag ràdh. "Tha seo fìor-dhona. 'S urrainn dhan dithis
againn bacadh a chur orra fad greis. Ach tha rud-eigin an ìmpis
tòin Chlach Gorm a bhìdeadh."

Tha mi a' gnogadh mo chinn agus a' faighneachd dhen
Fhachan, "Nach dug thu an aon fhiosrachadh mun dùn dhaibh-san
's a thug thu dhomh-sa mionaid air ais?"

Chì mi an duineachan a' gnogadh a chinn, a cheann ag uideal
suas is sìos gu luath. "Ò thug! Ann an dearbh-uair a bha iomradh
air ionnsaigh mar seo, mìosan air ais. Ach dh'fhaoidte gun do
dhìochuimhnich mi mu dhoras nan searbhantan seo. Cha robh mi
shìos a-seo ro thric. 'S ann cruaidh orm a tha staidhrichean."

Tha mi a' toirt sùil fhiadhaich air an doras bheag fhiodha.
"Saoil am bac sinn e le rud-eigin?" Tha mi a' coimhead mun cuairt
an t-seòmair. Pocannan, bogsaichean beaga, badan de
dh'innealan. Rudan a' crochadh ris a' mhullach air a bheil coltas
luibhean. Chan fhaic mi dad a tha mór no trom; bheirinn saoghal
air m' inneau a bhith còmhla rium an-dràsta fhéin.

. . . . . . . . .

Tadhail air duilleag 340.

(O dhuilleag 339)

(Madadhan na h-Ionnsaighe Dìomhaire)

Tha mi a' coimhead ri Gual Dubh. "A bhana-phrionnsa, bidh againne 'n doras seo 'dhìon. Feumaidh sinn cuid-eigin a théid suas an staidhre cho luath 's a ghabhas, a dh'innseadh dha na saighdearan nach bi sinn leinn fhìn shìos a-seo ro fhada."

Chì mi a' bhan-aislingiche thana leis an fhalt bhàn a' togail a làmh. "Nì mise sin!" Chan eil ruith ach leum a th' aig Cailc suas an staidhre.

Tha Gual Dubh a' bruidhinn. "Air ais chun an ìoslaich le càch. Ma gheibh Glainne Ifrinn seachad oirnn, cha bhi dol ás agaibh ach na fàraidhean ud sìos chun nam bàtaichean. A-mach á seo leibh! Mur am mair sinn beò, innisibh dha mo mhàthair gu bheil gaol agam oirre."

Tha Corcar nan Creag a' coiseachd sìos na ceuman cho luath 's a th' aige leis an Fhachan trom air a guailnean. Tha Ciad Trabhartain a' faighinn greim air a gualann is ise a' sgiorradh ris a' bhalla. Chan fhada gus am bi iad á sealladh.

Tha mi a' coimhead air an doras bheag fhiodha a-rithist. Chan eil m' innean agam – ach dh'fhaoidte gu bheil òrd an-seo.

. . . . . . . . .

Tadhail air duilleag 341.

(O dhuilleag 340)

(Madadhan na h-Ionnsaighe Dìomhaire)

Chì mi innealan air sgeilpichean fiodha a tha ri taobh an dorais.
'S ann de dh'umha a tha iad uile mar a bhiodh dùil – sluasaid
bheag, tobha beag le cas ghoirid, sgianan beaga agus deamhais
umha. Agus thall an-sin, òrd.

"Bhuail rud orm, agus is mathaid gun cuir sin maille orra." Tha
mi a' tarraing truaill mo sgéine far mo chriosa agus a' faighinn
greim air an tarraig a tha fhathast 'na pòcaid bheag. An aon tarrag
a thug mi leam nuair a dh'fhàg mi mo dhachaigh o chionn fhada.
Tha mi a' cur gob na tarraige ri oir an dorais agus 'ga bualadh leis
an òrd grunn tursan, a' cur na tarraige iarainn làidir troimhe agus
a-steach dhan chòmhla trom air a chùlaibh.

Ás deidh sin, tha mi a' coimhead air Gual Dubh leis an
armachd ghleansach oirre, agus a claidheamh 's a sgiath an àirde.
An déidh greiseag fhada, tha i a' coimhead air ais orm an clàr m'
aodainn. Leis an dìon-sròine umha a th' air a' chlogaid aice, tha
coltas fiù nas doimhne agus nas dìomhaire air a sùilean na 's
àbhaist.

"Dé?" tha i ag ràdh gu grad.

Chan urrainn dhomh càil a dhèanamh mu dhéidhinn. Tha
braoisg mhór fiamh-ghàire a' tighinn orm. "Ar leam gu bheil gaol
agam riut," tha mi ag ràdh.

. . . . . . . . .

Tadhail air duilleag 342.

(O dhuilleag 341)

(Madadhan na h-Ionnsaighe Dìomhaire)

Cluinnidh mi i a' tòiseachadh air gàireachdainn. "Tha fhios a'm. Ach feuch is innis sin dhomh a-rithist uair-eigin nach eil sabaid ar beatha oirnn."

Tha i a' crùbadh beagan troighean air falbh on doras, a claidheamh deas na làimh agus a sgiath a' dìon an dithis againn. Tha mi a' cur saighead ris a' bhogha, 'nam sheasamh dìreach air a cùlaibh agus ag amas air an doras thairis air a gualann.

. . . . . . . . .

Tadhail air duilleag 345.

(O dhuilleag 334)

(Madadhan na Tailme)

Tha mi a' seasamh air suidheachan a' charbaid, le mo làmh os cionn mo shùilean leis cho soilleir 's a tha e. Fad air astar, chì mi grunnan a' marcachd a dh'ionnsaigh Dùn nan Sgàil. Tha Gorm-Leug agus trì dhe na feachdan aige a' caismeachd a dh'ionnsaigh an tùir dhuibh cuideachd. Ach 's ann soilleir a tha e gun ruig a' bhuidheann bheag de mharcaichean neo-bheannaichte an tùr an toiseach.

Tha mi a' tionndadh ri sgioba na tailme cloiche agam. "Cuiridh mi mìlsean na seachdain an geall gur e Glainne Ifrinn agus na h-àrd-cheannardan aig' a tha sin air an t-slighe air ais dhan tùr aca. Chan eil gràinean-catha air fhàgail againn, ach is urrainn dhuinn clachan a thilgeil fhathast. Saoil am bi dùil aige ri clach ás an adhair?"

. . . . . . . . .

Tadhail air duilleag 344.

343

(O dhuilleag 343)

(Madadhan na Tailme)

Tha e a' toirt greiseag an t-aislingiche 's an saor – agus an t-each – a ghairm air ais. Ás deidh sin, chì mi Clach-Mharbhail 's e a' cur an eich ann an uidheam. Tha Ailbhinn 'ga chuideachadh. Agus cluinnidh mi facal geur no dhà aig Corcar nan Creag mu dhéidhinn "daoine a chuireas daoine eile air falbh agus 'gan gairm air ais ceud anail 'na dhéidh sin."

Ach tha sinn air an rathad a-rithist ann an ùine bheag. Cluinnidh mi na balaich a' gabhail òran-sìthe air chor-eigin, an turas seo le uiread a dh'fhaclan àrsaidh nach tuig mi. Agus tha iad a' bualadh beum air aodann an cuid sgiathan le lannan an cuid chlaidheamhan eadar gach rann.

An uair a ruigeas sinn ann, tha Gorm-Leug 's a' mhailisidh air fad 'na sheasamh ann an sreathan, le beàrn eadar gach foirm a tha mu cheud troigh a leud. Cha mhór 's gu bheil iad 'nan seasamh ann an cearcall slàn mun cuairt air a' chnoc bheag air a bheil an tùr. Tha sinn a' stiùireadh a' charbaid gu beàrn eadar dà fhoirm agus a' toirt an uidheim far an eich a-rithist. Chan fhada gus am bi an tailm cloiche deiseil, 's a h-aghaidh ri Dùn nan Sgàil agus a gàirdean air ais, a' feitheamh cloiche.

. . . . . . . . .

Tadhail air duilleag 348.

(O dhuilleag 342)

(Madadhan na h-Ionnsaighe Dìomhaire)

Le brag, tha cuid-eigin a' bualadh ris an doras. Cluinnidh mi grunnan a' guidheachan agus tha iad a' bualadh ris ás ùr. Agus a-rithist, nas cruaidhe.

"Cha seas an doras beag seo buillean dhen t-seòrs' ud ro fhada," tha a' bhana-phrionnsa ag ràdh os ìseal.

"Tha fhios a'm. Bi deiseil," tha mi a' freagairt.

Anns a' mhionaid ud fhéin, tha rud-eigin trom a' bualadh an dorais agus tha e a' grad-fhosgladh le brag. Chì mi cruth san trannsa dorcha agus tha mi a' tilgeil mo shaigheid air.

'S ann iongantach a tha e dé cho soilleir a dh'fhàsas seòmar is sìthiche a' dol 'na charragh de theine ann. Tha mi a' priobadh mo shùilean leis cho deàrrsach 's a tha e. Cluinnidh mi cuid-eigin a' dearg-ghuidheachan san trannsa a-nis, agus tha mi a' sìneadh mo làimh thar mo ghualann airson saighead eile on trusgan. Ochd deug saigheadan agam fhathast. Saoil am bi mi beò fada gu leòr gus an tilgeil orra air fad?

. . . . . . . . .

Tadhail air duilleag 346.

(O dhuilleag 345)

(Madadhan na h-Ionnsaighe Dìomhaire)

Chì mi rud-eigin a’ gluasad sìos an trannsa. Chaidh a theagasg dhomh gun a bhith ag amas air rud a tha a’ gluasad gun chinnt dé th’ ann. Ach tha mi gu math cinnteach nach eil an riaghailt seo iomchaidh anns an t-suidheachadh seo. Tha mi a’ tilgeil saighead eile ach chan eil e a’ bualadh air duine. Chan eil carragh teine a’ soillseachadh an dorchadais.

Tha mi airson greim fhaighinn air saighead eile nuair a chluinneas mi bòtannan a’ stampadh ’gar n-ionnsaigh. Tha cuid-eigin ’na dheann-ruith tron doras, agus chan eil tìde gu leòr agam saighead a chur ris an t-sreing.

Ach tha a’ bhana-phrionnsa ag aomadh air adhart, a’ togail a sgéithe beagan ’s i a’ sadadh a’ chlaidheimh de stàilinn-shìthe aice air ionnsaigh. Tha lasairean a’ dannsadh air an sgiath ’s ise a’ seasamh air a sàilean a-rithist.

“Math a rinn thu,” tha mi ag ràdh.

“Mòran taing. Chan eil thu dona leis na saighdean a bharrachd,” tha i a’ freagairt.

. . . . . . . . .

Tadhail air duilleag 347.

(O dhuilleag 346)

(Madadhan na h-Ionnsaighe Dìomhaire)

Mar a tha mi a' sìneadh mo làmh air ais airson saighead eile, tha saighead ag itealaich thugainn fhìn. Cluinnidh mi e a' bualadh ris an sgéith aig Gual Dubh, ise a' leigeil fais, is a' grad-tarraing anail. "Ail is breò, murt! Tha sin goirt!" tha i ag ràdh os ìseal. "Mo mhallachd air!"

"A bheil thu ceart gu leòr?" tha mi a' faighneachd le éiginn 'nam ghuth.

"Chaidh e tro mo ghàirdean sgéithe. Mairidh mi beò. Ma-thà, mas e sin an rud as miosa a thachras rium an-diugh, co-dhiù."

Aig bàrr na staidhre, tha mi a' cluinntinn an labhradair. "Seo Dàrna Trabhartain, a' bruidhinn ás leth Ghorm-Leug. An lean sinn Glainne Ifrinn dhan togalach bheag?"

Cluinnidh mi Gual Dubh ag ràdh, "Seadh! Bheir iad aire do chùisean eile!" Tha mi ag éigheachd ris an labhradair leis an fhalt bhàn, "Gu dearbh! Deagh-bheachd, air leth fhéin!"

. . . . . . . . .

Tadhail air duilleag 351.

(O dhuilleag 344)

(Madadhan na Tailme)

Fhad 's a tha na balaich ag ullachadh an inneil, tha mise a' cruinneachadh leth-dhusan clach. Tha gach aon beagan nas lugha na ceann agus tha mu dheich punnd a chuideam ann. Far a bheil sinne, tha sinn mu 300 troigh air falbh on tùr. Saoilidh mi gun déid aig an tailm clachan a thilgeil cho fada sin gun duilgheadas sam bith.

Nuair a chluinneas mi Clach-Mharbhaill a' gairm, "'S ann deiseil a tha an tailm cloiche!" tha mi a' giùlan aon dhe na clachan gu cùl a' charbaid. Tha mi 'ga cur sìos an-sin 's na sìthichean uile – ach Chlach-Mharbhail – a' leumadh sìos. "Am faod mise 'n luamhan a tharraing an turas seo?" tha e a' faighneachd.

Tha mi a' gnogadh mo chinn ris. "Gun teagamh sam bith, faodaidh!" Tha mi a' gabhail ceum air ais agus a' coimhead seachad air an inneal, a' leantainn loidhne dhìreach 'nam inntinn eadar an gàirdean agus an tùr. "Faodaidh tu 'tharraing a-nis."

. . . . . . . . .

Tadhail air duilleag 349.

(O dhuilleag 348)

(Madadhan na Tailme)

Tha e a' coimhead a dh'ionnsaigh an tùir, agus bàrr a theanga a' stobadh a-mach á oisean a bheòil. Chì mi gu bheil e fhéin a' feuchainn ri tuairmeas a dhèanamh air an t-slighe cuideachd… agus tha e a' tarraing an luamhain an uair sin 's tha an t-inneal a' bocadaich!

Tha a' chlach a' bualadh air an tùr. 'S ann mu letheach slighe suas am balla a bhuail e agus tha sin ceart gu leòr. Ach cha mhór gun deach e seachad air, 's e fada clì air meadhan an tùir.

………

Tadhail air duilleag 350.

(O dhuilleag 349)

(Madadhan na Tailme)

Le taic uam fhìn, tha na balaich a’ gluasad cùl a’ charbaid mu thrì òirlich chun taoibh chlì agus tha mi a’ faighinn clach eile ’s iad ag ullachadh an inneil.

“Có thàirngeas an luamhan an turas seo?” tha mi a’ faighneachd, ’s mi a’ cur na cloiche air cùl a’ charbaid.

Có eile?  Am boireannach mór leis an fhalt phurpaidh, Corcar nan Creag.  Tha i a’ tarraing an luamhain agus a’ leigeil sgreuch mar gum b’ e caointeach a bhiodh innte.

Tha gach aon a’ faighinn cothrom air a tharraing.  Fiù an saor leis an fhalt liath, Ailbhinn.

Nuair a tha sinn a’ dol cuairt an treas turas, chì sinn bratach gheal a’ snàmh anns a’ ghaoith os cionn a’ chlàir-fhaire aig bàrr Dùn nan Sgàil.

. . . . . . . . .

Tadhail air duilleag 362.

(O dhuilleag 347)

# CAIBIDEIL 25

(Madadhan na h-Ionnsaighe Dìomhaire)

Tha saighead eile a' tighinn a-mach ás an trannsa dorcha, ach tha e a' dol seachad oirnn. "Càit fon ghréin a tha Clach Ghorm?" tha mi a' priomasal rium fhìn.

Chì mi rud-eigin a' gluasad anns an trannsa agus chan eil sòradh orm an turas seo. Tha mi a' leigeil sreang a' bhogha ás mo chorragan agus tha balla lasrach ag éirigh romhainn anns an dorchadas. Barrachd air aon sìthiche, chanainn; feumaidh gun deach an t-saighead tro dhithis dhiubh. Tha mi tuilleadh 's pròiseil asam fhìn, ged nach do bhuail mi air dithis a dh'aona-ghnothach.

Cluinnidh mi guth. "An tus' a th' ann, a ghobha? Tha fhios, nach e càirdean cridhe a th' air a bhith annainn on chiad latha. Saoil a bheil cothrom cùisean a réiteachadh eadarainn? Leig leam a thighinn a-mach, feuch an dèan sinn conaltradh."

'S e Glainne Ifrinn a th' ann.

. . . . . . . . .

Tadhail air duilleag 352.

(O dhuilleag 351)

(Madadhan na h-Ionnsaighe Dìomhaire)

"Thoir thu mo bhràthair fo bhruid," tha mi ag éigheachd a dh'ionnsaigh an dorchadais. "Chan eil cothrom réiteachaidh an déidh gnìomh mar sin."

Cluinnidh mi an rìgh dorcha ri gàireachdainn. "Och, cha robh ann ach fealla-dhà 'chaidh triullainn. Cha deach a dhochainn, agus gheibh thu air ais e. Cha leig thusa 'leas ach mo dhùn a thilleadh dhomh. Till thugam e. THOIR DHOMH-SA MO DHÙN!"

Tha  sinn a' cluinntinn fuaim mhór am bad-eigin os ar cionn. Tha coltas gu bheil creag a' bualadh ri balla a' bhruich. Saoil a bheil Clach-Mharbhail a' cleachdadh na tailm cloiche an déidh a h-uile càil?

"'S mathaid gur e mo dhùn-s' a th' ann a-nis!" tha mi ag éigheachd.

"Chan e, ma 's ann beò 'tha thu 'g iarraidh do bhràthar. Cha do shaoil thu gur ann a-seo a bha mi 'ga chumail, an robh? A bheil thu dhen bheachd gur e dearg-amadan a th' annam? Chan fhaigh thu lorg air gu sìorraidh bràth ás m' aonais."

. . . . . . . . .

Tadhail air duilleag 353.

(O dhuilleag 352)

(Madadhan na h-Ionnsaighe Dìomhaire)

Tha a' bhana-phrionnsa Gual Dubh a' cagar 'nam chluais. "Na bi earbsa agad ann. 'S e fear nam breug is nan cleas a th' ann, chan eil ann an olcas ach dibheirsean, 'na bheachd-san."

"Tha seo 'na chùis-bhùirt," tha rìgh nan sìthichean ag ràdh, le priomasal 'na ghuth. "'S ann do-chreidsinneach a tha seo. 'S e dunaidh dhàmaint' a tha seo!"

Cluinnidh sinn fuaim mhór gu h-àrd os ar cionn. Mar clach eile a' bualadh ri balla an tùir.

Tha Glainne Ifrinn a' leigeil ulfhart ás, raoic caothaich. "DHOMH-SA MO DHÙN!" Tha e a' sgreuchail a-nis.

. . . . . . . . .

Tadhail air duilleag 354.

(O duilleag 353)

(Madadhan na h-Ionnsaighe Dìomhaire)

Tha mi air a bhith a' dùr-choimhead dhan dorchadas agus saoil… ma dh'fhaoidte. Tha mi a' leigeil sreang a' bhogha far mo chorragan agus gu h-obann, tha rìgh dorcha na Cùirte Neo-bheannaichte ri fhaicinn, sgàil-riochd air dhath cròidh is guail san dorchadas. Tha e mar grìosach na ceàrdaich, is iad a' biorgadaich ás. Tha e a' greimeachadh a bhroillich agus an uair sin a' leigeil ás sgreuch gun fhaclan agus a' tuiteam air an ùrlar, a' dol car mu char gus am bi na lasan ag éirigh gu h-àrd.

………

Tadhail air duilleag 355.

(O dhuilleag 354)

(Madadhan na h-Ionnsaighe Dìomhaire)

'S ann mu cheud anail an déidh sin a tha an caiptean agus na saighdearan aige a' tighinn sìos an staidhre.

Tha iad a' gluasad gu sgiobalta ach gu cùramach, na sgiathan is airm aca ris. Cluinnidh mi Gual Dubh a' tòiseachadh air cneadadh 's a gàirdean 'ga cràdhadh leis an t-saighead a chaidh tron sgéith aice is a-steach dhan ghàirdean aice.

"'S ann marbh a tha Glainne Ifrinn," tha mi ag ràdh. "Tha Gorm-Leug agus a' mhailisidh 'toirt ionnsaigh air an togalach aig ceann thall na trannsa seo. Ma dhùineas sibh an doras seo, bidh na gaisgich an sàs ann."

Tha neònachas a' tighinn air aodann an t-sìthiche àird leis a' chlogaid umha air a bheil a' chìr de dh'fhalt each. Chì mi fiamh-ghàire, 's e a' coimhead sìos an trannsa. "Ribe, an e?" tha e ag ràdh gu sunndach. Agus tha e a' grad-choimhead orm an uair sin. "Fuirich, an tuirt thu gu bheil Glainne Ifrinn marbh? A bheil thu cinnteach? A bheil a' bhana-phrionnsa ceart gu leòr? Ò, agus lorg sinn do bhràthair ann an cèidse air an ùrlar as àirde. Tha an t-eagal air, ach chan eil càil ceàrr air. Chan eil nàmhaid sam bith air fhàgail anns a' chòrr dhen bhroch."

. . . . . . . . .

Tadhail air duilleag 356.

(O dhuilleag 355)

(Madadhan na h-Ionnsaighe Dìomhaire)

"Ar leam gun do bhuannaich sinn an cogadh ma-thà. Glé mhath," tha mi ag ràdh aig an aon àm 's a tha fuaim mhór eile a' seirm tron bhorgh. "Ist, an iarr sinn air na balaich ud sgur dhen a bhith a' tilgeil clachan? Tha iad a' dèanamh sgrios air an daingeann agam."

Chì mi an caiptean a' tionndadh ris na saighdearan. "Gun cuireadh cuid-eigin bratach gheal suas. No cuiribh teachdaireachd leis an labhradair. Dèanaibh an dà chuid! A-réir coltais, chaidh aig Gorm-Leug an tailm cloiche a chur gu dol, ach feumaidh iad stad a-nis. Agus faighibh greim air saighdear aig a bheil acainn leighis. Tha saighead tro ghàirdean na Bana-phrionnsa Gual Dubh."

Tha mi eadar dà bheachd, bu mhath leam fuireach còmhla ri Gual Dubh ach feumaidh mi mo bhràthair fhaicinn.

Mu dheireadh thall tha Clach Ghorm 'gam chur air falbh. Tha e a' tomhadh ri aon dhe na saighdearan aige – "Thusa, stiùirich an gobha suas an staidhre." A' tionndadh air ais rium-sa, tha e a' leantainn air. "'S e cèidse umh' a th' ann, ach bha sinn ann an cabhag agus cha do dh'fhosgail sinn e. Bha coltas gun robh sibh ann an staing shìos a-seo. Ach chan iongnadh gun robh a h-uile rud fo smachd agad, bhiodh dùil agam ris."

………

Tadhail air duilleag 357.

(O dhuilleag 356)

(Madadhan na h-Ionnsaighe Dìomhaire)

Tha mi a' fàgail a' bhogha ghoirid agam ann, ach a' toirt leam an ùird.

Cha mhór gu bheil an òrrais orm 's mi a' dol suas an staidhre a dh'ionnsaigh talla an rìgh leis an t-saighdear ri m' thaobh. 'S e talla mór cruinn a th' aig bonn an t-sluic anns an éirich an ceò, a' fàgail an togalaich tron mhullach-tughaidh gu h-àrd. 'S ann mu dhà fhichead troigh a leud a tha e.

Tha sinn a' faicinn cuirp 'nan laighe air ùrlar talla an rìgh, co-dhiù dusan dhiubh. Tha coltas gun deach grunnan dhiubh a thilgeil far nan ùrlaran nas àirde, agus gun do bhuail iad ris an ùrlar gu cruaidh. 'S ann air feadh an àite a tha sinn a' faicinn gaorr. Chì mi teine anns a' chreasaid, agus tha sinn fortanach nach do thuit duine sam bith ann. 'S e déilean troma fiodha a th' anns an ùrlar. Ach rachadh fiù 's sin 'na theine nan dòirteadh a' chreasaid air.

. . . . . . . . .

Tadhail air duilleag 358.

(O dhuilleag 357)

(Madadhan na h-Ionnsaighe Dìomhaire)

Chì mi, is sinne a' sreap an àirde, gun deach trì ùrlaran eile a thogail mar fhàinneachan, ag iadhadh an t-sluic fhosgailte anns a' mheadhan far a bheil an ceò ag éirigh suas chun a' mhullaich-thughaidh. Feumaidh gu bheil am mullach co-dhiù leth-cheud troigh os cionn ùrlar talla an rìgh. Chan eil Dùn nan Sgàil cho mór ris a' chaisteal aig Dearg-Sheud, uile gu léir. Ach a dh'aindeoin sin, tha e drùidhteach agus eagalach.

An déidh trì staidhrichean, tha sinn air an làr as àirde. Tha an làr seo nas lugha na càch leis gu bheil an tùr a' fàs tana aig a' bhàrr. Tha fàradh agus saitse os ar cionn, a' comharradh far a bheil an t-ùrlar faire a-réir coltais.

"Tha ochdnar no deichnear dhiubh gu h-àrd a-sin," tha an saighdear ag ràdh 's e a' tomhadh suas. "An déidh do dhithis dhiubh bàsachadh 's iad a' teàrnadh an fhàraidh ud a dhèanamh sabaid rinn, ghéill càch. Thug sinn bratach gheal dhaibh an uair sin is dh'iarr sinn orra 'sméideadh ris an tailm chloiche mhallaichte ud."

"Seadh, deagh-bheachd, ach càit a bheil mo bhràthair?"

. . . . . . . . .

Tadhail air duilleag 359.

(O dhuilleag 358)

(Madadhan na h-Ionnsaighe Dìomhaire)

Cluinnidh mi an uair sin a ghuth a' tighinn á oisean dorcha air cùlaibh cùirn mhóir de sheann-aodach. "A Mhadadhain? An tus' a th' ann an da-rìribh?"

Tha éigh ag éirigh o m' bhilean. "Uilleim! Tha mi 'seo! Bheil thu ceart gu leòr?"

"A Mhadadhain!"

Tha mi a' dèanamh mo shlighe tron sgudal agus chì mi cèidse nan eun − agus Uilleam. Tha e a' tòiseachadh air rànaich, nuair a chì e mi. 'S dòcha gu bheil mi fhìn a' sileadh deur no dhà cuideachd, is ar gàirdeanan mu thimcheall a chéile tro na bàraichean.

Mu dheireadh thall, tha mi a' tarraing air ais agus a' suathadh mo shùilean cho math 's urrainn dhomh le muinchillean de leathar is umha. 'S ann salach a tha am balach, agus aodann dearg is sgreabach. Tha spliug ri a shrón. Cha robh gaol cho mór agam air a-riamh roimhe.

Tha mi a' sealltainn an ùird dha. "Seas air ais, a laochain. Is cuir do chorragan 'nad chluasan. Leigidh mi ás an rud seo thu."

. . . . . . . . .

Tadhail air duilleag 360.

(O dhuilleag 359)

(Madadhan na h-Ionnsaighe Dìomhaire)

Tha mi a' dol ris gu cruaidh leis an òrd, agus ann an ùine bheag tha aon chèidse nas lugha ann an Dùn nan Sgàil. Tha Uilleam 's mi fhìn a' glacadh 's a' pògadh a chéile a-rithist agus tha mi 'ga stiùireadh sìos staidhre an uair sin. 'S ann an-sin a tha an saighdear fhathast, a' cumail sùil air an fhàradh is air an t-saitse – "Dìreach air eagal 's gum fàs iad ro bhras a-rithist." Tha e a' tomhadh an àirde le òrdag.

Mar a tha sinn a' dol tro thalla an rìgh, chì mi mo bhràthair a' coimhead air na gaisgich mharbha an sin. "A bheil an rìgh dona marbh?"

Tha mi 'ga ghlacadh gu teann ás ùr. "Tha. Mharbh mi Glainne Ifrinn le mo shaighead fhéin, o mo bhogha fhéin. Agus chunnaic mi e 'dol 'na theine Ifrinn."

"Glan," tha am balach ag ràdh.

Tha mi a' cur mo làmh air a ghualann agus 'ga stiùireadh a dh'ionnsaigh na staidhre. "Tiugainn, bu toigh leam do chur an aithne cuid-eigin."

. . . . . . . . .

Tadhail air duilleag 361.

(O dhuilleag 360)

(Madadhan na h-Ionnsaighe Dìomhaire)

Ach chan eil Gual Dubh anns an t-seòmar stòrais idir. Tha saighdear 'gam stiùireadh a dh'ionnsaigh doras beag fiodha nan searbhantan agus ag ràdh "Thug iad a-mach i gu àite far a bheil an solas nas fheàrr airson a leigheasadh. Falbh tron doras gun dragh — cha b' e ruith ach leum le "laochain mhóra" Ghlainne Ifrinn a' géilleadh nuair a chunnaic iad e a' falbh leis a' ghaoith."

Ach a dh'aindeoin sin, tha mi a' togail mo bhogha 's a' toirt leam badan dhe na saighdean sònraichte agam.

. . . . . . . . .

Tadhail air duilleag 367.

(O dhuilleag 350)

(Madadhan na Tailme)

An déidh dhan bhrataich ghil a' dol an àirde, tha sinn a' cur an eich fo uidheam a-rithist.  Tha i a' strì rium beagan nuair a thàirngeas mi air an t-sréin; lorg i badan no dhà de chrotal buidhe airson criomag ithe.  Ach an déidh dhomh làn mo dhùirn a spìonadh ás is a thoirt dhi − agus tachais air cùlaibh a cluaise − tha i deònach gu leòr a-rithist a thilleadh a dh'obair.

A-rithist, 's ann a' dràibheadh a' charbaid a tha Ailbhinn, agus tha Corcar nan Creag 'na suidhe ri thaobh.  Chan eil duine sam bith deònach a h-àite iarraidh, 's i 'na galla dearg nuair a bhios an deoch oirre.

Tha an còrr dhinn a' caismeachd a dh'ionnsaigh an àite far am faca sinn Gorm-Leug an turas mu dheireadh.  Ma tha fios aig duine mu na tha a' tachairt, bidh aig an iar-oifigear.

Nuair a bhios sinn dlùth air carbad nan oifigearan, chì mi Bànrigh Dearg-Sheud ann an leabaidh a' charbaid air a glùinean. Tha Caiptean Clach Ghorm agus an t-iar-oifigear Gorm-Leug 'nan seasamh faisg air làimh.  Chì mi sluagh beag cruinn air astar modhail.

. . . . . . . . .

Tadhail air duilleag 363.

(O dhuilleag 362)

(Madadhan na Tailme)

Tha a' bhànrigh a' togail a cinn 's sinne a' tighinn am fagas, agus tha braoisg mhór air a gnùis. "A ghobha! Gaisgeach eile 'n latha!" Chì mi an caiptean a' coimhead orm fad diog, 's cha chan e an uair sin ach, "Thus' a-rithist." Ach 's ann le gean gàire 'na shùil.

Na laighe air leabaidh carbad nan oifigearan tha a' bhana-phrionnsa, Gual Dubh. Tha stail aice air a gàirdean chlì, agus spot dearg far a bheil an fhuil a' snigheadh troimhe. Tha Corcar nan Creag a' toirt botal fiona dhi agus tha i a' gabhail balgam math.

Tha i a' tòiseachadh air casadaich mus urrainn dhi an deoch a chrìochnachadh, agus tha mi a' cluinntinn cnead aiste. "Seachdamh mac gun mhàthair aig'… aoibh." Tha a' bhànrigh a' toirt air falbh a' bhotail agus 'ga thilleadh dhan aislingiche leis a' mhuing chùrlaich phurpaidh.

'S ann air ais gu carbad na tailme a tha mi a' tionndadh, far a bheil Ailbhinn air an làr a-nis agus a' togail a ghàirdean 's a' gabhail làmh Chorcar nan Creag 's ise a' tighinn sìos.

Fuirich ort. Gu dé? Tha mi a' coimhead air ais is air adhart agus tha dithis ann dhith. Dà aislingiche le falt cùrlach purpaidh.

. . . . . . . . .

Tadhail air duilleag 364.

(O dhuilleag 363)

(Madadhan na Tailme)

Chì mi an té a bha còmhla rium-sa a' coiseachd a-null far a bheil Corcar nan Creag eile 's ag ràdh, "Sin thu, 'phiuthar!  Agus shaoil mise gun robh mi 'faicinn gach rud dà thuras!" Tha an t-aislingiche eile leis an fhalt phurpaidh a' dèanamh gàire. "Sin na shaoil mise cuideachd.  Fàilt' ort, a phiuthar!"

Tha mi a' coimhead air an dàrna té 's an uair sin air an té eile agus tha mo cheann ann an neul.  "Cha robh fios a'm gun robh piuthar agad."  Cluinnidh mi an dithis aca a' dèanamh gàire an turas seo.  "Chan eil piuthair agam idir," tha iad ag ràdh mar aon.

. . . . . . . . .

Tadhail air duilleag 365.

(O dhuilleag 364)

(Madadhan na Tailme)

'S ann loma-làn de bhrochan a tha mo cheann a-nis. "Dé rud? Chan eil mi 'tuigsinn. Tha mi tro m' chéile."

"'S e rud a thachras ri aislingichean uaireannan," tha an té a bha còmhla rium-sa ag ràdh, 's greim aice air làmhan Ailbhinn an Saor a-rithist. "Agus ri daoin' a th' ann an companachd aislingichean cus, cuideachd. Tha ar tàlant a leigeil leinn coimhead tro na ballachan eadar na saoghalan agus uaireannan, nuair a dh'fhàsas na ballachan tana – bidh daoine 'coiseachd tromhpa. Tha mise – sinne – air a bhith ann an cor aisling fad cha mhór trì làithean a-nis. Is mis' a' cho-imeachd aice." "Agus is mis' a' cho-imeachd aice-se!" tha Corcar nan Creag eile ag ràdh.

Tha mi a' crathadh mo chinn. Bha rud nas cudromaiche ann a bha feumach air m' aire. "Ceart ma-thà. Ach an innis cuid-eigin dhomh dé thachair ri mo bhràthair?"

"Do bhràthair beag?" tha an dà aislingiche ag ràdh mar aon. Tha an dithis aca a' tòiseachadh air bruidhinn agus an uair sin a' crathadh am falt cùrlach purpaidh aca 's iad a' gàireachdainn. Tha an té eile dhiubh, an té aig a bheil am botal, a' sméideadh a dh'ionnsaigh a' chaiptein, Clach Ghorm.

. . . . . . . . .

Tadhail air duilleag 366.

365

(O dhuilleag 365)

(Madadhan na Tailme)

Chì mi an t-sìthiche àird, an duine leis an fhalt a tha cho gorm ris an fheur. 'S ann fo achlais a tha a chlogaid umha. Clogaid air nòs nan Ròmanach, le cìr bhàn de dh'fhalt eich air.

Tha e ag ràdh, "Tha do bhràthair ann an deagh-thrum. Chuir mi – cuid-eigin – 'ga shaoradh ás a' chèidse agus 'ga thoirt a-seo. Bidh iad a-seo a dh'aithghearr gun teagamh sam bith."

Feumaidh gu bheil coltas tuainealaich orm, oir tha Corcar nan Creag, an té leis a' bhotal 'na làmh, ag ràdh, "Bu chòir dhut suidhe, 'ghobha. Gabh balgam fìona."

Tha mi a' suidhe agus a' sìneadh mo làimh a dh'ionnsaigh a' bhotail. "An cuidich sin mi?"

Tha mi a' gabhail tàidsear ás is an dithis aca a' gàireachdainn. Mar aon, tha iad ag ràdh, "An-dà, cha dèan e cron co-dhiù."

. . . . . . . . . .

*An do lean thu an ionnsaigh dhìomhair mu thràth?*

Tadhail air duilleag 372.


*Mur an do lean, lean an t-slighe eile aig Madadhan.*

Tadhail air duilleag 260.

(O dhuilleag 361)

# CAIBIDEIL 26

## (Madadhan na h-Ionnsaighe Dìomhaire)

Mar a tha mi a' stiùireadh mo bhràthar sìos na trannsa bige duirche, tha an saighdear ag ràdh rud car neònach. "Chunnaic sinn, aig a' cheann thall, có bha 'stiùireadh na tailm cloich' ud. Cinnteach gun cuir e iongnadh ort có bh' ann."

Tha mi a' gabhail air làimh Uilleim. Tha sinn a' coiseachd a-steach air doras nan searbhantan, sìos an trannsa dhorcha agus a-mach air a' chidsin. Chì sinn barrachd gaisgich mharbha an-sin ach gu fortanach, chaidh an slaodadh ás an rathad.

Tha grunn shaighdearan na Cùirte Beannaichte 'nan seasamh mun cuairt nuair a tha sinn a' tighinn ás a' chidsin. Chì mi iad a' cur fàilte orm air nòs nan saighdearan-sìthe, a' bualadh dòrn ri broilleach, rud a tha a' cur beagan iongnaidh orm. Tha mi a' priobadh mo shùilean is solas na gréine-shìthe a' deàrrsadh cho soilleir. 'S ann car anmoch a tha e a' bualadh orm an aon fhàilte a chur orra-san. "Càit a bheil Gual Dubh?" tha mi a' faighneachd dhiubh.

"Tha lighiche 'ga freastal," tha aon dhe na saighdearan ag ràdh. "Shìos aig carbad nan oifigearan. Cha leig thu leas ach sùil a chumail airson sluagh mór de dh'oifigearan is uaislean, agus an fheadhainn eile aig nach robh làmh san t-sabaid."

. . . . . . . . .

Tadhail air duilleag 368.

(O dhuilleag 367)

(Madadhan na h-Ionnsaighe Dìomhaire)

Mar a tha sinn a' coiseachd air falbh o thogalach a' chidsin, tha saighdear eile a' cur ceist orm. "Saoil, a ghobha, co mheud a mharbh thu fhéin? A-seo, anns an tùr-sa. Bha sin oirnn mar cheist."

Tha mi a' cunntadh nan saighdean a th' air fhàgail agam. Tha 15 dhiubh air fhàgail. Tha cuimhne agam gun do dh'fhairtlich aonan orm. Agus mharbh mi dithis leis an aon saighead, 's mar sin…

"A cóig. Bha aonan dìreach 'na shearbhanta. Ach mharbh mi Glainne Ifrinn, cuideachd."

"Seall sin," tha an saighdear ag ràdh. "Chan e sgòr don' a tha sin – do chuid-eigin aig nach robh làmh anns an t-sabaid."

Tha sùilean Uilleim cho mór 's cho cruinn, a' coimhead air an t-saoghal chreagach mun cuairt oirnn. 'S gann gu bheil cuimhne agam dé cho neònach a bha uamhan Tìr nan Sìthichean dhomh-sa o chionn fhada. Cha do rinn mi an cunntadh, ach tha mi cha mhór cinnteach gu bheil mi air a bhith an-seo barrachd air dà bhliadhna. Ach tha e a' faireachdainn fada fada nas fhaide. Tha mi cha mhór cho àrd 's a tha Dearg-Sheud a-nis, agus tha m' fheusag a' fàs tiugh.

………

Tadhail air duilleag 369.

(O dhuilleag 368)

(Madadhan na h-Ionnsaighe Dìomhaire)

Gheibh mi lorg air carbad nan oifigearan mu dheireadh thall. Tha Gual Dubh air leabaidh a' charbaid agus tha i 'na suidhe ann, le tòrr beag de phocannan is pasganan mar chluasagan air a cùlaibh. Chì mi bann glan geal le spotag no dhà de dh'fhuil air a gàirdean sgéithe, eadar a h-uileann 's caol a dùirn.

Tha mi a' ruith a-null 'nam dheann, mo chridhe a' plosgadh 'nam bhroilleach. "A bheil thu ceart gu leòr?"

"Mairidh mi beò, tha 'd ag ràdh. Tha e cho pianail ris an – ó, an e sin do bhràthair?" Tha Uilleam a' tighinn air adhart, 's e caran diùid.

Tha mi a' cur mo làmh air a ghualann. "Uilleim, seo Gual Dubh. 'S ise mo ... bhana-phrionnsa."

Tha seo a' dèanamh drùidheadh air a' bhalach. "A bheil bana-phrionnsa agad?" Tha mi a' dèanamh gàire bheag. "Tha mi 'n dòchas gu bheil."

Cluinnidh mi Gual Dubh ag ràdh, "Seadh. Tha bana-phrionnsa agad. Agus tha mise 'faighinn gobhainn. Có aig a tha 'chuid as fheàrr dhen bhargan sin, ma-thà?"

. . . . . . . . .

Tadhail air duilleag 370.

(O dhuilleag 369)

(Madadhan na h-Ionnsaighe Dìomhaire)

Tha mi, gu h-obann, a' toirt an aire gu bheil Uilleam beag a' coimhead thar mo ghualann. Tha mi a' tionndadh mun cuairt, a dh'fhaicinn na ghlac aire.

'S e "Nach ann coltach rium fhìn a tha 'n duine òg ud!" a' chiad smuaint a tha a' bualadh orm.

Tha e 'na sheasamh faisg air carbad nan oifigearan. Chì mi armachd leathair 's clàran pràise air. Tha dìon-ruighe boghadair aige air gach gàirdean, agus clàran pràise a dhìonas taobh a-muigh a ruighean. Tha paidhir de bhòtannan tiugha agus clogaid-bhonaide a' coileanadh na h-armachd. 'S ann car robach a tha fheusag, agus tha fhalt a tha ri fhaicinn fon chlogaid gu math peallagach.

Mar a tha e a' tionndadh rium, tha iongnadh cho mór air-san 's a th' orm-sa a-réir coltais. Tha e an uair sin a' coimhead air Corcar nan Creag a tha a' leigeil gàire aiste. Dà thuras. Chì mi dà aislingiche le falt purpaidh orra, 'nan seasamh ri taobh a chéile. Chan eil sgarfa air té dhiubh, rud nach fhaca mi roimhe, agus tha loban mór de dh'fhalt purpaidh air an té ud. Agus tha sgarfa air an té eile.

Tha an duine òg a' toirt dhomh botal fiona, cha mhór falamh. "Sin thu, 'ghobha. Cuir crìoch air a' bhotal. Tha iad ag innse dhomh gum fàg sin rudan beagan nas fheàrr."

. . . . . . . . .

Tadhail air duilleag 371.

(O dhuilleag 370)

(O dhuilleag 370)

(Madadhan na h-Ionnsaighe Dìomhaire)

Tha mi a' gabhail a' bhotail ás a làmh is 'ga thogail gu mo bhilean. Trì balgaman móra 's chan eil druthag dhen fhìon air fhàgail. "Tapadh leat, a ghobha. Chan eil cron sam bith ann, co-dhiù."

Tha an dà aislingiche leis an fhalt phurpaidh ag innse sgeul toinnte dhomh, mu na crìochan eadar na saoghalan a tha a' fàs tana air sgath 's gu bheil aislingichean ag aisling ro fhada, 's daoine a bhios uaireannan a' coiseachd on dàrna saoghal a-steach dhan t-saoghal eile ach an dà shaoghal cho coltach ri chéile nach eil fhios có am fear ceart is có am fear ceàrr, is blialam mar sin.

Chan eil annam ach gobha. 'S e gnothach sìthe a th' ann, cha leig mi a leas a thuigsinn. Chuir mi cas air slighe, agus rinn mi a' chùis air mo bhràthair a shàbhaladh. Chuir Madadhan eile cas air slighe eile, agus tharraing e aire Ghlainne Ifrinn fada gu leòr airson cothrom a thoirt dhomh. Agus air dòigh annasach air chor-eigin, cho-aon an dà shlighe agus seo sinn.


*An do lean thu sgioba na tailme mu thràth?*

Tadhail air duilleag 372.


*Mur an do lean, lean an t-slighe eile aig Madadhan.*

Tadhail air duilleag 271.

(O dhuilleagan 366 is 371)

(Madadhan na Tailme)

Tha an dà aislingiche leis an fhalt phurpaidh ag innse an aon sgeòil annasaich dhan ghobha eile, am fear a thug ionnsaigh air an tùr. Tha iad ag innse dha mu na co-imeachdan, na ballachan eadar na saoghalan a tha a' fàs tana agus a-réir coltais, tha e 'gan tuigsinn a cheart cho math 's a tha mise − 's gann gu bheil idir. Thig coltas éibhinn air ar n-aodainnean nuair a bhios sinn tro 'r chéile, an t-sùil chlì fiar agus air a leth-dhùnadh agus an ceann claonte dhan taobh deas. Cha do mhothaich mi gu ruige seo gum bi mi a' dèanamh sin....

Chì mi Uilleam a' coimhead air-san agus an uair sin orm-sa a-rithist 's a-rithist. Mu dheireadh thall, tha mi ag ràdh ris, "'S esan do bhràthair. 'S mise do bhràthair cuideachd. Tha 'n dithis againn 'nar bràithrean dhut. Chan eil fhios agam mar a thachair seo; gnothach sìth' air chor-eigin, chanainn. Air neo, bha fios aig na diathan gum biodh feum air dithis dhinn gus do shàbhaladh ás an staing san robh thu."

. . . . . . . . .

Tadhail air duilleag 373.

(O dhuilleag 372)

(Madadhan na Tailme)

Tha an dàrna Corcar nan Creag ag ràdh ris an té eile, "Éibhinn 's gu bheil an gnothach seo, feumaidh sinn an sgàin a shlànadh."

Tha an Corcar eile – saoilidh mi gur ise an té a thàinig còmhla rium air carbad na tailm cloiche – a' gnogadh a cinn. "Ma dh'fhuiricheas sinn fa leth nas fhaide, dh'fhaoidte gum bi sinn mar seo gu buan. Tha mi 'n dòchas gun déid agam air fuireach an-seo – tha nòisean agam de chuidiche an t-saoir, saoilidh mi."

Cluinnidh mi an t-aislingiche eile a' dèanamh gàire. "'S e deagh-phìos a th' ann, nach e? An dòchas gu déid gu math leat leis. Teans gum faigh mi lorg air mi fhìn air an taobh eile – ma théid a' chùis leinn."

Tha iad a' stad tiotan agus tha an dà bhoireannach an uair sin a' bruidhinn mar aon, cha mhór ag oradh. "Bha gach rud gu math an-dé – 's tha gach rud gu math an-diugh– 's bidh gach rud gu math gu sìorraidh bràth."

Mu dheireadh thall, tha an dà bhoireannach a' sgaoileadh na gàirdeanan aca. Chì mi iad a' glacadh a chéile gu teann, agus gu h-obann a' pògadh a chéile. Tha boillsgeadh ann, agus sgailc bheag. Agus ann am priobadh na sùla, chan fhaic mi ach aon aislingiche air a bheil falt purpaidh.

. . . . . . . . .

Tadhail air duilleag 374.

373

(O dhuilleag 373)

(Madadhan na Tailme)

Tha mo bhràithrean 's mi fhìn 'nar suidhe air carbad nan oifigearan aig a' cheann thall agus a' gabhail naidheachd a chéile fad greis. Tha Gual Dubh agus am Madadhan a thàinig an-seo còmhla ris a' chaiptean a' toirt car-làimhe dha chéile. Tha mi 'nam shuidhe ri taobh Uilleim air cùl a' charbaid, agus an déidh dhomh innse dha mun tailm chloiche agus mu na gràinean-catha, tha e a' tighinn gu co-dhùnadh gur mise a bhràthair cuideachd. Tha e a' tionndadh rium agus a' cuir a ghàirdeanan umam.

. . . . . . . . .

Tadhail air duilleag 375.

(O dhuilleag 374)

(Madadhan na Tailme)

Cha mhór gu bheil mo chridhe a' spreadhadh 'nam bhroilleach 's Uilleim ag ràdh, "Tha mi cho taingeil gun dàinig thu air mo thòir. Móran taing airson mo shàbhaladh. Chan eil càil a dhìth orm ach tilleadh dhachaigh. An toir thu dhachaigh mi?" Tha mi a' coimhead air Dearg-Sheud. Tha i a' crathadh a cinn rium, an crathadh beag ud a nì i ma tha i ag aontachadh ri rud ach gun chinnt am bu chòir dhi sin a ràdh.

An ceann greiseige, cluinnidh mi bànrigh nan sìthichean ag ràdh, "Tha mi am barail gum bu chòir dhan dà Mhadadhan oidhirp a dhèanamh an sgàin a shlànadh. Ma tha na Cumhachdan airson 's gun sgar sibh o chéile, bu chòir dhuibh sin a dhèanamh."

Mar aon, tha dà Mhadadhan ag ràdh, "Chan eil mi 'dol 'ga phògadh."

Cluinnidh mi Corcar nan Creag a' dèanamh gàire 's i ag ràdh, "Cha leig sibh a leas ach glacadh a chéile, ar leam.

Uaireannan, is leòr beantainn ris an làimh airson sgàin a shlànadh, mas e sgàin ùr a th' ann."

. . . . . . . . .

Tadhail air duilleag 376.

(O dhuilleag 375)

(Madadhan na Tailme)

Tha mi a’ coimhead air a’ Mhadadhan eile, mo bhràthair-gobha, ’na shuidhe ri taobh na bana-phrionnsa-sìthe ’s greim-bàis aice air a làimh. Tha mi a’ coimhead ’na shùilean fad tiotag fhada. “Feumaidh cuid-eigin Uilleam a thoirt dhachaigh,” tha mi ag ràdh.

“Tha fhios a’m,” tha am Madadhan eile a’ freagairt. “Ge be có dh’fhanas a-seo ’s có dh’fhalbhas. Ge be dé thachras, ruigidh Uilleam dhachaigh.”

Tha mi a’ sìneadh mo lùdaige bige thuige. ’S e an aon chorrag a tha e a’ sìneadh thugam, an làmh air nach eil greim-bàis aig Gual Dubh.

Nuair a tha ar corragan a’ beantainn ri chéile, tha mi a’ faireachdainn sradag bheag bhìodach, car mar a thachras is tu a’ beantainn ri cnag-dorais an déidh dhut cat a shlìobadh. Ach chan eil dad eile a’ tachairt.

“Tha mi ’seo fhathast.”

“Tha ’s mise.”

“Am feuch sinn pòg?”

“– Chan fheuch. Tha mise air mo dhòigh.”

………

Tadhail air duilleag 377.

(O dhuilleag 376)

# CAIBIDEIL 27

(Madadhan na h-Ionnsaighe Dìomhaire)

An déidh bàs Ghlainne Ifrinn, chan fhada gus am bi e gu math follaiseach gu bheil a' chuid as motha dhen Chùirt Neo-bheannaichte toilichte gu leòr géilleadh agus dìlseachd a ghuidhe do riaghladair aig nach eil inntinn a tha 'na seasamh air clach an turrabain. Tha an Dàrna Madadhan, am fear a bha leis an tailm, a' fuireach ann an Dùn nan Sgàil fad grunn sheachdainean còmhla ri Clach Ghorm agus Dearg-Sheud. Tha a' bhànrigh agus an caiptean a' dèanamh réite 's a' gabhail ri bòidean dìlseachd.

'S ann trang a tha mo bhràthair fhéin, an gobha eile a' cruinneachadh nan gràinean-catha a thilg e leis an tailm. Tha na h-airm seo de dh'iarann fuar gu sònraichte cunnartach do shluagh is beathaichean Tìr nan Sìthichean. Tha iad sgapte am measg nan creagan is anns a' chrotal air feadh pìos mór dhen fhàsach, 's a' feitheamh ri cas sìthiche a sheasas orra gun fhiosta. Chan urrainn fiù dha na saighdearan a rinn a' chùis air dà bhata beantainn riutha gun chunnart mór dhaibh péin. Thuirt an Dàrna Madadhan gun cruinnicheadh e iad mar sin nuair a dh'fhaighnich Dearg-Sheud gu modhail an dèanadh e sin.

. . . . . . . . .

Tadhail air duilleag 378.

(O dhuilleag 377)

(Madadhan na h-Ionnsaighe Dìomhaire)

Tha mise – a' Chiad Mhadadhan, no am Madadhan anns a' bhuidhinn a thug ionnsaigh gun fhiosta – a' toirt Uilleam gu caisteal na Cùirte Beannaichte ann an tìr Dearg-Sheud, anns an eadar-àm. Bidh Gual Dubh a' déiligeadh ri obair rìoghail sam bith a tha ri dhèanamh, agus tha Gorm-Leug, an t-iar-oifigear leis na tatùthan, aice mar chomhairliche agus cuidiche. Chaidh a' mhailisidh a leigeil mu sgaoil, agus tha iad a' tilleadh chun nan tuathanasan is ceàrdan aca.

'S e ùine mhór a tha mi a' toirt seachad, a' sealltainn Tìr nan Sìthichean dha mo bhràthair beag. Tha an cuidiche agam, Clach-Mharbhail, agus cuid dhe na caraidean eile agam còmhla rinn, 's iad 'gar treòrachadh is 'gar dìon. Tha sinn a' tadhal air an loch mhór aig ceann ìseal na h-uamha ris an canar Muir na Camhanaich a chionn 's gu bheil e gu math fad air falbh on ghréin-shìthe a tha os cionn meadhan na tìre. Tha sinn fiù a' dol a-mach ann am bàta-iasgaich 's toileachas a' tighinn orm nuair a chì mi na trì sìthichean òga aig a bheil na lìn a' gabhail Uilleam 'nam measg, is a' teagasg gach rud dhan duine-chloinne mu iasgach-lìn air Muir na Camhanaich.

. . . . . . . . .

Tadhail air duilleag 379.

(O dhuilleag 378)

(Madadhan na h-Ionnsaighe Dìomhaire)

Mu dheireadh thall, tha a' bhànrigh a' tilleadh agus a' fàgail Caiptean Clach Ghorm anns an eadar-àm mar thighearna na h-uamha air an robh a' Chùirt Neo-bheannaichte roimhe. 'S e "Am Flaitheas A-staigh," a tha iad ag ràdh ris a-nis.

Agus tha Madadhan na tailme a' tilleadh mun aon àm. Tha e ag ràdh gu bheil e cha mhór cinnteach gun d'fhuair e lorg air gach gràin-chatha. Tha mi an dòchas gu bheil e ceart. Cha do chùm e ('s e sin, mi fhìn − b' aon neach a bh' annainn, aig an àm sin) cunntas mionaideach orra nuair a rinn sinn iad.

Greiseag an déidh dhaibh tilleadh, tha Banrigh Dearg-Sheud a' cur Gual Dubh 'gam ionnsaigh a dh'iarraidh orm tadhal oirre anns an t-seòmar-suidhe aice. Chì mi a' bhana-phrionnsa-sìthe a' gabhail air làmh Uilleim agus a' falbh leis, a choimhead air àitichean àrda a' chaisteil. Agus tha mise a' coiseachd sìos am prìomh-thrannsa a dh'ionnsaigh an dorais mhóir fhiodha leis a' phàtran snasail. Tha mi a' togail mo làimh 's a' toirt tarraing dhen t-sreing a sheirmeas an clag uamha, 's cluinnidh mi gliong.

. . . . . . . . .

Tadhail air duilleag 380.

379

(O dhuilleag 379)

(Madadhan na h-Ionnsaighe Dìomhaire)

Tha Dearg-Sheud a' fosgladh an dorais; chì mi dreasa fhuasgailte bhuidhe oirre a tha a' dol sìos gu a h-adhbrannan. 'S ann fada nas fhaide a tha a falt a-nis na bha e nuair a chunnaic mi i a' chiad turas. Tha a falt fuasgailte an-diugh cuideachd, 's tha e mar gun robh neul de dhualan fiadhaich ruadha mun cuairt air a h-aodann mar dhuilleach an fhoghair.

"Tapadh leat a thighinn 'gam fhaicinn, a Mhadadhain. Dh'iarr an nighean agam orm bruidhinn ás a leth anns a' ghnothaich seo."

Tha fiamh de dh'eagal a' tighinn orm. "Dé 'n gnothach a tha sin?"

"Gnothach pòsaidh. 'Nar measg, 's e eadar-mheadhanair a ghluaiseas facal a ghnàth, airson 's nach dig nàire air aon seach aon mas e gaol gun bhuannachd a th' ann."

Faireachdainnean. Ciamar a chuireas mi seo ann am faclan? "Bidh mo shaoghal a' fàs nas soilleire, 's ise ri gàire. Seadh. Gu dearbh. Pòsaidh mi i. Ma ghabhas i mise."

Tha a' bhanrigh a' gnogadh a cinn, 's ciata 'na sùilean ged nach eil i a' togail a bilean ach smideag. "Fàilte dhan teaghlach − a mhic."

. . . . . . . . .

Tadhail air duilleag 381.

(O dhuilleag 380)

(Madadhan na h-Ionnsaighe Dìomhaire)

Tha mi a' dèanamh gàire bheag. "Móran taing." Gun fhiosta, tha ceist a' bualadh orm – an e mo mhàthair-chéile a bhios ann an Dearg-Sheud? No mo mhuime-shìthe?

An uair sin, tha ceist eile a' bualadh orm, 's tha mi a' fàs nas sòlaimte. "Ach dé mu dhéidhinn Uilleam? B' fheàrr leam nan rachadh e dhachaigh. Tha sgàil air a chridhe an déidh – a h-uile càil a thachair."

Chì mi a sùilean taosgach a' priobadh. "Thuirt an Dàrna Madadhan – Madadhan na tailme – gun toireadh esan Uilleam dhachaigh. Nì esan – do bhràthair gobha – obair dhuinn, ann an saoghal mac an duine.

"Sealbhaichidh e bathar is rudan àraidh a dh'fheumas sinn, agus nach urrainn dhuinn dèanamh sinn fhìn. Fiodh, biadh is deoch àraidh, agus móran rudan eile. Cumaidh e 'n dubhar air có sinne, ach is urrainn dha innse dha do phàrantan gun deach esan agus Uilleam a thoirt fo bhruid le spùinneadairean-mara. Agus gun deach an sàbhaladh le boireannach beartach cumhachdach ann an dùthaich fada thall."

. . . . . . . . .

Tadhail air duilleag 382.

(O dhuilleag 381)

(Madadhan na h-Ionnsaighe Dìomhaire)

"Ach, an gléidh Uilleam do rùn? Tha e òg gu leòr 's ma thòisicheas esan air sgeulachdan innse mu shìthichean, cha chuirear cus creideis ann. Ach tha sin a' fàgail cùram orm, gu ìre."

Cluinnidh mi am boireannach àrd leis an fhalt dearg a' leigeil osna. "On is tusa 'm fear as fhaisg' an dàimh dha, tha mi ag iarraidh cead ort. Dh'aontaich do bhràthair gobha ri seo mu thràth. 'S urrainn dhomh – gibht a thoirt do dh'Uilleam. Bidh e 'na fhaochadh air a' phéin a dh'fhuiling e 'seo, agus lùghdaichidh e 'n cron a nì pian d' a leithid air anam neach. Cha dèan e dìochuimhneachadh gu tur, ach cha bhi aige ach leth-chuimhne."

Tha mi a' dùnadh mo shùilean fad diog. "Tha earbsa agam annad, a bhanrigh. A mhàthair. Mas e seo 'n rud as fheàrr do dh'Uilleam 'nad bheachd, tha mise 'g aontachadh cuideachd."

"Math gu leòr," tha i ag ràdh. Tha clag an dorais a' seirm an uair sin.

"Siuthad 's cuir fàilt' air do leannan," tha a' bhanrigh ag ràdh 's 'gam stiùireadh a dh'ionnsaigh an dorais. "Bidh banais againn a-nochd."

. . . . . . . . .

Tadhail air duilleag 383.

(O dhuilleag 382)

(Madadhan na tailme)

Agus sin mar a thachras. Tha mo bhràthair gobha, Madadhan, am fear anns a' bhuidhinn a rinn ionnsaigh gun fhiosta, a' pòsadh Gual Dubh, bana-phrionnsa sìthichean na talmhainn. 'S e banais shìmplidh a th' ann. Chan eil iad ach a' gabhail air làimh a chéile 's cuid-eigin a' ceangal dà shreing ùmpa le snaidhm àraidh a leigeas leotha na làmhan a tharraing ás, ach gun an dà shreing fhosgladh cho fad 's a thogras iad. Gu sìorraidh bràth, ma tha ciall sam bith aige.

Tha mise, an Dàrna Madadhan, maighstir na tailme agus gobha-dubh nan sìthichean, a' dannsa 's ag òl agus a' tachairt ri grunn bhan-sìthichean brèagha, 's ùidh aca orm a' chiad turas a-nochd.

An déidh na bainnse, ach mus fàg a' Chiad Mhadadhan agus Gual Dubh a' chéilidh, tha Dearg-Sheud 'gar gairm chun an t-seòmair-shuidhe aice. Tha Uilleam a' coiseachd ri taobh na banrigh, 's iad air làmhan a chéile. Anns an t-seòmar-shuidhe, tha am boireannach àrd leis an fhalt dearg a' suidhe air langasaid aig oir an t-seòmair, agus am balachan òg ri taobh.

. . . . . . . . .

Tadhail air duilleag 384.

(O dhuilleag 383)

(Madadhan na tailme)

"Uilleim," tha i ag ràdh, "Tha fhios a'm gun robh cùisean gu math duilich anns na beagan sheachdainean seo chaidh. Mas e do thoil e, feuch is cuimhnich na deagh-rudan mun rìoghachd agam, agus dìochuimhnich na droch-rudan a thachair riut san Tìr Neo-bheannaichte. An dèan thu sin dhomh?"

Chì mi am balachan òg a' cur a ghàirdeanan mun bhanrigh agus ag ràdh, "Seadh, a Bhaintighearna, nì mi sin." Tha Dearg-Sheud a' cur a gàirdean mun bhalach i fhéin, agus an uair sin a' crùbadh a cinn 's ag amharc air an clàr aodainn.

"Ma chuir sinne, faileasan,

Dragh sam bith ort, thoir mathanas:

Is creid nach robh àite san deachaidh thu, ach neul,

No aisling bheag gun chiall."

An uair sin tha i a' pògadh bathais Uilleim. Agus le mèananaich agus sìneadh, chì mi am balachan a' tuiteam 'na chadal.

Tha mo bhràthair gobha 's a' bhana-phrionnsa a phòs e a' toirt pògan boga air bathais Uilleim cuideachd. An uair sin, tha iad 'gam ghlacadh gu teann, 's a' fàgail soraidh slàn againn.

. . . . . . . . .

Tadhail air duilleag 385.

(O dhuilleag 384)

(Madadhan na tailme)

Tha mi a' tionndadh ri banrigh nan sìthichean. "Ceart ma-thà. Bu chòir dha na gillean agam a bhith cha mhór deiseil."

"Bidh thu 'nad fhear beartach air ais anns an t-saoghal gu h-àrd. Tha mi 'nad chomain as leth na rinn thu dhomh-sa agus dha mo shluagh."

"Agus tha mise buidheach dhuibh-se. Airson – cothrom a thoirt dhomh. Ged nach robh dùil sam bith agam ris."

'S ann airson tiotan mór a tha mi a' stad, a' coimhead air Dearg-Sheud. "Saoil am faod mi ceist a chur oirbh?"

"Faodaidh. Freagraidh mi thu, mas urrainn dhomh."

"An rud eadar sibh péin is Glainne Ifrinn. Chan eil mi airson guth dona, a ràdh mun mharbh…"

"Ò! na bi dragh ort mu dhéidhinn sin!" Cluinnidh mi i a' dèanamh gàire bheag.

"Gu duda fon ghréin… cionnas a dh'fhàg sibh pòsta ri duine mar sin – 's a h-uile càil?"

Tha a' bhanrigh a' crathadh a cinn, 's coltas aithreachais oirre. "Cha robh e idir mar sin nuair a phòs mi e. Bha e àrd is làidir agus tlachdmhor 'nam shùilean. Agus b' e ceann-cogaidh m' athar-sa a bha 'na athair-san."

. . . . . . . . .

Tadhail air duilleag 386.

385

(O dhuilleag 385)

(Madadhan na tailme)

Chì mi i a' crathadh a cinn a-rithist. "Bha an dà theaghlach 'gar brosnachadh. Cha do dh'fhàs e cho – neònach, ach greis mhath 'na dhéidh sin. Ach an rud nach marbh thu, fàgaidh e nas treasa thu," tha i ag ràdh le gàire. Ach tha i a' tilleadh gu fealla-trì an uair sin.

"A Mhadadhain – bhruidhinn mi ri do bhràthair gobha mu thràth, agus – an-dà, thug e mathanas dhomh. Cha bu chòir dhomh maoidheadh air do bhràithrean, nuair a thug mi á do dhachaigh thu. Sin mar a rinn sinn rudan a-riamh, ach… chan eil sin a' ciallachadh gu bheil e ceart."

"Tha sin fìor," tha mi ag ràdh rithe. "Chanainn nach bu ruith ach leum leam nam biodh sibh dìreach air obair ann an Tìr nan Sìthichean a thairgsinn dhomh. Ach dh'fhàg am maoidheach eagal anns a' chùis."

"Smaoinichidh mi air dòigh nas fheàrr airson cothrom a thairgsinn dhan ath-fhear, no ath-té."

"Glé mhath. Bheir mi mathanas dhuibh cuideachd – a dh'aindeoin cho borb 's gun robh e. Cho – neo-bheannaichte?"

Tha gruaim a' tighinn air aodann a' bhoireannaich àird. "Chan eil teagamh mu dhéidhinn. B' e sin an dòigh aig Glainne Ifrinn. Bidh dòigh nas fheàrr agam an ath-thuras."

. . . . . . . . .

Tadhail air duilleag 387.

(O dhuilleag 386)

(Madadhan na tailme)

"Tha rud agam dhut," tha am boireannach àrd leis an fhalt dearg ag ràdh. Tha i a' toirt bogsa beag ás a pòcaid, de mheatailt nach aithnich mi. Air aon taobh tha solas beag dearg agus snàthad, fo ghlainne shoilleir thiugh. Chì mi an t-snàthad a' gluasad, a' cur nan caran dhith mar gu bheil i a' lorg rud falaichte.

"Tha 'n t-uidheam seòlta seo 'tomhadh ri mo thìr an-còmhnaidh. Tha mi 'g iarraidh ort a thoirt leat is a chumail ri do thaobh. Nuair a bhios an solas uaine, bidh thu fad air falbh. Nuair a bhios e buidhe no orains, bidh thu nas fhaisge, agus nuair a bhios e dearg, 's ann a-seo 'bhios tu. Na dìochuimhnich, tha dachaigh agad ann an tìr na Cùirte Beannaichte."

Tha mi a' toirt leam am bogsa agus an uair sin a' dèanamh fàilteachadh air nòs nan sìthichean, agus béic bheag. "Seadh, mo bhanrigh. Tillidh mi a-seo gu tric."

Leis a sin, tha mi a' togail Uilleam 'nam ghàirdeanan is tha sinn a' fàgail soraidh slàn aig Dearg-Sheud.

. . . . . . . . .

Tadhail air duilleag 388.

387

(O dhuilleag 387)

(Madadhan na tailme)

Tha Clach-Mharbhail agus dithis dhe na gillean aige a' feitheamh ri taobh dà charbad, 's eich fo uidheam romhpa. Chì mi am bathar malairt air na carbadan, air an ceangal gu teann le ròpannan is tarpalan os an cionn. Air a' chiad charbad, dìreach air cùlaibh a' mhaide-suidhe, dh'ullaich iad leabaidh bheag agus tha mi a' cur a' bhalachain bhig innte.

………

Tadhail air duilleag 388.

(O dhuilleag 388)

(Madadhan na tailme)

Chì mi an sìthiche leis an fhalt bhàn-dearg is gheal, a' toirt ceap ás a phòcaid.  Tha e 'ga chur air a cheann fhein, 's a' stobadh fhalt ann.  "Math gu leòr?"  tha e a' faighneachd.

"Nì e 'n gnothach fhad 's a chuimhnicheas tu gun an ad a thoirt dhìot.  Chan eil dad àraidh mun fhalt aig càch.  A bheil a h-uile duine deiseil gu falbh?"

"Tha, 'ghobha!  Gum faic sinn an saoghal mór!"

Tha mi a' suidhe ri taobh Clach-Mharbhail air maide-suidhe a' chiad charbaid, agus tha e a' cnacadh na sréine ris an each.  Chì mi an t-each-sìthe a' teannadh ri coiseachd aig astar math.

Tha mi a' dol dhachaigh.

. . . . . . . . .

A' Chrìoch.

389